李迎兵◎著

狼密码

山西出版传媒集团

山西人民出版社

图书在版编目（CIP）数据

狼密码／李迎兵著．—太原：山西人民出版社，2012.10
ISBN 978 - 7 - 203 - 07865 - 4

Ⅰ．①狼… Ⅱ．①李… Ⅲ．①历史小说 - 中国 - 当代
Ⅳ．① I 247.5

中国版本图书馆 CIP 数据核字（2012）第 186025 号

狼密码

著　　者：李迎兵
责任编辑：李　鑫
装帧设计：刘彦杰

出 版 者：山西出版传媒集团·山西人民出版社
地　　址：太原市建设南路 21 号
邮　　编：030012
发行营销：0351 - 4922220　4955996　4956039
　　　　　0351 - 4922127（传真）　4956038（邮购）
E - mail：sxskcb@163.com　发行部
　　　　　sxskcb@126.com　总编室
网　　址：www.sxskcb.com

经 销 者：山西出版传媒集团·山西人民出版社
承 印 者：山西出版传媒集团·山西新华印业有限公司

开　　本：720mm × 1000mm　　1/16
印　　张：18.25
字　　数：230 千字
印　　数：1 - 5 000 册
版　　次：2012 年 10 月　第 1 版
印　　次：2012 年 10 月　第 1 次印刷
书　　号：ISBN 978 - 7 - 203 - 07865 - 4
定　　价：38.00 元

自序
ZIXU

李迎兵

研读历史，能够享受的就是这样一种不凡的体验：喧闹竟至于安静，复杂竟至于简单，繁华竟至于平淡，遥远竟至于亲近，失去竟至于拥有，结束竟至于开始，苦涩竟至于想笑，爱竟至于充盈……

站到吕梁市的离石区莲花池公园的湖边，遥想历史记载中刘渊的那个时代，真觉得一晃千年，世事如烟。在旧城的老居民区，很多院子的大门大都是面朝东南方向的。这个好像也是有讲究的，据老人说，一千七百多年以前的离石当地人和归顺晋朝的匈奴人都把院子大门朝向晋都洛阳的东南方位，以示臣服之意。

距离石以北四十里左右的方山县南村，一千七百多年之前著名的左国城，一个土生土长的农民企业家，已经在这一片广袤的庄稼地里建立起了一家闻名遐迩的冶炼集团公司。当你见到这个额头很高、一米八几个头的农民企业家时，你禁不住说："他长得真还有几分像刘渊啊。"

任何人在这个时候，都一定会发出沧海桑田的无限感叹。当你一个人郁郁寡欢的时候，容易陷入回忆，并不是说真的今不如昔了，而是你在北京闭关写作《狼密码》一书期间，有时总会很警觉地谛听窗外嘈杂的声音。通常，轰隆隆驶过的火车，让你很容易地打断正在思索的某件事情。想起从前的日子，仿佛如同发黄的老照片一般，你甚至不知道从何想起，只是在心里边乱哄哄的，烦躁得更厉害了。某一天，你突然接到 80 后诗人孙继祥从拉萨打来的电话，他说在中国最高的高原，一边吸氧，一边和你通话。于是，你竟然在那个时候想起了远在天堂的奶奶，还有你那亲密无间的兄弟（你的中篇小说《飞越电影院》就是回忆小兄弟俩的童年往事），便不由得潸然泪下⋯⋯

女人的一生，此情此恨无绝期，总是为之付出一切。就拿爱来说，并非简单的个人私情、儿女情长，而是一种个体生命在生物链条上存在的更多的本能追求和反应。这种追求和反应，既是物化的和外在的，又是内化的和心灵的，来自一种触类旁通的神秘感应。在写作这本书的时候，你对刘渊身边的女人，诸如呼延玉、单氏、小沅等，作了尽可能复杂化的感性解读，又试图通过刘渊身边的女人来衬托刘渊这个主人公的形象。你还通过战争场面来表现刘渊那不易被人察觉的另一面，而醉酒的抒写则展现其复杂的内心变化，突显其性格中的矛盾成分。鲁迅说过，所有悲剧都是把美撕裂给人看的。在千年历史的伤口里，你感觉到无数在战乱之中奔波的小人物在你的面前挣扎着，奔跑着，哭喊着，不停地叙述着他们的疼痛和苦难⋯⋯

你一直觉得，小说就像沙滩上的海市蜃楼，或是人世间过往历史的某种投影而已。如果说某个人的失忆，可能使得他（她）无法过一种正常人的生活，那么一个民族的失忆会导致更可怕的后果。所以，我们只能，也只有——直面历史和现实，才有恢复到正常的可能。我们的生命健康和人身安全在任何时候都是第一位的，然后才是爱和理想，再然后才能够在坚实的大地上站起来呼喊。这样站起来的呼喊是微弱的，但是最为接近真实的，也最有可能抵达心灵的彼岸。每一个人都有各自的编年史。所有个人的历史，都不是孤立存在的。每一个人的命运，其实与整个世界的命运是休戚相关的。对于个体生命来说，在旧我之上的不断超越与四季轮回是相对应的。这种超越和对应，暗含了很多新旧轮回的不断交替，也彰显了个体生命在宏大广博的历史时空里独有的存在。你作为特定的一个世俗角色，一个现实生活中的小人物，依然在自己的轨道中奋力前行着。这种前行的动力，就是一种对生命与爱的热忱和感应，一种处于焦虑不安之中的闭关状态。正因如此，你会常常被那些历史中的小人物缠绕着，与他们同呼吸、共命运，被生离死别的悲情牵动着，乃至泣不成声……

你的小说《温柔地带》是很久以前在亚运村附近一间七八平米的小屋子里写成的。那大概是 1996 年的春节期间，你在北师大求学，寒假里宿舍不让人住，只好搬出去。那间小屋子里没有暖气，你拿笔的手都冻僵了。在随后的多半年，你遭遇几十家文学刊物的退稿，10 月初又投给一家南方的刊物。在你几乎完全绝望的时候，竟然不到二十天就收到该刊执行主编、作家张庆国老师的亲笔信，说是要在《滇池》与《小说月报》合办的"中国短篇小说精品展"栏目里重点推出你的作品。据说，稿酬在当时全国文学刊物中是最高的了。小说发表之后，随即被几十家文学报刊转载，还获了奖。紧接着，《山西文学》也随后发表了你的几篇小说。你参加了《山西文学》的 1997 年新生代作家作品研讨会。1998 年 2 月的某一天，你来到了闻名遐迩的鲁迅文学院。那个时候，你在人们的眼里已经被文学的梦想烧得半疯半傻。当你跌跌撞撞地敲开了伊甸园的大门时，也算是缘了。缘有善缘，也有孽缘，说不清的缘。这个缘，皆因为文学，皆因为你在文学的这条羊肠小道上的倔劲儿。说来奇怪，你一边冲着那些新时期和后新时期"圣坛上"的文学腕儿们、角儿们学习取经，一边又"反刍着"，爆发出更多的逆反行为……

你的文学梦想变为更加具体的行动，依然还是和从前那样越发强劲，越发执著了。写作的每一次停顿，都是一次休整。前路虽然茫茫，但是你在文学之路上还要继续前行，继续攀爬。中国作家协会副主席、山西省副省长、山西省作家协会主席、著名作家张平老师，也对《狼密码》一书给予过关注。另外，原稿中涉及到人物对话的内容是没有加注标点符号的。你以为，在新的现代小说文本中是可以这样呈现的。"自由直接话语虽然没有任何叙述标记，但是却可以出现第一人称，这种形态的转述语频繁地大面积出现，显示出叙事特征的变化，是小说文本的真正解放。"（参见鲁迅文学院编《文学之门》）不过，你考虑到一般读者的阅读习惯和出版流程的技术要求，遂在相关的对话内容上作了一些技术性的修改。对待写作，你只能是虔诚的，正如张爱玲那"低到尘埃里"的爱的姿态。因为命运，因为有了这诸多的关爱和帮助，才使得你的前行和攀爬，有了作为个体生命更为强大的、爱的动力源泉……

　　是为序。

目录

MULU

引 子

那时，在千年狼谷的观音庙正殿里，小沅仍然对发生在多年之前的那一幕惨景心有余悸。

刘渊的长子刘和与四子刘聪不仅性格迥异，而且行事方式都大相径庭。

刘和在一边瑟瑟发抖。刘聪就故意把那个官军校尉捆绑住，丢到刘和的脚下。

"啊啊啊！啊啊啊！"

刘聪拿起匕首，走到跟前，对着官军校尉的胳膊使劲一划，一块肉就掉了下来，鲜血汹涌而出。

"啊啊啊啊啊啊！啊啊啊啊啊啊！"

刘和吓坏了。"聪儿你干啥？别这样暴力，好不好？"

"再割一块，你看看！"

"别割了好不？我求你！"

"再割一块，给你下酒！"

说着，刘聪又一刀，又一块肉切了下来。官军校尉的衣服都被血浸湿了。他的身子在绳索里苦苦挣扎着，哀嚎着。

"聪儿，求求你……他眼看要死了啊……"

"死就死吧，死了好，早死早转生呢。再拉来一个俘虏割给你看看如何？你的胆子需要这样天天练。光说不练，可不行。"

刘和就在那个时候没出息地哇哇哭了……

第一章　千年狼谷

1

千年，只是离石城东北郊外的一个小村庄。那里距云顶山不远。当年刘渊队伍的四十里跑马塌、藏兵洞等，至今都保存完好。千年村附近，野狼时常出没的地方，被当地人称为狼谷。

刘渊的传说，在西晋永兴元年（公元304年）的离石简直不可思议。今人无法想象当时的情况，只有猜度和演绎了。记得上个世纪80年代，在吕梁市的离石东川河与北川河快要交汇的一块滩地上，有过极为兴旺的骡马大会。远远望去，尘土飞扬，人流在骡马和骡马主人之间穿梭，真有些一千七百多年以前匈奴人刘渊在离石起兵的阵势。

在王易风老先生笔下，曾记述过离石这个古城的旧事。王易风老先生写道：

（离石）旧称永宁州，是个整齐的方城。四周城墙不偏不倚。城内南街偏西处，设有州衙门。我初到此地，新关尚有较完整的关帝庙。

在刘渊起兵的那个时代，离石城是个什么样的情形，史籍中并无详细的记载，但在那个乱世，它是匈奴的王庭所在，汇集着北方民族的各路英雄和天下名士。

2

久远的记忆，在匈奴人刘渊的心上深深地刻着印记。在老家新兴（今忻州）的那片草滩上，在从小长大的游牧部落里，刘渊就已经对后来的命运有了某种神秘的预兆。

人的生命只有一次，或许仅限于肉身，永恒轮回的说法则基于人的精神而言。刘渊的一生，所经历的种种是非，在这个多民族的国度，千百年来一直在反复上演。

任何生命，一旦永远消逝，无论他生前多么美丽，多么辉煌，也将毫无价值，毫无意义。在上古的原始部落之间，发生着数不清的大大小小的战争，而每次战争都会有无辜者丧生，却依然改变不了世界的真面目。

刘渊那高大的身影在山崖后投下巨大的阴影。他一直在那里挺立着，被眼前的景象惊呆了。

脚下是一片与老家新兴完全不一样的草滩，而草滩对面是一片清凌凌的水塘。水塘后面是美不胜收的千年村。刘渊看到这个村庄，长久地呼了一口气。刘渊从草坡上一跃而下，简直不像个统帅，反倒像个孩童。他把战马的缰绳甩给了侍卫小溜子，就三蹦两跳地跑到了水塘旁边。

　　水面上倒影出一个体貌伟岸、姿仪不凡的壮实男人，身高八尺四寸，留着长胡须，身穿胄甲，宛若一座铁塔。而这时有几个光屁股的孩童在池塘另一边用石片比赛打水漂。石片击到水面上，把刘渊的倒影给搅乱了。

　　刘渊抬起了头，问孩童：

　　"你们住在哪个村子？"

　　其中穿一个红肚兜的男孩往后一指——那边层林尽染的山洼里有一个百十来户人家的小村子。

　　另一个叫臭椿的大男孩也就十二三的样子，说："阿（我）们的村子叫千年村。"

　　红肚兜含着指头好奇地望着刘渊，觉得他人高马大，留着红红的胡子的样子有些像村里族长经常讲得那些神出鬼没的红毛老怪。

　　"您——，您敢和我们比赛打水漂吗？"

　　贴身护卫小溜子不耐烦了，推着身边的几个孩子说："去去，别在这里玩！"

　　臭椿确实有些孩子王的模样，不仅不走开，相反还直接站到弯下腰在池塘边洗手的刘渊面前，毫不客气地说："想让我们走开，那您这个红毛老怪也别用我们村池塘里的水！"

　　刘渊站起来，盯住十分认真的臭椿，禁不住哈哈大笑："这池塘又没写字，怎么能证明是你们村的？"

　　臭椿语塞了。

　　没一会儿，刘渊从身后箭筒旁边的大袋里变戏法地掏出五六个五颜六色的泥塑小猴娃娃。孩子们忽地一下子涌了上来。

　　刘渊说："这些泥娃娃都会给你的，但有一条，要比赛打水漂，谁赢了给谁，怎么样？"

　　说着，刘渊让刘和与臭椿比赛。刘和撇撇嘴，不屑于和这几个孩子比赛。

刘渊说："别小看了这些山里娃，谁赢还不一定呢。"

果然，刘和飞起的石子都咕噜咕噜沉到水底了。一边的臭椿说："看我的。"只见他倾斜着身子，低着头看着水面，石子飞出去，在水面上能翻出两三个水漂才沉底。

这时，小溜子也跃跃欲试，想和孩子王臭椿比试。没想到，小溜子的劲儿过大了，以至于石头离开水面直接打到对岸去了。

刘渊哈哈笑着说："劲儿太大，要用巧劲啊。"

红肚兜不服气，喊着说："那让你这老怪来打一个吧！"

小溜子在红肚兜脑门上弹了一个很响的蹦儿。红肚兜护着脑门，躲开了，嘴里嘶嘶地直喊疼。

小溜子说："什么老怪啊，你们听谁说的？你们要叫大王的！说着，他指指刘渊说，这是我们的大王！"

孩子们都瞪大了眼睛，喊："大——王！"

刘渊对小溜子说："不知者不为罪，再说都是一些可爱的孩子啊。以后可不能这么使劲弹孩子啦！"

臭椿则向刘渊挑战，说："大王，您能把水漂打到对岸吗?"

刘渊只好不客气了。他随便在脚下捡了一块小片石，动作轻巧，然后那么向水面上一甩，只见小片石如同长了眼睛，"嗖嗖嗖"地在水面上钻上钻下，一连打了十多个水漂，最后飞出水面直击对岸的茅屋。

"呀——!"大家都惊呼起来。

红肚兜说："大王打了十五个水漂!"

臭椿则说："是十六个! 大王真厉害!"

孩子们钦佩地望着刘渊。刘渊虽然出生在与离石相距不远的新兴，但对京都洛阳更为熟悉。中原大地上的许多生活习惯和特定的交往圈子，决定了刘渊的性格和个性。面对千年村，面对这些孩子，刘渊觉得自己远离了尘嚣，也远离了纷争。

多好的一个村子啊。

这个村子，让刘渊有了归隐山林的想法。而旁边河岸上的臭椿则吹起了笛子。在清脆悠扬的笛声中，刘渊不由得陷入了长久的沉思。

3

对于刘渊个人来说，无论多么了不起，但他也只是活在那个特定的历史时段。任何一个具体的个人，都无法超脱他所处的时代。

刘渊虽不是一个只识弯弓射大雕的粗人，但他对自己活着的那个时段将要发生什么，依然是一无所知。否则，刘渊于永嘉四年猝死之后，也就不会发生那些嫡亲继承人与其他诸王之间兵戎相残的悲剧了。那么，在刘渊出生之前呢？那段匈奴人的历史确也不堪回首。在很小的时候，刘渊就在母亲呼延氏、父亲刘豹，甚至祖父于扶罗那里，听到过一些匈奴人的历史片段。

应该说，早在公元前3世纪那会儿，匈奴人就开始统一强大了。单于首领统帅着一切。所谓单于，在汉文译音的全名是撑犁孤涂单于，即像天子一样广大的首领。单于下，又有两个最大的官职，即左右屠耆王，意为左右贤王。

刘渊后来当过这样的王。虽是王，但行动其实不自由，刘渊被晋武帝司马炎控制在洛阳。屠耆王本是正直的、忠实的王。可是，司马炎并不放心，特别是刘渊站到他跟前，反倒显得他有几分矮小。甚至，晋武帝觉得自己像跟班的了。司马炎很不高兴。他深知，非我族类，其心必异。

刘渊被晋武帝司马炎召见时，也感觉到对方虽然很喜欢自己，但依然心存警觉。刘渊在那种场合下，就显得更为缩手缩脚了，连说话都结结巴巴。这其实不是他的风格。

"元海，在京都住得惯吗？"

刘渊的衣着打扮，依然是新兴县老家的打扮，宽袍大袖不说，腰带都拉得很长，一副匈奴族人的模样。

元海是刘渊的字。刘渊这时一愣，对皇帝的问话，一时间不知道如何回答。他总是在这样的场合下走神。

"朕赏赐的官服为何不穿？"

刘渊不置可否。他的心思早已回到司马迁的那些典籍里了。他在京都洛阳过得很无聊，所以疯狂地迷恋上了司马迁的竹简书。

晋武帝又问："爱卿最近在干些什么？以往和太子多有走动，为何这些日子不见呢？"

"微臣在研读《史记》。"

刘渊这样说的时候，就发现晋武帝不想和他多谈什么《史记》，更不想谈司马迁这个性格很犟的人物。此时此刻，这段对话让司马炎很尴尬。晋武帝觉得幸亏司马迁不是生活在现而今的这个时代，否则有可能就不是宫刑伺候的问题，大有可能掉脑袋。因为他不喜欢这些轻狂文人的那股子目空一切的劲儿。比如，洛阳的那些号称竹林七贤什么的穷酸文人，一聚集起来喝酒就脑袋发热，每个人都轻飘飘的，也不知道自己的骨头有几两重，更不知道自己究竟是谁了。

司马炎又问了一些关于北匈奴与南匈奴之间争斗的问题。刘渊说："本朝开基，胡人塞外有三十万人，入塞匈奴有数十万人，羯族和其他进入中原大地的胡人有一百多万。"据考查，当时胡人总数约四百万，其中属于西晋管辖的雍州、并州和冀州部分地区的胡人就有约二十五万。中原汉族与胡人比例依此推算大致为3:1或4:1。在中原

的局部地域，比如新兴，比如离石一带，匈奴人已超过了当地汉族的人口。

这个时候，坐在龙椅上闭目养神的晋武帝司马炎突然眼睛一亮，问了一句："南匈奴人都有汉姓吗？"

刘渊说："微臣从小出生在新兴县，幼年在外婆家塞北大草原呆过很长时间，对南匈奴人很熟悉。现而今的南匈奴人实际上都归属朝廷了，学的是中原文化。匈奴贵族中有见识和威望高的人，不仅起中原的汉姓，而且影响甚众，对稳定边疆的作用不容低估。"

晋武帝又说话了。

"一旦天下危机，任子有何高见？"

刘渊答："文不贪财，武不怕死。天下可安矣！"

"那任子对当今太子将来继位有何看法？"

刘渊也知道，朝野上下对晋武帝司马炎的这个傻儿子司马衷将来的继位并不看好，甚至还有几个藩王在私下对此颇有微词。但这个时候，刘渊不能对晋武帝说真话。自古以来，皇帝都爱听假话，喜欢溜须拍马的话，谁说真话谁倒霉。朝堂上，凡是假话连篇、厚颜无耻的奸臣都能左右逢源、八面玲珑，摆平各种利益关系，而说真话的忠臣往往不计利害得失，屡屡进言反倒被贬，甚至被抓，乃至招致杀身之祸。历朝历代里，但凡说真话的人，恪守良知和底线的人，最后都被视为敌对分子加以防范。刘渊望了晋武帝一眼，也只能唯唯诺诺，以求得自保了。

"太子即位，乃承袭立长不立幼的道统，微臣以为朝廷上下都会坚决拥护陛下做出的任何决定。吾皇万岁万岁万万岁！"

晋武帝见刘渊气宇非凡，态度诚恳，随即又说："元海作为吾朝的任子，当尽忠朝廷！以后如有合适的时机，一定会让你接替你的父亲刘豹左部帅一职的，朝廷一定要全面掌管南匈奴部族所在的区域，以彻底稳定那里的局势。"

刘渊还想说什么，但看到晋武帝司马炎突然表现出不耐烦的模样，就赶紧告退了。

4

刘渊经常诵读项羽的《垓下歌》，然后在自己洛阳府邸的书房里沉思。

> 力拔山兮气盖世，时不利兮骓不逝。
> 骓不逝兮可奈何，虞兮虞兮奈若何！

在项羽的一生中，不乏所向披靡、勇冠三军的神奇故事。而刘渊直到今天，人生已经好几十年过去了，还是一事无成啊。尽管，项羽后来陷入四面楚歌的惨败境地，也无法保护他的爱妃虞姬，但项羽的不一般正在于这里。项羽不肯过江东，从容赴死的壮举，让刘渊感慨万千。

力拔山兮气盖世！回首过往，刘渊觉得自己虚度岁月，不由得有一些自责。兴亡盛衰之间，需要的是机会，时不再来。

时不利兮骓不逝。时机于我不利，战事于我不顺，千里马也跑不起来了。此刻，一种英雄末路的感慨油然而生，让刘渊倍感苍凉。

骓不逝兮可奈何。项羽的失败，不仅仅是军事意义上的失败，更多的是政治谋略上的失败。在强劲而奸诈的对手面前，项羽过于坦率、天真。死到临头，一切都晚了。

虞兮虞兮奈若何。过往众望所归、叱咤风云的统帅风采，已经不在。眼见得强弩之末，无计可施，而且连自己的爱妃也不能保护，这

是何等的屈辱啊！从江东率数十万大军起事，所向无敌，威震天下，如今，兵败如山倒，到最后只剩二十八骑相随。不肯过江东的项羽只剩死路一条了。

刘渊常常与孩子们谈起项羽的失败教训。当然，他也经常给孩子们讲述匈奴族人的历史。

比如，他会讲最早的单于是住在鄂尔浑河上游的山区。鄂尔浑河上游在什么地方呢？他又给孩子们介绍。左贤王（原则上是单于的继承人）住在东面，在克鲁伦高地。右贤王住在西面，处于杭爱山区。还有左右谷蠡王、左右大将、左右大都尉、左右大当户、左右骨都侯，然后是千夫长、百夫长，十夫长。这个游牧民族，在行进时被组织得像一支军队。

元狩二年（公元前 121 年），汉骠骑将军霍去病遴选精锐，每个士兵配备三匹军马，用千里奔袭的战术，发动闪击战。

霍去病获得大胜。

匈奴浑邪王认输，呈献河西走廊的广袤领土给大汉。

汉武帝将收降的匈奴四万多人，都迁至河套地区。

而刘渊从小就生活在新兴县，并不记得祖上是从何处迁徙过来的。刘渊至今都能记得母亲呼延氏给他唱：

　　亡我祁连山，使我六畜不蕃息；失我焉支山，使我嫁妇
无颜色。

呼延氏的个头很高大，刘渊长得很像母亲。刘渊记得母亲经常给他讲述先祖冒顿的征战史。父亲刘豹后来成为驻扎离石的左贤王，叔祖刘宣则是右贤王。

东汉建武二十四年（公元 48 年），东汉光武帝时期，匈奴贵族比

因不满蒲奴单于继位，随即率南匈奴八部四五万人宣布独立，自立为单于。他派遣使节至汉都洛阳，向东汉王朝奉藩称臣。从此，匈奴分为南北两部，各自为王。单于比即为南匈奴的第一个单于。

东汉建武二十六年冬，南匈奴与北匈奴作战失败，光武帝下诏南匈奴单于比率部将王庭继续向内徙居到西河美稷一带（在今山西省西北、内蒙古南部）。单于比又将南匈奴的各部屯居在汉朝北部，也就是今天内蒙古、晋、陕、甘一带。南匈奴就这样成为了汉帝国的守成边疆者和编户齐民。

匈奴族与北方汉族错居通婚。匈奴单于还派贵族子弟到汉都洛阳学习汉文化。南匈奴自南下归属汉朝，便不断被汉族和汉文化同化。

南匈奴共有屠各、鲜支、寇头、乌谭、赤勒、捍蛭、黑狼、赤沙、郁鞞、萎莎、秃童、勃蔑、羌渠、贺赖、钟跂、大楼、雍屈、真树、力羯等十九个小部落。南匈奴后来接纳了衰落的北匈奴部分降众，史称：党众最盛，领户三万四千，口二十三万六千三百，胜兵五万一百七十。

东汉永和五年，南匈奴发生了内乱。

汉朝为了避免这些人众的扰掠，乃将西河、上郡、朔方等郡治南移。就是那个时候，刘渊祖上随大多数族人集中到并州中部的汾水流域一带，成为汉化的农牧业混合的所属地居民。

曹操统一北方后，将匈奴三万多个部落分为左、右、南、北、中五部，每部设有部帅，直属中央政府。

当时在河东平阳（今山西临汾）一带的南匈奴单于，即刘渊祖父。刘渊祖父于扶罗，在汉末率兵助汉镇压黄巾起义。从此，他留居中原，自立为单于，乘董卓之乱而攻掠并州、河东等郡，后屯驻于河内郡。于扶罗死后，其弟呼厨泉立为单于。于扶罗认为自己祖上多次跟汉朝和亲，是汉朝的亲戚，于是改用汉朝皇帝的刘姓。

刘渊小时候，就和别的族人家孩子不太一样，天生有一种贵族气。无论是玩弓箭，还是练骑马，他都处于领先的位置。他只要往那里一站，就有号召力。刘渊身边总是围满了年轻人。

父亲刘豹很重视儿子这方面能力的培养。母亲呼延氏则在他五六岁时就请私塾先生教他《诗经》《孙子兵法》等书。刘渊十五六的年纪，就到洛阳，在崔游办的书院里研读四书五经。

曹操立于扶罗的儿子刘豹为左部帅，单于名位撤销。刘姓成为匈奴最显贵的姓氏。

5

现在已经是八月的中秋。

刘渊对臭椿说："这里附近狼群经常出来活动，快带孩子们回家！"

臭椿说他不害怕，他还要去打狼呢。

刘渊对身后的儿子刘和说："千年村里的小孩都比你胆量大。"

刘和虽然是长子，但在父亲刘渊面前总是唯唯诺诺。他从小就胆量小。这次，刘渊有意把他从营帐里带出来打猎，就是为了锻炼锻炼这小子的胆量。

刘和已经十六七了，一副文弱书生的模样，平时见了老鼠都吓得浑身发抖，更何况让他去打狼呢？

这个臭椿，年纪虽十二三，但个头却不低，身板壮实，过两年是块当兵的好料子。尤其，臭椿还带着一条叫做雷斧的大狗。这条大狗见了刘渊并不一惊一乍地乱咬，恰恰相反，它能领会到主人的心思。雷斧看到主人臭椿与刘渊父子俩一见如故，也就不停地摇着尾巴。

刘渊似乎懂得狗的语言，因此亲切地说：

"啊,真行,好,好!"

然后,拍拍雷斧的头,让它卧下了。

臭椿有些惊奇地看看雷斧,再看看刘渊,说:"啊呀,真牛,雷斧从来对陌生人不这样的。"

臭椿说:"雷斧对这一带的路线早已熟悉了。要到狼谷打狼,可一定要带上雷斧。上一次,雷斧在狼谷叫一声,就一下子招来两只公狼和一只母狼。还有一次,我和爹爹带着雷斧一起去,却啥都没打着,只逮住了一只嗷嗷待哺的狼崽子。爹爹说,把狼崽子抓回家,也无法养活,就把狼崽子放了。"

6

族人都把刘渊比作一只大漠上飞得最高的雄鹰。而刘渊对长子刘和却寄予更高的期望。虽然,刘和一向文弱谦和,但长得很像他母亲。刘渊年轻时候最喜欢的就是这个女人,外表白皙漂亮,又通情达理,能够给他出主意。刘和的母亲正是呼延玉。

刘渊身材伟岸高大,头大而圆,阔脸,颧骨高,鼻翼宽,上胡须浓密,下巴硬须,显示其男子汉的性格。呼延玉几乎是对刘渊一见钟情。

在美丽的塞外大草原,十三岁的呼延玉称得上是部落里最娇艳,也是最夺目的花朵。

与呼延玉年纪相当的刘渊自然具有正当青春年少的那股子勃勃生气。他跟随着父亲刘豹在广阔的大草原上跃马扬鞭。呼延玉远远就看到刘渊,他确实不同于那些寻常的美少年。刘渊初先落在父亲后面,但在大草甸子跑了几圈下来,就处于领先地位了。

赛马场上往往是这样,有父子,也有兄弟,更有叔侄、朋友之类。打虎亲兄弟,上阵父子兵。刘渊的表现让父亲刘豹特别欣慰。这

说明建功立业的愿望，在后辈那里能够实现了。

刘渊一下马，就快步向与母亲同姓呼延的小女子走去。两个年轻人的心事，自然被刘豹这个过来人看穿了。刘豹对呼延玉这个女娃娃十分满意，尤其见两个年轻人你情我愿，做长辈的心里自然也乐开了花。

通常族人的打扮都是在长长的耳垂上穿孔，佩戴一只耳环，而刘渊没有。他差不多是新兴老家的一些装束而已。他头顶只留一束头发，其余都剃光了。厚厚的眉毛，杏眼，目光炯炯有神。他身穿两边开衩的宽松长袍，腰上扎有布腰带，长长的布腰带两头垂挂到膝盖，袖子在手腕处扎紧。一条短毛皮围在肩上。头戴皮帽。鞋是皮制的。宽大的裤子用皮带在踝部捆扎紧。弓箭袋系在腰带上，垂在左边。箭筒也系在腰带上，横吊在右边。

呼延玉大胆地注视着马背上的刘渊。刘渊打了一个长长的嗯哨，策马飞奔到呼延玉跟前，然后伸出手，轻轻地把她拉到马背上，坐在他的前面。

"元海哥，你疯了吗？这可是在比赛。"

刘渊轻轻一笑："没关系，规则归规则，咱要的是开心，不是别的。只要玉妹开心就好。"

"元海哥，骑慢点好吗？"

刘渊不仅没有勒紧缰绳，相反两腿一夹，马匹加快了脚步，简直在狂奔。

"元海哥，抱住我，我怕！"

"别怕，有我在呢。"

呼延玉耳边的风嘶嘶响着，刘渊却是一脸自信的笑意。呼延玉则想，一直就这么与刘渊骑在马上也很不错，我才不管别人说什么闲话呢。

"玉儿，你在想啥啊？"

"啥也不想。"

"玉儿，愿意跟我去父王任职的离石城吗？"

"愿意。"

"离石城和左国城都有父王的府邸，足够我们住的。你想住在哪里就住在哪里，就怕你爹妈不同意你离开他们……"

"真的吗？"呼延玉只是觉得眼前的一切如同梦幻一样，她无论如何也要说服父母的。父母一直很开通，不会拒绝的。

呼延玉说："元海哥，你放心。爹娘一定会答应的。"

"不过，离石和左国城可没有这么宽阔的草原啊。"

呼延玉又抬起头看刘渊，感觉到他那比草原还要宽阔的胸膛，点点头。

"到时候，我会先带你去新兴老家看看，看看我童年时生活的那块草滩。我还记得当年妈妈带我一起去小河边洗衣服……"

说到这里，呼延玉发现刘渊的声音更加低沉，有些难过的样子。呼延玉知道刘渊早在七岁的时候就失去了母亲。

"元海哥，你别难过，我会一辈子陪着你的。"

刘渊过了许久，摇摇头说："怕……怕是不能去新兴老家了，也不能去离石和左国城那边了……"

"为啥啊？"

"朝廷很快要让我去洛阳当任子去了。"

"元海哥，什么是任子啊？"

元海哥一边策马，一边在呼延玉耳边悄悄说："任子就是皇帝的干儿子！"

"真的吗？那元海哥去了洛阳在哪儿住呀？"

"听父王说，皇帝早就赐了任子一处宽敞的、带花园的大院落做任子的府邸，一直在京都闲置着嘞。玉儿，到时候你愿意和我同去吗?"

呼延玉心中一热，说："元海哥，我愿意跟你去。只要你愿意，你到哪里我也会到哪里去的。"

这时，刘渊在疾驰的马背上，从背部箭筒里抽出一支箭，然后胳膊架在呼延玉的肩膀上拉开了弓，对准远处的一处目标射去。

7

其实，刘渊早就感觉到朝廷危机四伏了，可是他内心充满纠结。一旦八王之乱引爆宫廷倾轧，失意的匈奴贵族和贫苦的匈奴百姓就注定要联合起来，形成很大势力，几十万匈奴人可以立刻变为军事组织。

所以，刘渊后来的揭竿而起只是顺应了历史的潮流。尽管这样，刘渊的心在那个山雨欲来风满楼的时刻，一开始有些患得患失，甚至觉得已经四五十岁了，不如混日子算了，混一天算一天，只要过得安稳就好。他在洛阳可以过一种没脑子的那种猪一样的生活，可是日久天长，痛苦更甚了。

当时，西晋实际掌握权柄的人是贾南风。刘渊也深知时机一旦错过，再没有吃回头草的可能。刘渊犹疑之际，也不断在早年读过的古籍里寻找办法，探究在机会来临时如何保持胜算。他还专门与自己的长子刘和讨论《孙子兵法》和《周易》。刘和看上去文弱，让刘渊这个做父亲的顿生怜爱之心。

刘和不善弓箭，但谈起《周易》来，滔滔不绝。刘和的爷爷刘豹活着时也很欣赏长孙这一点，并认定是家族的希望。

刘和说，否、泰，是《周易》中的两个卦名。然后，他给父亲侃侃而谈。

就连远道而来的易学师傅也对刘和的见解颇为称道。

"否卦，上卦三阳爻为乾卦为天，下卦三阴爻为坤卦为地。天阳之气是清的，运动规律是上行的，地阴之气是浊的，运动规律是下行的，卦象显示出天地不交、阴阳不通之象。否卦的卦辞说：否卦，遇到了小人，不利君子守正，好的局面过去了，坏的局面到来了。泰卦，上卦三阴爻为坤卦为地，下卦三阳爻为乾卦为天。地阴之气是浊的，运动规律是下行的，天阳之气是清的，运动规律是上行的。正是天地相交、阴阳相通之象。泰卦的卦辞说：泰卦，不好的局面过去了，好的局面到来了，意即吉利，亨通。"

否极泰来寓意逆境达到极点，就会向顺境转化。用哲学的理论来讲，事物是相互转化的。

刘和的解读让刘渊心里陡然生起希望。一个人总是处于坦途，或者总是处于逆境，是不可能的，关键要有耐心，有韧性，要懂得抓住稍纵即逝的机会。

刘渊早就有干一番大业的想法。八王之乱在刘渊的眼前发生了。

历史就在离石这个地方，拐了一个弯。

在这样的皇族体制中，刘渊所处的位置实在算不得什么。作为匈奴异族，他一直行事很低调，力求能够得到赏识的机会。刘渊虽喜欢力拔山兮气盖世之类的豪迈气概，也想把自己的业绩刻到竹简上，所以通过各种渠道去了解晋武帝的想法。

竹简是个神奇的东西，有时候它可以把已经发生过的或者正在发生的事件记录在上面。这就是历史了。刘渊也想用竹简书写历史，但他更想用弓箭来改写和刷新正在发生的历史。在刘渊的内心，还是喜欢一种冒险的行为，喜欢在洛阳城外的原野上，乃至边陲的大漠上金戈铁马、纵横驰骋。他迟早有一天要建功立业，只是现在必须老老实实，只能在朝堂上表现自己的忠诚。

谁也不知道刘渊的内心世界是如何千变万化的。已经过去一千七

百多年了，有些事情只有他自己清楚。他尽管不说，但后人还是越传越玄乎，依照结果来推算一些起因或者铺垫。

刘渊心里常常对自己说："记住你的出身和你的境遇，这决定了一切。你只是一个匈奴人。你是一个长期被中原文化所熏染的人，你是一个地地道道的军人，所以当断则断，不断反受其乱。"

刘渊的年纪已经四十多岁，但他精力充沛，依然朝气蓬勃，让年轻的兵士望而生畏。

这天，刘渊在洛阳城外的黄河边散步，碰到一个摆渡老人，就随便地问了一句："黄河啥时候不这么浑浊啊？"

摆渡老人看也不看刘渊，只是一个人在修补着手里的渔网。他说："水至清则无鱼，人至察则无徒。"老人说完后就跳上渡船划离岸边了。

刘渊愣在那里，不知所措。他觉得这个事情很奇怪，一个摆渡的老人怎么会读过《礼记》《汉书》？

8

千年村外。刘渊与儿子刘和一起走到臭椿跟前问："知道狼谷在什么地方吗？"

臭椿说："带上雷斧能走一条捷径，一个时辰就能到了。"

刘和不以为然："带上雷斧怕不行吧？"

一边的小溜子也说："打狼不应该带狗，狗胆小，狗叫起来会干扰打狼行动。"

刘和担心地说："是啊，要不然让狗自己回家去吧，你给我们带路！"

臭椿说："雷斧特别懂事，不会乱叫的。它已经去过不是一次两次啦，你们放心！它虽然胆小，但比猎犬的鼻子都灵。"

这还是半前晌，太阳已经老高了。快到千年狼谷时，大家都不说话，雷斧更是机敏地竖起耳朵，眼睛警觉地望着狼谷深处一动不动。

这个时候，没有人咳嗽，或用脚跟踏着步子（几乎都是脚尖轻着地），都像雷斧那样竖着耳朵听狼谷的动静。

刘渊作为指挥者，后面紧跟着儿子刘和、侍卫小溜子以及臭椿、雷斧。雷斧这只出色的狗，突然悄无声息地蹿到刘渊身旁，朝前望着，整个身体微微有些颤动。

千年狼谷里一片沉寂。这是森林里充满警觉与不安气氛的沉寂。卧伏在一边的雷斧前爪颤动着，做出随时出击的姿态。

刘渊无声地拉开弓箭，对准前面的垭口。狩猎的人们都隐蔽在一蓬酸枣柳丛后面。不远有一个水洼，四周长满了蒿草。周围一片白桦林，严峻，缄默。每一棵白桦树，都如同忠勇的兵士。高处的树梢不知道什么时候发出了哗啦啦的响声。

对于排兵布阵，刘渊并不陌生。相反，儿子刘和在这个时候有些慌乱。如果是另一个儿子刘聪在场，或许和父亲一样能沉得住气。只是兄弟之间关系不是很好，经常因为鸡毛蒜皮的事情吵嘴，甚至大打出手。刘聪是刘渊的第四个儿子，年纪还小，却心眼很多，让哥哥们防不胜防。

刘渊经常出门，愿意带着长子刘和，多半原因是因为他的母亲呼延玉。刘渊总是觉得对不起呼延玉和二子三子，这是因为呼延玉和这两个儿子在洛阳做人质时遇害了，没能跟着他来离石。他深深叹了一口气。

刘渊知道，皇帝司马衷最早见他的时候还是一个不谙世事的孩子。他不知道作为皇帝会意味着什么。司马衷继位之后，社会更加动荡不安了，天灾人祸不断，百姓多有饿死。当时，司马衷还大惑不

解，就质问大臣们："百姓没有饭吃，何不去食肉糜啊？"因此，刘渊出走之后，皇太弟、成都王司马颖那样疯狂地处理呼延玉和两个孩子，也就可以想见了。

　　雷斧聚精会神，坐在那里纹丝不动地嗅着前方的气味。刘渊也暂时放下了弓箭，因为这个时候还没有发现什么。空气仿佛完全凝滞住了。不过，雷斧探了探前爪，还是没有一丝风。白桦树的树梢也静止不动了。而阳光开始热了起来，狩猎者额头上有汗水冒出来，只是谁也无心去擦擦。在这样的原始丛林里，雷斧看到自己的主人臭椿匍匐在一个突起的土坡上。
　　突然，前面传来一两声母狼呼唤小狼的嗷哇嗷哇的叫声。而在狩猎者对面的小山上，则有七八个山汉挥舞棍棒，嘴里呐喊着什么。
　　"打——狼！打——狼——啊！"
　　沉浸的山林被呐喊声撕裂了。一片一片，漫山遍野，此起彼伏，回声在更远处飘荡。
　　刘渊站立起来，重新拉开弓箭，准备随时向目标射击。
　　臭椿拍拍焦躁不安的雷斧的脑袋，让它再次趴下。
　　也不知道哪来了这么多围猎的人们，只听到喊叫声比刚才更猛烈了。
　　"打——狼——啊——啊！"
　　这时，寂静被彻底颠覆了。四周的喧嚣，如同一锅烧开的水突然倾覆，无处不在地传来吱溜吱溜的声音，让人一阵阵毛骨悚然。
　　刘渊刚刚射出一支箭，目标却突然不见了。只听到四周丛林里传来一阵锣鼓瓢盆的敲打声。
　　"怎么回事？"
　　臭椿悄悄对刘渊说："他们是千年村的狩猎户。"

小溜子说："我去动静大的地方查看一下。"刘和拉住他说："别去啦，安全更重要。"

刘渊说："没啥事，你快去快回，这趟猎打得不顺利。"

小溜子一转眼消失在林子后面了。

刘渊远远看到一只怀有身孕的母狼和一只幼崽。它们身边有一只公狼在做护卫，还有一只灰尾巴的老狼在前面缩手缩脚地走着。这是公狼母狼一家子三代在搬家吗？

寂静过后，又是一阵喊着"打狼"的喊音此伏彼起，如同唱歌般喊着：

> 公狼、母狼和小狼，拐个弯弯见老狼；老狼不见，小狼
> 哭，公狼、母狼没主张……

有的用棍棒敲打，有的用刀劈斧砍，加上这个戏谑的歌谣，倒是让刘渊一时间呆住了。

臭椿的狗狗雷斧，也在摩拳擦掌。雷斧已经嗅到一股它从小就熟悉的气味。狼，真的是狼啊！它后退了两步，但看到主人一直在前面不动，又向前一蹿，尾巴翘了起来。

刘渊看到，在弓箭的射程内，沿着水沟的地方，依次出现老狼、小狼、母狼和公狼。老狼毕竟见多识广，老谋深算不说，而且还一路走，一路闻闻这里，嗅嗅那里，狼尾巴在两边摆来摆去。

刘渊第一支箭从老狼尾巴上"嗖"地闪了过去，老狼受到惊吓，溜了。

儿子刘和拉开弓箭正要向怀着身孕的母狼射击，被刘渊一把拉住了。

"别射它！射它，小狼没妈妈了。"

母狼被放过去了。

整个森林在轰隆隆地响，白桦林里的所有鸟儿被惊飞了。

千年村的狩猎者只是在一定范围内喊叫，还没有人上前活捉狼。喊声比开始更高亢了，有的喊声演变为秧歌了。

刚才去查看的小溜子一回来，刘渊就带着大家往目标处移动。刘和三步两步超过了父王刘渊，转眼就扑到了那只公狼的背部。

公狼从远处的荆棘中蹿到离刘和很近的水沟边，它伸了伸爪子，身体如同中箭般抖动。公狼的眼睛看到人，很木然，很蔑视。刘和想在父王面前抢头功，刚向前一扑，公狼就一嘴叼住了他的屁股……

刘渊已经赶到现场，拉开的弓箭直射公狼的后腰。刘和已经吓坏了，嘴里连连喊着："父王，快救我！"

公狼中了一箭，壮实的身体晃了晃，叼住刘和屁股的嘴松开了。公狼无心再下嘴，而是带着腰上的那支箭，向刘渊凶狠地扑来。

公狼一开始迟迟疑疑，甚至还有点小心翼翼，但到了这个时候，它就转为孤注一掷了。它受伤了。它的腰部后侧已经洇出一块血斑来了。公狼的嘴上有一圈吐沫，能看出泛着一层红红的血迹。

那是刘和屁股上的血迹。

公狼奔到水沟旁边，企图穿过水沟，但也就在身体飞离地面的那一刻，刘渊和小溜子同时放出的两支箭击中了它的身体。就这样，它一下子栽倒在水沟里，但是又很快站起来。刘渊看到它的额头很高很宽，脖子渗着血，龇牙咧嘴，吐着血沫。

相比这只公狼，刘和则在公狼不远的地方倒伏着，喊叫着。刘渊觉得儿子刘和过于鲁莽，不够小心。

9

狗狗雷斧有些虚张声势，一跳一跳，前爪刨地，做出试图绝地反击的样子。雷斧浑身的毛发倒竖，后脖子上的毛完全直立了起来，尾巴翘了老高。

公狼前后中了三箭，倒在水沟里时，泥水溅了雷斧一身。这只公狼是勇敢的，在拼杀中倒下。它已经死去了。

对于雷斧来说，公狼虽然死去，但狼的精神犹存，水沟边的狼血依然有威慑力。雷斧摇摇尾巴，在主人臭椿严厉的目光下，才一蹦一跳地来到水沟边。雷斧信任主人，乃至信任主人的朋友。而充满野性的狼，绝对不会信任任何人类。公狼并不害怕雷斧，也不害怕猎人。

公狼死去之后，那只开路的老狼气急败坏地蹿了出来，以赴死的决心，直奔刘渊拉开的弓箭。

被公狼咬破屁股的刘和，伤势并不重。他早已被小溜子搀扶到刘渊身后。刘和抬起身，看到那老狼反扑过来，连忙对刘渊喊："父——王——小——心——啊！"

刘和甩开小溜子，赶紧让小溜子帮助父王迎战老狼。但眼疾手快的臭椿，早已拿起刘和的弓箭向老狼先行射出一支箭。

嗖——

老狼的额头上中了一箭，但它依然没有倒下。它回头温情地看看那只怀有身孕的母狼和旁边的小狼孙崽，然后向前扑去。

在臭椿和小溜子再次射箭的同时，刘渊反倒呆住了，一动不动。

老狼死在公狼儿子旁边。这时，怀有身孕的母狼与小狼崽朝天哀嚎着，长久不息。

千年村围猎的人们手拿棍棒和弓箭，对它们实施包围，并且包围圈在缩小着。千年村的杨姓族长下了最后的围剿令。

刘渊大喊一声："慢！"

杨姓族长困惑不解，说："狼群危害一方，经常骚扰千年村的牲畜不说，村边住的几户人家的一两岁小孩都被叼走……"

刘渊还是阻拦住了打猎的队伍，说："刚才打死的这两只大狼归你们吧。这只怀有身孕的母狼和小狼崽还是留一条活路吧。"

雷斧是一条善解人意的狗，但它胆子小。臭椿低下头来抚摸着它的头，安慰它，劝说它。雷斧浑身的毛不再竖起来了，只是一直"咦咦啊啊"地哼唧个不停，在原地打转。它频频地喘着气，不愿意搭理人。当村民们抬着死狼起身的时候，雷斧也不走，拧在原地打转转。它挣脱主人的绳索，突然跑远了。臭椿知道它的脾性，它在白桦林的一个土洼处，浑身抖个不停，腿弯下已撒下一泡尿。

"雷斧，别害怕！没事，已经没事啦！"

雷斧胆怯地看看小主人臭椿，好像在说，对不起，主人！

刘渊说："雷斧几岁了？一看还很小，慢慢会好的。狗有狗性，狼有狼性，是不一样的。今天放走那只怀孕的母狼和小狼崽，可不是放虎归山，而是任何时候都不要向弱者下手，那不仗义！"刘渊这个时候与后来相比还真是显得很大度。

刘渊发现野狼在任何时候都不会向对手屈服。惺惺相惜，刘渊的前半生也体现着野狼那宁折不屈的个性。这也是他决定放走怀孕的母狼和小狼崽子的另一个重要原因。

第二章　洛阳深宫

1

　　都城洛阳的宫廷倾轧早已越演越烈。刘渊在一般情况下，大门不出，二门不迈，但也时刻关注着外面时局的发展。他害怕惹火烧身，稍有不慎就会引来满门抄斩的大祸。

　　上次，刘渊在朝堂上还碰到过司马炎的老丈人杨骏。看到杨骏这个老头子的得意模样，就让刘渊恶心。杨骏的女儿以前是杨皇后，现在是杨皇太后了。

　　刘渊离很远就向杨骏一拜。杨家就要成为西晋真正的掌权者了。刘渊总是特别小心，在朝堂上谁也不敢得罪。小不忍则乱大谋。

　　司马衷的老婆贾南风，可不是一盏省油的灯。她是现任皇后，自然不把老杨家放在眼里。螳螂捕蝉，黄雀在后。可是，对于刘渊来说，就得平衡这种复杂的关系。

　　杨骏见刘渊还站在那里向他拜着，就赶紧走过去，说："别这样，客气个啥？你毕竟是先帝的任子，老夫还正好有事情与你商量。"

"啥事啊？"

杨骏看看四周，然后伏在刘渊的耳边说着什么。刘渊只是唯唯诺诺地点着头，没有更多的表示。刘渊得知惠帝有意任命自己做五部大都督。

刘渊内心里并不看好现在风光无限的杨骏。说句公道话，刘渊倒是佩服一个人，那就是羊祜。那才是刘渊心目中的一条汉子。可惜，羊祜死得太早，只留下一句千古喟叹：天下不如意事，十常居八九。羊祜死后，司马炎服丧，百姓夹道相送。江东吴国的将士听到消息都是一番叹息：叔子独千载，名与汉江流。

在皇后贾南风迫害杨家之前，刘渊就预感到杨骏的下场了。那时，杨骏春风得意，力主司马炎册立司马衷为太子。杨艳为司马炎生了六个孩子，长子司马轨早年夭折，除次子司马衷和小儿子司马柬之外，就是三个女儿了，分别是平阳公主、新丰公主和阳平公主。司马柬从小聪明伶俐，而司马衷越来越白痴，以至于大臣们也觉得这个太子缺心眼。只是在废长立幼这件事情上，杨骏和皇后杨艳坚决反对，并整天说贾充女儿的好话。

刘渊对贾充这个人更是能躲则躲。贾充娶了城阳太守郭配的女儿郭槐做婆娘，刘渊早有耳闻。据说，郭槐曾多次怀疑丈夫与小保姆有一腿，竟然用鞭子抽死小保姆，乃至他们自己尚需保姆照料的儿子被惊吓致死。这样歹毒的悍妇，可以说是闻所未闻。司马衷在娶贾家女儿时，晋武帝司马炎选中的是贾家的二女儿贾午。可惜，就在迎娶那天，却调了包。一说是郭槐的坏主意，贾充这个人知情不知情，很难说；还有一种说法是，贾午才十三岁，人太娇小，穿不上结婚的礼服，于是姐姐贾南风顶替了妹妹上了花轿。这真是一件荒诞不经的事情。生米煮成熟饭了，当晋武帝司马炎和皇后杨艳看着傻太子牵着一个黑黄矮胖、奇丑无比的新娘时，也一时间惊得目瞪口呆。

当时，刘渊没有在场。他一直向皇太子请求要返回老家新兴县，但都获不得批准。

先是杨骏在武帝司马炎跟前谗言，说是放刘渊回老家就是放虎归山。而后惠帝司马衷登基了，希望也很渺茫。刘渊知道，风水轮流转，三十年河东，三十年河西，但如果一直待在洛阳，那也只能一天天荒废着大好的光阴。这种争来斗去的把戏，早已看透了。在皇后杨艳死后，只有十多岁的小堂妹杨芷被册立为皇后。但在晋武帝司马炎死后，贾南风成为皇后，不久她就对杨家痛下杀手。贾南风对司马衷连恐带吓，连夜下诛杀杨家的诏书。藏在马棚里的杨骏被一刀砍下了脑袋。诛夷三族，千人丧命。

看人走眼，最初杨家可是力挺贾家，并让贾南风嫁给了司马衷。结果呢？好心不得好报，杨骏在这场拼杀中第一个回合就全军覆没。

2

贾家的掌门人一跃成为贾南风，因为她已经贵为皇后了。而且，惠帝司马衷几乎被贾南风挟持了。大大小小的奏章，都得经贾南风过目。

杨骏一家被诛杀之后，刘渊上朝，见到晋惠帝时，就流露出去意。他只是说要在边陲为朝廷建功立业，但惠帝司马衷总是不置可否，一脸呆相。刘渊知道惠帝也做不了主，更何况惠帝根本无法做主，别人问得急了，只晓得傻呵呵地笑。贾南风对刘渊一直有戒备心理。贾南风的爷爷曾是曹魏集团忠臣，而她父亲贾充在武帝时期权倾一时。贾南风身上遗传了母亲的凶狠、毒辣，也兼有父辈身上的阴险、狡诈。

曹魏时期，皇帝曹髦领着卫兵冲到司马昭别墅门外时，被收到风声的贾充拦住了。

司马昭打手成济,不知道该怎么办? 而贾充的态度模棱两可,只是有某种暗示:

"司马公厚待我们,就是为了今天。今天的事,有什么可问的?"

成济一矛捅过去。结果大相径庭。

贾充,被司马昭重用;而成济做了替罪羊,被诛三族。贾充这个老滑头,刘渊更得防着点。可是,刘渊的第四个儿子刘聪却甘愿给贾充当枪使。这个儿子让他总是操着心。

据说,贾南风背着傻皇帝在玩一种让朝臣们难以启齿的游戏。十三四的刘聪竟然能和皇后挂上钩,暗地里当过几次皮条客。

刘渊一回到府上,就命侍从小溜子把刘聪叫来。小溜子在儿子住的前院没有找到人。到晚上,看到了一向听话的老大刘和。

"见聪儿了吗?"

刘和与刘聪一向不和,兄弟两人属于同父异母。刘和是刘渊原配夫人呼延玉所生。而刘聪则是偏房章氏所生。刘聪母亲章氏是汉人,一直生活在洛阳,年龄要比夫人呼延玉小几岁。章氏与刘渊的关系不和,两人生下刘聪之后,就分开了。章氏不知去向,刘渊只能让更加年轻的单氏带他。刘聪一开始误以为单氏是自己的母亲。

记得有一次,马房里,刘聪与刘和争夺一匹上好的雪青马,几乎打了起来。刘和性格温和,像呼延玉那样。而刘聪则不然,喜欢横刀夺爱,这一点既不像父亲,又不像母亲章氏。刘聪从皮靴里抽出一把匕首,要向刘和背部插去。

刘渊听到小溜子禀报,随即赶到马房,正好看到这一幕。他大喝一声:"住手!"

刘渊一边大喝,一边快步冲过去牢牢攥住刘聪握刀的右手腕。刘聪还在挣扎,被刘渊用力一拧,匕首落在了地下。

"聪儿，你怎么能对你的兄长下这样的毒手？"

刘和松开了雪青马的缰绳，说："我不和他抢了，父王你评个理！"

"聪儿，你要雪青马干啥去？你别在外面给咱家惹是生非！我还正要对你说呢，你和国丈贾充别走得太近，懂吗？咱家不比别的藩王家。能在家待，就好好待着！"

刘聪不想听刘渊的絮絮叨叨。他说："父王，我出去拉关系，还不是为了咱家啊？我的事情你最好别管！"

刘渊大怒，喝令随从把刘聪关了禁闭。"继续这样瞎拉巴下去，咱家还要跟上你小子受害呢！你们知道杨家是怎么出事的吧？要处处小心。"

"就是，就是。父王所言极是。"

刘和在一边附和。刘聪则恶狠狠地瞪了他一眼。

刘渊让刘聪向刘和看齐，多在家看看书，或在自家院子里的校场上练练功夫也好，有时间会教他们几招。

3

据说，惠帝即位后，洛阳一带青年男子不断失踪，活不见人，死不见尸。

刘渊喝令下人注意刘家府上的门户，并对几个儿子说："有事没事最好都待在家里。"几个儿子中，唯有刘聪在偷偷窃笑。

"聪儿，你笑什么？"

刘聪说："失踪的小伙子大概都去了后宫，当面首了。用得着我们操心吗？咱家的人肯定没事。"

刘渊一听这话，勃然变色。"这话简直大逆不道，给咱家会惹来大祸

的。"刘聪说洛阳地方衙门上有他的一个把兄弟,名叫杨厉,是杨弥的儿子。杨厉在衙门上当差,与刘聪一向走得很近,常常在酒楼里聚会。

杨厉告诉刘聪说,有一日,一个失踪多日的小伙子忽然现身了。变得阔绰起来的小伙子引起了邻居们的注意。贾南风一位远亲刚被贼偷了,就把小伙子抓到衙门。小伙子交代的内容让贾南风的远亲冒出一身冷汗。当时,杨厉也很奇怪。小伙子讲得故事如同神话传说,让所有在场的人半信半疑。

小伙子说在路上偶然遇一老太太,称应巫师指点,请他秘密去她家,为她女儿的邪症驱邪。小伙子与老太太上了一辆密封的马车。为了避免法术失灵,小伙子被装进竹篓。马车行驶很久后,小伙子被抬进一间大屋。这是一个金碧辉煌的宫殿。洗了香澡,换了华衣,又被主人招待了山珍海味。在一个豪华房间,小伙子服侍了一个身材矮小、皮肤黝黑的三十岁贵妇。贵妇眉毛尾端有一黑痣。十多天后,小伙子又被原路送回。身上的东西都是贵妇所赠。

贾南风远亲听后大吃一惊,已经猜出贵妇就是贾南风!所以就不敢再深究。衙门也是多一事不如少一事,也就当场释放了小伙子。

杨厉酒后吐真言,也确实让刘聪感到意外。刘聪敢于顶撞父王,也正是由于能探知到更多宫廷里的内幕。

刘渊对这个儿子一点办法也没有。刘渊从小到大,一直是父亲匈奴左部帅刘豹的骄傲。可是,到了他手上,就拿刘聪的品行来看,总是无法让人放心。种下的龙种,收获的也许会是跳蚤吧?

有些事情,可能是天意。比如这个贾南风,一向都是用诛杀手段回报那些给她当过面首的小伙子,但她对这个小伙子情有独钟,所以单饶他不死。而小伙子被地方衙门扣留,使这段宫廷秘闻,一时间在洛阳城里传得沸沸扬扬。这一事件,最终引爆了更大的内乱。

这个时候,刘渊正告家人出门说话注意,切忌少说话,避免祸从口出。他尤其警告刘聪少去酒楼里喝酒，饭饱生外事，不如待在家里好好与兄长切磋切磋射箭。

谈到射箭，这是刘聪的强项。刘聪虽比不上父王，但与兄长刘和相比，一定是稳操胜券了。

刘渊说："既然这样，明天就一决高下，看看孩子们最近的骑射技艺有无长进？"

刘聪自然觉得自己一定会胜出。"那还用说，明天一早就在校场上比试比试！我还就不怕了！"

4

八王之乱初始，刘渊作为五部大都督，并没有多少实权，甚至几近于人质，朝廷只允许他待在洛阳。贾南风专权后的谣言，尤其是儿子刘聪白天讲得那个故事，简直如同天方夜谭，让人难以置信。刘渊晚上睡不着觉了。

离天亮还有一个多时辰，刘渊依然在床上"烙烧饼"，越加火烧火燎了。他索性从床上跳了起来，穿上出征冲杀时的铠甲。刘渊在黑暗中穿得很细心，但总是有一些不安，以至于穿了一半就停下来了。

这时，身旁的呼延玉被惊醒了。她说："起这么早？天还没亮呢，又用不着天天上朝。"

刘渊叹了一口气，说："你睡你的，夫人！今天还要在校场上与孩儿们比试比试！"

呼延玉翻了一个身，嘟囔一句："还是和刚娶我进家门时一样的脾性，咱家孩儿们哪个能比过你这五部大都督的箭法？"

刘渊到了窗前，继续整理穿好的铠甲，然后让下人把小溜子喊进来。他先在窗前一个马步蹲在那里，两只胳膊伸出去，手掌向前推。

他眼睛闭上，开始静心练功。这是他每天一早的必修课。

小溜子进来了。刘渊背对着他依旧在练功。过了一会儿，他依然没有回头，只是对着背后的小溜子说："去马棚里备马。"

刘渊练好功，夫人呼延玉也起来了。一会儿，丫鬟给他递上来一杯热气腾腾的奶茶，而刘渊端坐在太师椅上一动不动。他在集中精力理清烦乱的思路。可是，越想理清，内心里反倒更加烦乱了。国事、家事、君事、臣事，事事交叉缠绕，事事难以顺心。刘渊觉得自己是洛阳城里最出力不讨好的人了。这个时刻，他突然想念起远在离石的父亲刘豹来了。不知道自己为何会这样，府上所有的人都认为自己是一个内心很强硬、说一不二的男人，却不知道自己也有极其脆弱的一面。

呼延玉天天与丈夫刘渊一起用早膳。今天一早，左等右等不见丈夫过来，就急了，派丫鬟过来叫他。

刘渊说："让夫人先吃吧！"

军队将校升官，是论功行赏。这个功，取决于首级。谁砍得脑袋多，谁就功劳大。所以，刘渊当年跟上父亲打猎，就是为了锻炼胆量。父亲刘豹作为匈奴左部帅，经常带着刘渊围猎。刘渊总是身背两张弓，关键时刻能左右开弓，力战群雄。刘渊在新兴老家曾在狼群里骑着雪青马左奔右突，一连射出十多支箭，让七八只雄狼瞬时毙命。

刘渊到校场之前，在供奉母亲呼延氏牌位的上房做例行的膜拜。刘渊是个大孝子，呼延氏的牌位一直陪伴在他的身边，而父亲刘豹则远在离石镇守，可谓天各一方啊。刘渊能够想象到父亲刘豹一如从前的戎马生活。

匈奴习性游牧，每年都有围猎的传统。通常在匈奴贵族家庭里，也是在这样的时刻举行骑射才干的比试。在刘渊少年时期，几乎每年都要在父亲跟前亮出自己的骑射功夫。匈奴人作为游牧民族，生活节奏也是由所属的羊群、马群、牛群和骆驼群而定。水源和牧场，是迁徙的参照系。他们吃畜肉（这一习惯给当时更多是以蔬菜为食的汉族很深的印象），穿皮衣，住毡帐，信仰崇拜天和崇拜某些神山为基础的萨满教，只是到刘渊这一辈，已经完全习惯于京都生活了。单于总在秋季召集所属匈奴人进行征战。刘渊曾跟着父亲出其不意地袭击敌人，然后在短暂的时间内带着战利品撤出战场。当遇到敌人追赶，他们就引诱对方深入大戈壁滩或是草原荒凉之地，然后以弓箭拦击，直到胜利。

现在，刘渊提前来到校场，没一会儿，就突然听到小溜子禀报："老家来人了！"

"谁啊？谁来啦？"

小溜子说："那人自称老家娘舅，现在见吗？"

正说着，那人已经来了。说是娘舅，其实是远亲，很多年不见面了。刘渊记得还只是七岁的是时候，在母亲呼延氏的葬礼上，见过这个娘舅。现在，看上去这个娘舅有六十多岁的样子，穿着一件袍子，特别是裹齐踝部的裤子，是匈奴人所独有的特征。在当年呼延氏的葬礼上，部落里参加祭奠的匈奴人达到几百或者上千。祭奠仪式在刘渊心里刻着深深的印记。

这个娘舅带来的消息，是意外的噩耗——刘豹突然在离石病死了。父亲病逝的噩耗，让刘渊一时间无法承受。他站立不稳，差点栽倒在校场上。小溜子一把扶住了他。

在校场上，刘和与刘聪各骑一匹战马，披挂上阵了。

"父王，儿臣已经准备好出征了！"刘聪先喊了一声，而刘和也马上附和。不过，刘和对校场上的这场比试没有把握。

"孩儿们，有信心吗？"

"有。"两人异口同声的回答，让刘渊顿了顿，他想把娘舅带来的这个噩耗告诉给他们，后来又觉得现在不是时候。

刘渊跳上雪青马，挥舞马鞭，下令："出发！"

随后，刘渊率领部众向洛阳城外驰去。原定的校场比试取消了，今天他要带两个孩儿与部众去郊外围猎。

围猎经常成为刘渊检验部众骑射才干的比试。这次的围猎对于刘和、刘聪来说，是一个极好的机会。父亲很少有这样亲自督阵的雅兴，但刘聪发现父亲今天显得很威严，甚至有一种过于凝重的表情。刘和则没有看出什么来，只是在想着比试不过弟弟时，如何在父亲面前交账。

一到城外，刘聪兴致突然很高，策马向一个制高点飞奔。刘和不明就里，只是在父亲跟前傻呆着。

刘聪超常地发挥了自己的功夫，骑射技术让刘渊很满意。刘聪率领部众占领了制高点，然后对着一个草滩上放牧的羊群接连射出十多支箭。放羊老汉连忙拦击，但已经迟了。刘聪左右开弓，已经把老汉的羊射倒十多只。好几只羊已经呜呼哀哉，还有的没有射死，脖子里流着血，在咩咩地号叫着。

刘和看得呆了。

"父亲，弟弟怎么能够这样野蛮？"

放羊老汉没能挡住刘聪射来的箭，看到这样的惨状，哭天喊地："哎呀，老天啊，这可让人怎么活呀？"

刘聪又一箭射出，一下射在了老汉的屁股上。老汉带着屁股上的箭，疼得在羊群里乱跑。刘聪则开怀大笑。

刘和手足无措，看看身边的父亲，只是摇摇头。

刘渊起初还陷在刘豹去世的悲恸之中无法自拔，等他发现刘聪已经射杀老汉的羊时，才觉得不妥，正要制止，没想到老汉屁股上又中了一箭。

"聪儿，住手，你这是在干啥？怎么能干出这样的事情？"

放羊老汉看到刘渊气度不凡，便连滚带爬地来到刘渊脚下。

"大王啊，大王，你要为我做主呀，这么多只羊，还有我……我……哎呀妈哋……疼啊……"

刘渊挥手让小溜子扶他起来，先给老汉拔出箭，包扎伤口。刘和没等父亲再说什么，赶紧跑到老汉跟前，忙着配合小溜子。没一会儿，就给老汉包扎好了。

"老人家，别担心，您的羊我都会依价赔偿的。"

"那些死羊让部众们抬回家。"放羊老汉那里，刘渊已经让小溜子取来一锭银子，如数赔偿了老汉。

刘渊对刘聪的勇敢表现不置可否，但也没有多加责备。他只是问刘和为何一箭未发。刘和态度很紧张，吞吞吐吐，老半天说不成一句话。

"没有关系，说说你一箭不发的理由。"

"父亲曾经多次教导孩儿，要有仁爱之心。今天的这个情况，尤其，面对老爷爷的羊群，我就下不了手。我原本也想射几箭的，但苦于没有其他野物。老百姓的家畜，孩儿不能射，为人之道比展示技艺更重要。"

5

贾南风当上太子妃不久，就试图控制丈夫司马衷的私生活。但皇帝司马炎给太子安排的后宫嫔妃是一大群，让贾南风顾此失彼。一

次，有一个叫绒儿的嫔妃怀上了太子的孩子，贾南风妒火中烧，竟然从侍卫手里抢过一把方天画戟，追着暴打这个嫔妃。她用那杆比人还高的大戟，把嫔妃当场打死，还把肚子里快要降生的婴孩挑了出来。打死嫔妃，对于贾南风来说不算什么，但关键是肚子里的婴孩，这可是司马炎的孙子，司马衷的儿子，属于皇家的龙种。为了这件事，司马炎差点废了这个丑陋的太子妃。

晋武帝司马炎驾崩于含章殿，时年五十五岁。司马衷在做了二十三年太子之后，终于登上了皇帝的宝座。如今，贾南风几乎是垂帘听政了。所有的奏章都得通过她这一关。贾南风当了皇后不久，为了专权，先是软禁生下司马炎曾经喜欢的孙子司马遹的谢才人，其次对这个小太子司马遹采取软硬兼施的办法进行打击，第三就是对前皇后杨艳的父亲杨骏下手。她借刀杀人，又拿掉了卫瓘，接着又将两个亲王废掉。这两个倒霉蛋是汝南王司马亮和楚王司马玮。

八王之乱的两个王就这样完结了。

贾南风还不满足，要斩草除根。她对太子司马遹先引诱，不成；下毒，不成；陷害，不成；最后派宦官孙虑前往许昌用药锤把太子打死在茅厕里面。

这些日子，刘渊的洛阳府上，也是传闻很多。太子司马遹的葬礼，刘渊也去了。只见天昏地暗，突然一阵狂风大作，接着下起雨来。太子的棺木在风中被震开了。送葬的队伍停了下来。刘渊看到棺木里太子的模样，觉得就是含冤而死。

"太子您快安息吧。您的儿子司马启建一定会继承王位的。您生前虽然吃了很多苦，但以后一定会享受荣耀的。"

刘渊上书惠帝，要求出征，为国效力。但惠帝还是推脱，不让他离开都城洛阳。尽管，刘渊的父亲刘豹去世了，但作为儿子却不能前

去奔丧，这是多么痛苦的一件事情啊。惠帝也说了，刘渊正式接任父亲刘豹的职位。

贾南风没有儿子，她不育。所以，她看到刘渊威猛高大的样子，听说还有好几个儿子，就说："把他留在都城，离陛下近，陛下可以随时调遣。"

刘渊对这个傻乎乎的皇帝的命令是坚决执行，可是这个贾南风，让人打心底里讨厌。表面上还要毕恭毕敬，这样让刘渊更加痛苦了。

"谢陛下，吾皇万岁万岁万万岁！"

惠帝司马衷在朝堂上总是发愣，在发布圣谕的时候又总是神不守舍，目光穿透刘渊那高大的身躯，仿佛投射到宫外更远的地方。

"爱卿，以后就接任你父亲匈奴左部帅的重任，有什么问题没有？记住，上朝的时候要穿朕赏赐给你的帅服。"

刘渊拜伏在地，千恩万谢地表示一定效忠皇上，为国家效力。只是一边的贾南风在司马衷耳边不知道在嘀咕着什么。原本用散淡的目光打量着刘渊的惠帝，这个时候突然有了底气。

"听说爱卿老家娘舅来了，离石那边有啥情况？按理说，朕应该准许你给父亲奔丧，但现在朝廷更需要你坐镇都城，作为后备力量听凭朕的调遣。这段时间，你也知道朝廷内部正在整肃纲纪，处理了几个危害朝纲、密谋反叛的大臣和藩王。朕希望爱卿能从朝廷大局出发，暂时别离开都城。"

刘渊当然明白这之间的利害关系，所以一直蛰伏着，随时等待着自己的机会。

那次外出围猎，小儿子刘聪射杀放羊老汉的十几只羊，过于随性的做法让他担忧。而大儿子刘和又过于胆小怕事，喜欢坐而论道。两相比较，刘渊还是更加倾向于大儿子刘和的做法。目前居住于都城洛阳，必须学会忍、让、退。古人讲：吃亏是福。这话绝非空穴来风，而是有诸多的前人经验。

6

就拿赵王司马伦（第三王）来说吧，他深谙吃亏是福的道理。他平时对皇后贾南风非常恭敬，处处表现出谦恭忍让的模样。

不过，贾南风开始以惠帝司马衷的名义发布上谕、诏令，开始处理大臣和藩王的时候，司马伦就开始警觉了起来。

不久，贾南风为了陷害太子司马遹，在惠帝司马衷跟前说是太子要让他让位，否则就杀了他。贾南风宣布让司马遹自杀谢罪。随后，司马遹在许昌被杀死在监禁处的茅厕里了。

在这样的时期，刘渊也只能是以退为进，低调行事。无论宫廷里发生什么事情，都轮不到他出头。非常时期就要行非常之事，非常之事要由非常之人执行。这句话是对别的藩王而言。刘渊似乎已经察觉到司马伦的异动迹象了。

一次，刘渊去司马伦府上闲聊，就感觉这个非常之人就是赵王司马伦。后来他们喝酒，喝得差不多的时候，司马伦摇摇晃晃地站起来，走到窗前，把窗户关上了。然后，他拍拍刘渊的肩膀说，他不做孙子了，他要做大爷。

刘渊也觉得朝堂黑暗。贾南风，挑起了八王之乱的战火。那几个身为司马家族的亲王，借着为皇太子司马遹复仇的名义，彼此之间大打出手。刘渊不晓得怎么办。他和那个皇太弟、成都王司马颖关系非常好，还亲自去过邺城几次。刘渊觉得维护朝廷的道统是天经地义的事情，是义务，也是责任。

而赵王司马伦，此时此刻也在争取刘渊。喝酒喝到后来，他们就谈了更多的话题。司马伦在刘渊身边走来走去。他说："本王也知道你的难处，你想回到离石去祭奠逝去的父亲，然后接过他的重任，最好在那里干出一番伟业。本王会全力支持你。"

这时，刘渊有些凄然地笑了笑："无所谓了，人也老啦，就在洛阳也过得很好，赵王您说呢？"

"元海啊，这不像你说的话，你可一向是有想法的有心人，而且给你一个支点，说不定你能改变整个世界。"

"过奖过奖，其实，赵王更应有所担当，朝廷需要赵王这样的英雄豪杰。"

就是那次喝酒后不久，司马伦兵变，贾南风被废。司马伦确实是捕狼的好猎人啊。

贾南风被抓，高声质问："皇帝的诏书都是我替他写的，你们哪来的抓我的诏书？分明是造反！"后来，贾南风见了司马伦，问："是谁抓我？"司马伦说是他和梁王、齐王一起抓她的，还有问题吗？

贾南风痛心大叫："系狗当系颈，今反系其尾，何得不然？"

贾南风觉得早该用索命绳勒住司马伦脖子的，现在再如何后悔，也已经为时已晚了。

7

这些天，洛阳城里乱成一锅粥了。人们都知道，赵王司马伦是司马懿的第九子，晋惠帝的叔祖辈。对于贾南风被抓，以及随后的命运，百姓之间也在暗地里议论纷纷。

抓贾南风时，司马伦已六十多岁了。对于四十多岁的刘渊来说，这场宫廷政变无疑坚定了他干一番事业的决心。

一天，他带着刘和、刘聪这两个儿子以及马队出城，被守城的官兵拦住了。

"为什么拦我们?"

官兵说："这段时间，皇帝有令，严禁百姓出城。"

他原本要去城外围猎，也想借机操练自己的马队，并让两个儿子多学点实战经验。

临时值勤的是司马伦手下的一个助手，名叫孙秀。孙秀从城楼上下来，见是刘渊一行人，就对守城的官兵说："放行!"

孙秀这个年轻人，与刘渊的两个儿子都很熟悉。刘和看到孙秀，从马上跳了下来，行礼。刘聪则还在马上，对孙秀说："你也跟我们出去围猎吧。"

孙秀说："不能去，重任在身。"

刘聪知道孙秀看上了一个叫绿珠的姑娘。刘聪曾经给他穿针引线，只是还没有结果呢。绿珠可不是一般平头百姓的姑娘，而是石崇的宠妾。

石崇在洛阳城里也是一个人物。石崇喜欢斗富，在整个西晋疆域内称得上是首富了。以往刘聪与石崇的公子经常在一起斗蛐蛐玩。

此一时，彼一时也。以往石崇在自家门上踩一脚，洛阳城都得抖三抖。

可现在，孙秀说话的底气陡然见长："首富算什么，任何人的私有财产都属于朝廷。"也正应了一句话：普天之下，莫非王土；率土之滨，莫非王臣。现而今，谁掌权，谁他娘的就是王。

孙秀不再弯弯绕了，可以直接到石崇府上要人了。

石崇舍不得，绿珠可是他的心头肉。

孰是孰非，孰轻孰重，石崇开始并不以为然。这在以往，石崇或许能扛得过去，其至会因为贾南风的关系，让孙秀吃不了兜着走。但现在，形势大不一样，如若因小失大，那孙秀一生气，后果一定很严重。

石崇是富豪，孙秀是寒门。石崇以往和孙秀没有啥交情，再说门第也不般配。贾南风死后，石崇被判谋反。

这个时候，石崇害怕了。他这才想起刘聪充当说客的目的。但现在大祸临头，石崇只能对绿珠说："今为你而得罪孙秀。"他想将功赎罪献出绿珠。可是，已经晚了。

绿珠本是个刚烈女子，哭着说："我生是石家人，死是石家鬼。"随后，她在石崇面前跳楼自杀。

孙秀心痛之极。

绿珠的死，使得石崇的命运注定了。刑场上，石崇竟然见到西晋知名的美男子潘岳，内心波涛汹涌。

"我石崇发家致富，是靠先皇的恩典。如今，死时能有潘岳这样的美男儿做伴，也算死得其所了。"

石崇之死，在洛阳城里引起一片恐慌。西晋"富豪排行榜"上的几大巨头都居住在洛阳，这些天在收拾金银细软准备出逃。

这个赵王司马伦，年纪大了，反倒欲望更加强烈了。头发花白了，但人可不能白过这辈子啊！

一切归于天命，且要师出有名。司马伦和孙秀是当时洛阳城里一种流行宗教天师道的信徒。天师道的老道士说，司马伦不仅有帝王之相，还有帝王之命。

8

刘渊好多天除了在自家府上的校场上操练马队之外，还在傍晚的

时候，独自舞一会儿剑什么的。手中的这把剑，是父亲刘豹在刘渊很小的时候送给他的。那时候还在新兴县的牧区，在一片草滩上，刘豹对刚刚七岁的刘渊说："这把青峰宝剑就送给你了。这是一把祖上传下来的宝剑。"

刘渊一开始不敢接过这把寒光闪闪的宝剑。他在七岁那年，只是怀念早逝的母亲呼延氏。在他的记忆里，母亲是那么高大，那么和善，常常带他去牧场边的小河旁洗衣服。母亲不让他到河水深处玩。于是，刘渊就一个人在一个高处面对小河吹起了手中的笛子。笛子是母亲给他的生日礼物。笛子是呼延氏从娘家带回来的。刘渊和母亲呼延氏的关系甚好。

刘渊记得那个时候吹着笛子，内心充满快乐。而母亲一边和女佣在河岸上晾晒衣服，一边给儿子鼓劲。

在阳光下，小刘渊看到呼延氏脱了平时穿的那件深红色的长袍，展开两条健壮的胳膊来，而且两条长腿欢快地在舞动。呼延氏随着儿子的笛声起舞。笛子这种乐器最适合在河边吹，尤其有呼延氏的伴舞，小刘渊的笛声更加起劲了。小刘渊没有按照乐谱吹，事实上也没有乐谱，几乎是很自然地吹着自己即兴创作的曲目。

呼延氏的舞蹈唤起了小刘渊潜藏在心底的梦想。虽是自度曲，但带有草原牧歌天然的原始韵律。草原牧歌的韵律是如此丰富，并不受五音的限制，而是有一种辽阔如天空的辉煌。那个自度的曲目是欢快的，甚至有一种平和的喜感。呼延氏在草滩上跳着跳着，就把小刘渊揽到怀里，然后眺望着远方。

"妈妈，你看什么？"

呼延氏说："看你父王出征的方向，应该再有几天就回来啦。"

"妈妈，我可以穿上铠甲，和父王一样去打仗吗？"

"孩子，你还小，还需要学习，需要练好功夫。你知道你父王出征回来会给你带一件礼物的。"

"妈妈，父王会给我带什么礼物啊？"

呼延氏闭上了眼睛，说："孩子，你猜一猜。"

"我猜不出来。"

人生就是这样。谁也猜不出来以后会怎么样，只是在眺望，在等待。而现在已经人到中年的刘渊，依然在眺望，在等待。

"妈妈，你教我念《诗经》吧！"

多少年了，刘渊依然记得这句话，可是呼延氏早已在他还很小的时候，就离开了他。呼延氏躺在毡帐里，无论小刘渊如何哭喊，就是不醒来。

"父王，妈妈为啥睡着醒不来啊？"

刘豹凄然地站在一边，把一支青峰宝剑递到小刘渊手里。

"我不要……我要妈妈……妈妈你快醒醒啊……你睁开眼睛看看你的渊儿吧……妈妈，对不起……我没有给你吹完那个《出征》的曲子……妈妈，我现在给你吹吧……"

小刘渊把刘豹递过来的青峰宝剑丢在一边，拿起了笛子，一边泪雨滂沱，一边吹着《出征》。这个曲目不在于气势，而在于悲恸，在于离别之时的苦情，在于爱的力量。吹着，吹着，小刘渊把笛子收起，不再吹了，而是扑到在呼延氏的身边。他抱住呼延氏的身体哭喊起来。

"妈妈……妈妈啊……你睁开眼呀……你为什么不再看渊儿一眼啊……渊儿从此再也没有妈妈了……妈妈……就让这把笛子陪你一起走吧……"

刘豹怎么也拉不住小刘渊，眼看要把呼延氏抬走，准备以族人的仪式送葬。可是，他无论如何拉不住小刘渊……

小刘渊的笛子放在呼延氏身旁。呼延氏被起灵的人抬了起来。刘

豹把那把青峰宝剑挂到小刘渊身上。

小刘渊在七岁的时候就开始长大了。

9

早在晋武帝司马炎时期，刘渊就毛遂自荐，但效果不佳。武帝总是不置可否的样子，只是让他在都城洛阳好好学经练武。但到了惠帝登基，刘渊又在家里琢磨如何才能获得惠帝的信任和重用。

刘渊喜欢读书，想学习当年东方朔在汉武帝面前的毛遂自荐。他挥笔写了一份新的帛书。

> 臣渊幼时失母，少年离父。早年来京，年六岁学书，三冬文史足用。七岁学击剑。八岁学《诗》《书》，诵百万言。十三学孙吴兵法，战阵之具，钲鼓之教，亦诵百万言。凡臣固已诵二百万言，又常服子路之言。臣渊年四十有出，身高八尺四寸。目若辰星，齿若编贝，勇若孟贲，捷若庆忌，廉若鲍叔，信若尾生。若此，可以为天子大臣矣。臣渊昧死，甘当微臣，再拜以闻。

刘渊曾在晋武帝司马炎这里，递上过类似的"自荐书"。司马炎自然没有说什么，也没细看，就放在一边。司马炎知道刘渊是南匈奴单于于扶罗之孙，匈奴左贤王刘豹之子，现在闲置不用，自然以后有用得着的地方。所以，司马炎对他还是很客气的。那么，这个惠帝司马衷会对他刘渊如何？

赵王司马伦称帝了。刘渊听属下议论说赵王确实老糊涂了。刘渊不置可否，对属下示意，少议论朝政是非，管好自己的嘴。古人讲，祸从口出，尤其在隔墙有耳的洛阳，更要万分小心才对。

这个时候，齐王司马冏（第四王）传檄天下：

逆臣孙秀，迷误赵王，当共诛讨。有不从命，诛及三族。

也就在刘渊整天在校场上操练兵马之际，外面又传来消息：司马伦拜道士为将军，战阵则企灵于巫鬼，后来兵败自杀，助手孙秀也被捕斩首了。

形势急转直下，刘渊的内心越来越烦躁。他在议事堂上走来走去，感觉到自己建功立业的机会就要到了。

刘渊看到刘和、刘聪这两个儿子走到他们奶奶呼延氏的牌位前，磕头，拜了几拜，也就欣慰地与他们一起上香。刘和、刘聪从未见过奶奶，在跪拜的时候，有些应付的意思，被刘渊好一顿呵斥：

"孝道为先，不懂得孝道，啥事都干不好，知道吗？你们奶奶在世的时候，教会了我很多道理。你们这些日子，武艺上进步了，但为人处世上还得好好学。一屋不扫，何以扫天下？有时候，一件小事处理不好，不能互相忍让，就会坏了大事。"

刘渊让两个儿子先出去了。他要单独和母亲呆一会儿。在呼延氏灵牌前，香烟缭绕中，刘渊跪拜在地，还不时自言自语：

"妈，儿臣就要做出选择了。您老人家替儿臣做一回主吧。儿臣能否离开洛阳呢？儿臣一定把父王的灵柩接回到新兴县与您一起合葬。儿臣不负您的养育之恩，也不负您的期望，您的儿子一定会干一番大业的，您放心！"

呼延氏的灵牌前，突然刮来一阵风。刘渊身后的窗户也发出响声。于是，刘渊再次跪拜在地，向母亲的灵位磕了好几个头。"当断

不断，反受其乱。"这是呼延氏活着时常对父王刘豹说的话。一炷香很快燃尽了。刘渊起身再次点燃一炷香，觉得母亲还活着，一双慈祥的眼睛在一直望着他。他心里亮堂许多。

第三章　何去何从

1

晋惠帝复位。刘渊虽然知道晋惠帝只是齐王司马冏的傀儡，但毕竟皇帝还是皇帝，所以他再次请求惠帝恩准自己回老家给父母合坟，以尽孝道。

惠帝司马衷有点言不由衷，每当拿主意的时候总要下意识地向身后皇后贾南风的位置看看。贾南风不在了，司马衷叹了一口气，只是摇摇头，苦笑着。现在他得听齐王司马冏的了。

挟天子以令诸侯，是需要有曹操的智慧的。刘渊内心并不以为然。小人当道，他虽不服气，但表面上还是对司马冏唯唯诺诺。

刘渊想离开京都的用心，司马冏是不会让他得逞的，但明面上不会推拒，只能以冠冕堂皇的理由来搪塞："吾皇正在用人之际，尤其京都的稳定需要像您刘渊这样的五部大都督来坐镇。以后有的是建功立业的机会。吾皇的圣明您也知晓……"

刘渊不想再听下去了。他的眼睛已经越过齐王司马冏的身后，视

野里出现了北方草原的一望无际的绿浪。在旷野的风声里，绿浪汹涌翻卷，而铁马金戈的队伍已经开始驰骋，并且杀声震天，向敌军的队伍冲去。北方草原当然很遥远，但他怔怔地在朝堂上发呆。

惠帝司马衷摇头晃脑，在读着"鹅鹅鹅"个不停。他一直读"鹅鹅鹅"的句子，反复不停地念叨着什么。惠帝的眼里只有一片碧绿的湖水，湖水上游来一群鹅，还有对岸载歌载舞的美女。这个时候，惠帝要提前退朝。他要出去玩，欢呼雀跃，如同出笼的飞鸟。

洛阳城外，刘渊陪着惠帝在湖面上驾船玩。宫廷里那些争风吃醋、鸡飞狗跳的事情，确实让惠帝厌恶。在危机四伏的时候，惠帝不是装糊涂，而是真的糊涂。刘渊神不守舍，可又不好点破，只能竭力迎合惠帝的喜好。因为，权力可以继承，财富可以继承，唯独智慧不可以继承。

人生追求产生痛苦，为克服痛苦产生智慧。可是，惠帝一点也不痛苦，甚至在皇后贾南风遭殃时竟然显得没心没肺，一点也没有施以援手的意愿，眼睁睁地看着曾经不可一世的贾南风命丧黄泉。

皇族子弟痛苦太少，所以也产生不了智慧。没有智慧的头脑，只有利令智昏的吃喝玩乐，甚至被表面的稳定和谐所迷惑。

齐王司马冏自以为掌控了惠帝司马衷，便可以为所欲为了。他胜而骄，骄而狂，狂而树敌，骄而轻敌。司马冏以为只要打着惠帝的旗号，就可以畅通无阻，无人敢对他说不，更不敢公开反抗。至少在洛阳，司马冏已经大权独揽了。

无限的权力让人疯狂。远在长沙的司马乂（第五王），早已耳闻司马冏的所作所为，实在无法忍受，只好激愤而反。

乂：治理；安定。司马乂之所以被誉为开朗果断、才力超群、虚心下士之人，关键是敢想敢干。所以说，他是八王当中最具才干的亲王。

长沙王司马乂很快战胜并杀死了齐王司马冏。司马冏听不进任何不同意见。刘渊原本想进言，说出自己的意见，可惜司马冏根本不听，还对他有些冷嘲热讽。是啊，一个空有名分的五部大都督，却从未真正建功立业，确实让人瞧不起！可是，这能怨他吗？不过，也好，刘渊可以一直待在自己的府上，与自己的亲兵在校场上操练。

自古以来，有哪个开拓疆土的皇帝不杀人啊？这么大的一块疆土，统一它，就要征服它。赢得人心很难，在赢得人心之前需要的是征服。这个征服，就是杀人，每个朝代都如此。只不过要找一个杀人的正当理由而已。为了一统天下，为了千秋万代，统治者把治下的少部分人当作威胁统治的危险分子，然后大开杀戒。如果遇到一个很操蛋的、不讲道理的皇帝，杀人根本不找任何理由。在战场上那些武士为了加官晋级多砍人头，往往在打扫战场之际砍杀俘虏，甚至对平民也下手……

刘渊绝不会这样做。他觉得这样做不得人心不说，也太无耻，太下作了。刘渊不光长得仪表堂堂，在建功立业上也是行的端走得正，懂得如何赢得民心。一个疑神疑鬼的皇帝，不仅对前方征战的武士不放心，甚至对辅佐他的儒生也觉得不对劲，以至于先发制人地指责他们要谋反。这些手无寸铁的书生，能反什么呢？

刘渊不想给惠帝提意见，根本就没用。在武帝手里他都没说什么，杀就杀吧，反正天下又不是别人的。刘渊虽然被封为五部大都督，但也觉得自己只有低着头干活的份，绝对没有说三道四的份。

果然，司马冏大败。而司马乂大获全胜之后，又触犯了众怒。一波未平，一波又起。

成都王司马颖（第六王）与河间王司马颙（第七王）借故联合进攻长沙王司马乂。在这个危急关头，司马乂只有病急乱投医了。他必须联手，才能不至于覆灭。虽然他是一个藩王，但真正到了生死存亡之际，却找不到一个真正的盟友。

长沙王司马乂联合了东海王司马越（第八王）做盟友。开始还很好，但战场形势逆转。

司马乂看错了人，毕竟他太年轻，才二十八岁，社会磨炼不足，对人生还了解不够，更何况是你死我活的政治？

在任何时代，选择错误意味着一系列连锁反应，多米诺骨牌倒下之后，在那个时代付出的就是生命的代价。因为这就是那个时候的政治。

在一次联合作战中，东海王司马越见势头不对，把司马乂出卖了。成都王司马颖是大藩王，而东海王司马越是小藩王。从食邑数量上说，司马颖食四郡，司马越只食六县，战争没有悬念，只有实力的较量，无关乎正义。

这是太安二年（公元303年）的事，至此八王已全部登台亮相，五个王已在这场宫廷争斗中命丧黄泉。

八王之乱中，不仅仅是百万晋军在自相残杀，而且广大的中原百姓也是最大的受害者，流离失所不说，很多还被征战双方当作邀功请赏的人质，被无辜砍头的也不在少数。

刘渊已蛰伏了很久。现在，该轮到他出场了。

2

那是一个黄昏。前往洛阳城外太庙的路上全都是人。怎么回事？人们这是在干什么？刘渊快马加鞭，但还是无法通过，只好下马，伸着脑袋好奇地向前方眺望。原来，惠帝这些日子一直过得不踏实，要到太庙去祭奠祖先，与此同时，也想为自己祈祷。惠帝司马衷虽然看上去有些呆，但他也懂得利害，知道近来发生的事情可能危及到自己的皇位乃至生命安全。

刘渊还真替司马乂惋惜了一阵子。有些事情急不得，必须等待时机，一开始就拉大旗作虎皮，自然会惹来众怒。

也正在这个时候，一阵威风凛凛的锣声响了起来。哐——哐——哐！然后，有一个长脖子尖脑袋的衙役在喊："吾朝的子民请注意，天下归心，天子今日祭奠列祖列宗，明朝五谷丰登、百姓安康！"

刘渊见状，也牵着马，在一边随着前面的百姓跪下了。跪是跪下了，但很多人歪着头，在看着惠帝驾临的方向出神。

不一会儿，惠帝司马衷出现了。他和他父亲武帝不同的是没有了那种老成持重的精气神，虽然长得很清秀，但看上去十分苍白，满脸都是一副呆相。整个身体像一只虾米那样弓着，头摇来摆去，额头有虚汗冒出。也不知道怎么回事，惠帝脚下一绊，差点一个马趴，幸亏被身边几个太监给扶住了。不巧的是，惠帝左脚的鞋竟然飞了出去，正好砸在一个跪在地下铁匠汉子的光脑袋上了。惠帝竟然像孩子一般手舞足蹈起来。

刘渊跪在地下，赶紧低下头，怕自己笑出声来。这一幕，让刘渊想起自己小时候很淘气，惹得母亲呼延氏生气，以至于被追着跑。正在追得过程中，小刘渊脚下一滑，一只小鞋飞了出去，竟然砸在父亲刘豹的后背上了。于是，母亲顾不得生气，而是站在原地笑得前仰后合。

堂堂一个西晋的皇帝司马衷，行为举止竟然像个淘气的孩子。刘渊身边的四子刘聪悄悄对他说："父王，我将来一定会取而代之。"刘渊连忙捂住刘聪的嘴，再看看四周，然后悄声说："你疯了，这话要是传出去，可要满门抄斩的！"

其实儿子的话，正好说出了刘渊的心声。

一日，探马返回洛阳，慌忙跑到府上向刘渊禀告。刘渊见他上气不接下气，满头大汗，忙叫人递过茶水和毛巾。探马擦好汗，先咕噜咕噜喝了一气茶水，然后才说："皇太弟他……他……"

　　刘渊更着急了，赶紧说："别慌，慢慢说嘛，究竟谁败谁胜啊，情况怎么样？"

　　探马说："皇太弟胜了，东海王已经退逃到青州东海封国去了！"

　　刘渊早已料到东海王虽有皇帝压阵，但肯定胜算几无。探马还说："皇帝已经被皇太弟接回邺城了。"

　　刘渊一时间入坐到会客厅的一把摇椅上，半天没有动静。这时候四子刘聪和几个亲信都闯入大厅。刘聪让探马退下，并把身后的武士和父王旁边的丫鬟喝退，然后拜在刘渊面前，看到父王不说话，也一时间不知道该说什么了。

　　"父王，如今东海王战败，形势对父王非常有利。皇太弟需要拓展战绩，肯定用得着父王！"

　　"聪儿，所言极是。但你说我们如何采取行动呢？"

　　"如今也只能按照成都王的意见了，不过此事总要有个口实为好。皇帝被皇太弟劫持到邺城，这不就是最大的口实吗？"

　　刘渊点头示意，嗯了一声，然后说："还要联络并州刺史司马腾，此人是东海王之弟。东海王战败，此人也难脱干系，肯定会投靠我们。另外再通知五部各个属地，让他们出动大部骑兵配合这边的行动。"

　　听到刘渊的安排，众人吃了定心丸，一个个领命退出。

　　只是未曾预料，并州刺史、东瀛公司马腾给王浚发去信笺。他暗里已同意和王浚联合讨伐皇太弟司马颖。而鲜卑辽西公、王浚的女婿段务勿尘，则亲率一万鲜卑骑兵南下配合作战。王浚即刻发表讨伐文告，传檄各地。

　　很快，身在邺城的司马颖就收到了讨伐檄文，于是慌忙召集部众商议。

　　大家纷纷来到邺城王府共商抗敌之策。也就在这个关头，闻讯后的刘渊也先期赶到这里了。大家都知晓，刘渊本是匈奴左贤王之子，但是按照西晋的法规，凡是将来接替匈奴左贤王一职的都必须到京都任职，名为尊崇，实为人质。而刘渊到达京城之后，暗里一直依附于皇太弟司马颖。此刻，他便来到邺城了。

刘渊的抉择，其实也是一场豪赌。

对于刘渊的祖先，前面已经有所交代了，能追溯到西汉初年的匈奴第一代大单于冒顿时代。冒顿本姓栾提。其后代都以栾提为姓氏，传到于扶罗这代才发生改变。刘渊来到晋中央朝廷那会儿，风华正茂，长得英武非凡，加之处事豁达，遂被朝廷看中，被任命为冠军将军。只是在后来部众离散了，一部分部众撤回大漠（武帝司马炎时代，南匈奴内讧，造成一部分部众退回大漠）。刘渊在京城任职期间，其实并不得志。平时，他常常受到握有实权的朝臣奚落。他早就感到晋人对匈奴人的鄙视和冷漠，早就埋下不臣之心。刘渊深知自己在京城的处境尴尬，加之自己的部族一直在衰落，而西晋却在强大，他自身的人质地位，决定了隐而不发的低调态度。在这时候，刘渊在洛阳，读遍典籍，逐渐认同了以京都为中心的文化理念。在新兴县，刘渊小时候就从母亲呼延氏那里得知汉高祖刘邦曾将宗女作为公主许配给自己的祖先冒顿为阏氏（匈奴单于正妻称呼）。刘渊祖父于扶罗觉得自己既然是汉室宗女之后，就得竭力淡化自己的匈奴人的身份，遂改刘姓。后来，才有了现在大名鼎鼎的刘渊。但刘渊觉得自己这个名字并未对自己的处境有所改观。

自从在洛阳城意外碰到祭祖的惠帝司马衷之后，刘渊就整天不出门，开始研究兵法。特别是四子刘聪口出狂言，更让刘渊有些担心。在这个时候，他更看重木讷的长子刘和。这两个儿子性格迥异不说，

还经常拧着干。长子刘和的生母呼延玉，与四子刘聪的生母章氏的为人处世原本就大相径庭。呼延玉与刘渊同属匈奴人，而章氏是西晋洛阳人，属于大家闺秀，出嫁前是地道的汉族姑娘。刘渊在情感的天平上倾向于长子刘和，但在理性上又对四子刘聪的早熟聪颖比较认可。其实，刘渊教他们的兵书，都是他们祖父刘豹所留下的遗产而已。那些书，刘聪早就偷偷读过了，并且能够倒背如流。而刘和就差一点，常常要刘渊来做一个提示都不管用，往往背着背着，就卡壳了。

刘和卡壳了，眼巴巴地看着父王。这个眼神，让刘渊想起呼延玉和他刚刚成婚时候的样子来。所以，他对长子总是有些偏爱。四子刘聪不是不明白，而是他总是想用急功近利的方式取悦父王，但往往是适得其反。刘渊读兵书，不是死读，而是善于联系实战运用。这一点，刘聪很明白。刘和就差一些，总是就书论书。刘渊说："就书论书会输的。刘和这样没有一点出息。"然后，他走到窗边去摆弄夫人呼延玉当年从娘家带来的一把箫。过了一会儿，他回头去看这两个儿子，见长子还是愣怔在那里发呆，就让人来气。

刘渊说："我这人从来不信邪，但对真正有本事的人都很佩服。就拿孙武的兵法来说吧，就是难得的宝贝。真正能够读懂、读透的人不多。和儿要向你的弟弟聪儿学习啊！"

3

这天晚上，刘渊在睡梦中突然觉得头顶变得一片明亮。他站在黄河边向远方眺望着。突然，从身后来了一阵强劲的风把他托举起来。刘渊就这样借着风势向老家新兴县的方向飘去。爹娘在不远处指引着他。他来到童年时期家门口的小河旁，好像自己能够一下子看穿河底。河水是如此的清澈见底，他就埋下头来用双手做勺子舀水喝了几口。也正在这个时候,刘渊觉得自己浑身发热,突然有千斤的力量在爆发。只见在他家的房顶上飘着一面写有"大汉"二字的旗帜。那面旗帜,刚才还在远处的房顶上,也不知什么时候竟然到了他的手里。刘渊身边一下子聚集了成千上万的兵士。刘渊正要站到高坡上大声疾呼,梦就醒了。

西晋朝廷混乱,诸王争权。不仅刘渊在心中充满厌恶,就连洛阳城里的百姓也是私下议论纷纷。有的族人对刘渊说:"这也许是值得庆幸的,是个机会。晋人内乱,匈奴部族才有机会摆脱现在不尴不尬的处境,只要你站出来大声疾呼,必定会有很多人响应。"而刘渊在梦里的那些举动仿佛就是一种暗示:能够真正成为自己民族乃至其他民族的主宰。这是刘渊的一个心结。

当皇太弟司马颖召集大家商议抵抗王浚起兵的事情时,刘渊低着头,总是不吭一声。他觉得自己没有什么好说的。刘渊对司马颖说自己希望能回到自己的部族去。因为,只有回到那里,刘渊才能动员更多的力量为司马颖所用。刘渊无心参加这种讨论,在议事结束后,他没有说出自己的想法,只有找一个私人理由来请假。他对皇太弟说道:"族人要给下官的父母举行合葬仪式,希望皇太弟能恩准下官回家参加葬礼。"

皇太弟司马颖正当焦头烂额之际,根本顾不上其他杂事,就算刘渊这一孝行,也无法打动司马颖。司马颖原本就对刚才会议上刘渊一言不发深感不满,但又碍于以往的情面,不好直言训斥,只是让他先别忙着告假:"如今王浚联合司马腾举兵反叛,正是用人之际,此时提出离开,怕是不合适,待平灭王浚之后再说吧。"刘渊也觉得刚才的话过于仓促,没有考虑司马颖的内心感受。所以,他一回营帐,就更加郁闷了。无奈,一时又找不到一个说话的部属,他一个人钻到营帐后面的小树林,吹起了箫。

身边的衙役都知道老爷吹箫的时候是不喜欢人们打扰的。刘渊借着吹箫来忘掉刚才的不愉快。当时，刘渊的箫声听起来有些凄惨和苍凉。人们不知道这是一首什么样的曲子，只是在这浑厚深切的旋律中，能够隐隐约约感受到吹箫人的心情。刘渊眼前出现了自己父亲和母亲的背影。他知道父母曾经对自己的期望。这种伤感是肯定的。因为刘渊一大家子，在整个匈奴五部都是说一不二，叱咤风云，如今改名换姓不说，还一直寄人篱下在京都洛阳，看人眼色行事，与一些鸡鸣狗盗的人打得火热。他只能偷偷地一个人研究兵法，却一时无法实现自己从小的抱负。

刘渊无奈，对司马颖说自己愿意听从他的指挥，只是现在想回到自己洛阳的府中。他和贴身随从小溜子先回到府上，很快传来禀报说夫人呼延玉的娘家来人了。

刘渊有些意外，但也觉得这个时候能有亲戚来看望，正好可以叙叙旧，缓解他的紧张情绪。

原来是小舅子呼延攸，现在正与阏氏呼延玉在上房里拉话。阏氏，是汉时匈奴人妻的称号，源于胭脂花，即红花。匈奴人以女人美丽可爱如胭脂而得名。匈奴人称妻为阏氏，称母亲则为母阏氏。

刘渊与呼延攸来往不多，上次呼延攸来时差不多有几个月的光景了。但这次刘渊灵机一动，觉得要返回部族只有眼前这个呼延攸了。

呼延攸正与姐姐说起老家那边的情况，看到刘渊进门，连忙站了起来。呼延攸上上下下地打量着刘渊，说："一路来到京都，觉得你这只草原上的苍鹰，在这里快要失去展翅的空间啦。"

刘渊拍拍呼延攸的肩膀，然后转身对夫人呼延玉说："今晚让后厨多做几个菜，好好喝两壶酒，一醉方休。"

夫人呼延玉，与刘渊母亲呼延氏，并未相见过。母亲呼延氏去世那时，呼延玉与刘渊并不认识。由于刘渊对母亲的怀念，所以，长大后娶了一个同样姓呼延的女子，以至于府上也叫刘渊的妻子为呼延氏了。不过，为了与母亲呼延氏有所区别，刘渊和刘渊身边的人总是叫他妻子为夫人，或者直呼其名呼延玉。

　　与夫人的认识，确乎偶然。这个姓呼延的女子出现在那片北方的碧绿草原中，却又是一种难得的机缘。

　　那次，刘渊远远地看到一个小黑点在大草原中跳跃。渐渐近了，刘渊发现是一头秀发的姑娘，而当时呼延攸就在姑娘的背后叫喊着什么。呼延攸在刘渊的视野里显得有点多余。他怔怔地望着马上的姑娘出神。

　　姑娘黑缎子般的长发在风中飞动着。而姑娘身下的骏马却是威风八面，气宇轩昂。

　　刘渊拦住姑娘的马匹，只听他大喝一声："吁——兜——儿！"

　　马匹站住了。姑娘很生气，问为何拦住她的马？

　　姑娘的弟弟呼延攸甚至拉开弓箭，准备对刘渊射击。只是姑娘忙转身对呼延攸说："弟弟，没问清人家干啥，你射啥箭啊？"

　　"姑娘，你叫啥名啊？"

　　"你刚才不是叫了我的名啦？"

　　"刚才？"

　　"是啊，刚才。"刘渊喊了一声，是让马匹停下来的口令。原来，姑娘竟然是呼延玉。

　　呼延攸的不信任，乃至敌意，让刘渊不快。但姑娘与他一见如故，让呼延攸觉得他们似曾相识。

　　刘渊与呼延玉就这么认识了。这是他生命中除了母亲之外的第一个爱他的女人。

　　呼延玉连忙介绍呼延攸此行的来意，小声对刘渊说："他可是奉了老右贤王刘宣（刘渊堂叔祖）之命，请你回部落计议大事的！"

　　事实上，这些日子，洛阳爆发的诸王之争，也让居于离石的匈奴五部蠢蠢欲动。刘渊叔祖刘宣已经秘密召集五部上层贵族，对当时的情势发表意见，准备见机起事。

　　刘宣慷慨激昂地说："我们匈奴先人与汉朝曾经结拜为好兄弟，荣辱与共，建功立业。自汉朝灭亡，魏晋代兴，我们匈奴族人便只有如今这个虚号了，根本没有实土之封。我们虽号称王族世家，但和普通编户百姓有啥两样啊？想想如今的境遇，真是让每一个族人深感屈辱。今日司马氏骨肉相残，四海鼎沸，正是我们兴邦复业的大好时机。我的贤侄是个智勇双全的匈奴汉子，不仅姿器绝人，而且堪称超世人杰，他正是兴复大业的最佳人选。"

　　于是，五部上层贵族秘密盟誓，把刘渊作为大单于的最佳人选，并暗派匈奴族人呼延攸，把五部盟誓的事情先通报给刘渊。

　　刘渊叹了一口气，摇摇头说："如今中原大乱，瞎子都看得出，朝廷无力回天，正是我部族脱离晋人的大好时机，奈何皇太弟对我看得很严，不准我回部落，刚刚驳回了我的请求！"

　　呼延攸心生一计，觉得他自己出面就能让司马颖改变主意。刘渊自然半信半疑，怎么可能呢？司马颖这人精明过人，一般的托词是无法说动他的。

　　呼延攸以为皇太弟现在正被王浚讨伐，急于找到救命的稻草。如果刘渊亲率匈奴五部的人马来为他解围的话，或许会得到恩准，毕竟匈奴五部的救援是司马颖生死存亡的大事。

　　那些日子，刘渊由于无法实现回到部落的计划而变得有些灰心丧气。他的夫人呼延玉总是朝夕相伴着，怕他出啥差错。每个清晨，刘渊总是站到庭院里，而呼延玉静静地陪着他，远远看上去如同两座石雕。

呼延玉问："昨晚睡得怎么样啊？"刘渊说："还好。"呼延玉知道刘渊是在单氏房里睡的，但她并不在意这些，只在意刘渊是否能休息好。天气冷了，她怕刘渊夜里着凉。夫人呼延玉与单氏相处的如同姐妹一样。

呼延攸这次来，给刘渊带来一匹千里良骥，是草原上地地道道的良种马，有着健壮的体格。刘渊的体格也是强壮的，加之晋人的智慧又丰富了他的头脑，他必定能带领匈奴人再现呼韩邪时代的辉煌。呼延玉相信丈夫的能力，只是需要伺机而动。这次她弟弟呼延攸的到来，或许是一个机缘。

这匹马被称作乌龙驹。呼延攸在此行的路上，很难调教这匹马。谁知现在到了刘渊手里，竟然是一副服服帖帖的模样。在呼延攸的记忆中这匹马曾经狂蹦乱跳，几次发怒把他这个新主人摔下马来。可是，现在的乌龙驹可不一样了。呼延玉把缰绳递给丈夫，只见他忽然一闪，转身就上了马。

呼延攸站到门口拍着手说："真不错，好鞍配好马，乌龙驹终于找到真正的主人了。"呼延攸说这匹马是他从一个西河郡美稷县的客商手里买到的，花了大价钱。

呼延玉也觉得丈夫刘渊身上有一股慑人的豪气。这股豪气，一般人身上是没有的。而刘渊一跨上马，就找到了久违的一种感觉。

呼延攸对这匹马一直充满信心，并且还想在刘渊无法驾驭的时候讲讲自己驯服它的经验，真没有想到他竟然没一会儿工夫就把它征服了。整个匈奴部落正在呼唤着刘渊这样的草原雄鹰。

时隔不久，刘渊再次向司马颖表明自己的意愿，一副信誓旦旦的样子。其实，刘渊并不想演戏，可是没有办法啊。他多次提出这样的要求，司马颖都不回应。

4

　　司马颖是这样的一种人，虽然刚刚二十岁出头，却有了长期为王的角色定位，总是对部下的一些要求或者建议抱着十分谨慎的态度，有时会猜忌乃至于怀疑。对于刘渊这个人的才能，他是欣赏的。司马颖把刘渊这个匈奴大都督，召至邺城，封为宁朔将军、监五部军事。他们也一直能彼此谈得来，但在一些大事的决断上，司马颖却不给予刘渊充分的信任。

　　如果说，司马颖不相信所有人，这话似乎有点过了。但他至少已经懂得了来回掂量轻重。司马颖喜欢研读《墨子》。比如，他经常读《墨子·国之将亡，必有七患》。

　　国防之患：不修国防，大兴宫殿，粉饰太平。

　　外交之患：大敌当前，外无盟友，孤立无援。

　　财政之患：分配不公，铺张浪费，穷尽民用。

　　内政之患：仕皆渔私，修法禁言，不问国是。

　　国君之患：闭门自大，标榜先进，坐以待毙。

　　团队之患：用人不当，小人当道，离心离德。

　　政权之患：民无食用，国无贤能，赏罚失威。

　　用刘渊匈奴部族的兵马协助自己对抗王浚、司马腾之兵，这个想法他早就有了，只是感觉到还不够成熟。上次，刘渊在司马颖面前提出回老家的要求，丝毫没有带着人马归顺的意思，况且在这个危急关头，刘渊突然提出这个方案，就让人有些意外。司马颖忧心如焚。如果，此时此刻，刘渊日夜兼程驰马亲自回老家为他司马颖招兵买马，或许会有更大的胜算。

这次，刘渊主动上门，之后他又让呼延攸一起来到王府介绍有关情况。司马颖接见刘渊之后，迫不得已又召见了呼延攸。在听了他们的一番叙述之后，司马颖知道此事有了眉目，就赶快连夜开会。面对二十岁出头，年龄不到自己一半的年轻王爷，刘渊则在竭力宽慰他：

"现在敌人跋扈凶悍，有劲旅十余万之众，恐非京师宿卫部队所能抵御。请让我为殿下说服匈奴五部出兵，共赴国难。"

"离这么远，匈奴五部愿意驰援吗？再说，他们能打退鲜卑人吗？时间还来得及吗？"

司马颖表示怀疑，他已经盘算起退路了。

"寡人打算护卫天子回洛阳，避敌锋锐。然后传檄天下，以勤王之师克敌。你看怎么样呢？"

为了能早日脱身，刘渊不露声色，依然满脸虔诚地劝说司马颖坚守邺城：

"殿下是晋武帝之子，有特殊功勋于王室，威恩光泽，四海钦佩。谁不愿为殿下舍生忘死地战斗呢？再说，王浚这个逆贼，不堪一击，怎么能和匡扶正义的殿下抗争呢？如果殿下此时离开邺城，不仅示弱于人，还会民心尽失，到那时回不回洛阳都没有意义了。纵然到了洛阳，殿下也会失去威权，传檄天下，只怕也没有人遵从呀！何况鲜卑、乌桓部落绝对不是我们匈奴五部的对手。愿殿下勉励安抚士卒，放心安坐邺城。我会很快率领援军为殿下击斩鲜卑王浚。王浚和司马腾这两个混蛋的人头，挂在邺城城门上是指日可待了！目前需要的是缓兵之计，以静制动，轻易不要出击，一旦援军到来，就会里应外合，势如破竹，敌人会尽数消灭！"

刘渊在随后的军事会议上说："下官前些日派人回部族联络，现今部族已经派了我的内弟呼延攸来回复。部族愿意支持皇太弟对抗王

浚和司马腾，只是现在部族缺乏统一指挥和协调，如果皇太弟允许，请派我回部族整顿，定将大军带来协助皇太弟!"

司马颖看到呼延攸一直站在刘渊身旁，对此事不再疑虑。君子大丈夫理应当断则断，不断则反受其乱。司马颖久久地望着刘渊，然后把他扶到坐椅上问："真有把握吗?"刘渊说："为解燃眉之急，下官甘愿赴汤蹈火，在所不辞。"

司马颖说："这样固然好，你可以回去求援，但你的家眷不必这次带走，为安全计，把你夫人和两个孩子留下。若如此，可保万无一失，寡人与社稷就全靠这次驰援了!寡人在此册封你为北单于，望你能遵守约定，尽快率军与寡人汇合，在两月内剿灭叛军!"

刘渊心里骂了一句："司马颖又在耍滑头。"不过，这次司马颖肯放自己走，刘渊心中虽大喜，但又有一些遗憾。夫人呼延玉留下来，将会发生什么事情，很难预料了。刘渊只能顺着司马颖的口气说："为了表示对大王的忠心，下官部分家眷留下，等下官驰援时团聚。大王也知道，鲜卑骑兵向来骁悍，望下官未到之时，大王约束属下，不要轻易接敌，等下官匈奴骑兵一到，定叫敌人有来无回!"

司马颖连连点头，表示同意。于是，刘渊和呼延攸马上回府，安排回离石的事情。几天后，他留下夫人呼延玉和两个儿子，只带上了单氏和长子刘和与四子刘聪，以及一个直属的骑兵护卫队，向离石而去。

5

刘渊一走，司马颖就有些不安，入夜后又做了一个不祥的梦。司马颖白天的亢奋，在夜晚转化为一种恐惧。司马颖总感觉到一把冰凉的剑搁在自己的脖子上。他突然坐了起来，划算着刘渊驰援到达的时间，禁不住有些泄气了。刘渊不会反戈一击吧？反戈一击倒不一定，恐怕是另立山头。如果这样，放虎归山等于是毁掉自己平叛的大业。司马颖拔出剑来。剑上寒光闪闪，让他不寒而栗。后来的事实证明司马颖被刘渊玩了一把。可是历史无法改写。有时，也就是一念之差，一个误判，导致全盘皆输。从刘渊走的那日，司马颖竟然噩梦连连，总是半夜醒来。爱妃不知道他是要起夜，还是干什么，总看到他手执一把利剑在发呆。司马颖知道刘渊虽然留下夫人呼延玉和两个儿子，却带走了年轻的单氏、长子刘和与四子刘聪。这个时候，司马颖才回过神来。他甚至感觉到自己的血管里流淌的不再是皇家的那种高贵的血液了。

司马颖沮丧不已。

终于，一天傍晚，司马颖歇斯底里地向下属大喊："把刘渊的家眷呼延玉等人关入大牢！"

这还不算，又过了一些日子，司马颖掐指一算，觉得刘渊不会驰援了，就忍耐不住心中的愤慨了。

"来人呀——把刘渊的家眷提上来！"

呼延玉先被押了上来，身后是两个儿子，一个是二子，一个是三子。这哥俩长得有些文弱，不如长子和四子。

司马颖狠狠地说："知道为何关起你们吗？"

呼延玉摇摇头说："不知道，为何大王要这样？元海可是为朝廷做过很多事情的啊，真不明白为何这样对待元海的家属？"

司马颖想起这些日子噩梦不断，就怒从心中来，随即拔出剑来。但还没有等他下手，就有一个五大三粗的秃头爪牙，手挥鬼头大刀向呼延玉劈头砍去。

呼延玉的话还未说完，就挨了鬼头大刀迎头一击，额头开裂了一道大口子，接着又一刀砍来，身后的二子为母亲阻挡了这一刀。二子

脖子里的血如水柱一样喷射到半空。呼延玉当场昏厥，立马倒下来。二子、三子虽是书生，但为了保护母亲，也被司马颖身后的两个武士冲了上去一阵乱砍。初先还能发出哀嚎的声音，后来就只有出气没有进气了。二子、三子很快就不行了。于是，在呼延玉的身旁，就又倒下了两具血肉模糊的尸体。

司马颖仰天哈哈大笑着，给自己壮了壮胆。

司马颖并没有动手，但手中的利剑却溅上了血。他把溅满血迹的利剑扔在了地下。他讨厌剑上的血腥味。他的手上也是溅上的血迹，在下属端来的铜盆里洗了老半天都洗不干净。司马颖把手插在门外木匠用过的一堆锯末里揉搓个不停。司马颖真想好好地洗洗手，但他走出屋外，觉得头顶的月亮也红红的，充满了肃杀的味道。

原本这一晚，能睡个安稳觉，但司马颖还是失眠了。司马颖开始还很自信，可刘渊一走就等于是吃了后悔药。司马颖心里说，我没有杀人。可是，他依然寝食难安。

我真的没有杀人！

第四章　义无反顾

1

　　早在呼韩邪投降汉廷以后，一部分匈奴部落，就内迁至并州离石，在千年村一带一直过着游牧人优哉游哉的生活。然而，随着汉末动荡，三国战乱，这里的草场已经大多荒芜或被汉族贵族占据。从那时开始，生活在千年村的匈奴部落逐渐衰落。他们的生活已经非常艰难，而由于利益之争，族中经常发生内讧。一部分人陆续离开千年村，返回西北大漠放牧，使得本来已经衰落的部族更加残败了。这个时候，刘渊从中原一回到离石，就被自己的叔祖右贤王刘宣叫到大帐之中，商议部落的发展大计。

　　这时的刘渊，不像洛阳生活时谨小慎微的样子了。他恢复了匈奴人义薄云天、敢作敢当的天性。

　　记得一过黄河，刘渊就决定率领人马日夜兼程，全然已是义无反顾的模样。不料，探马匆匆来报：夫人呼延玉及二子、三子先被司马颖羁留，随后被残害！刘渊乍听噩耗，一时间心如刀绞，但表面上看不出来他的心痛。

刘渊下了马，撇开单氏以及长子、四子，一个人向黄河对岸眺望了很久，泪雨滂沱。其实，人类对生死总是无法看透，事实上也看不透。死去的人，不再说话，他们究竟去了哪里？死不是与生没有关系，而实际上是作为生的一部分存在着，至少死对生才能构成一种警示。面对生死而波澜不惊，刘渊觉得自己无法做到。人对死的躲避或者恐惧，皆因一种物伤其类的胆战心惊。对于活着的人如何活着，突然让刘渊觉得自己责任更加重大起来。

"夫人啊，二子、三子啊，我对不起你们啊！可我也没有办法，不那样做，他们也不会放我回来。我就在这里给你们上香了！"

说着，刘渊让小溜子给他点香，然后把三炷香点在黄河岸边的一块突出的石头上。三炷香插在一只盛满黄土的瓷碗里。刘渊挥泪拜了三拜，然后喊来单氏以及长子、四子，让他们跪拜对岸的死者。

2

刘宣已经年老，对整个部落的命运越来越无法预料，甚至还有些悲观。刘宣看好的侄儿刘渊一直被当作人质羁留在京城，多次派人去周旋都未果。他们在等机会，直到发生了八王之乱。成都王司马颖在河间王司马颙帮助下，杀掉了长沙王司马乂，打败了东海王司马越。他把晋惠帝抢到手，控制了洛阳。司马颖亲自坐镇六朝古都邺城，自我感觉越来越好。

那时，刘宣知道刘渊此时被调到邺城，做司马颖参谋，并不是十分情愿的。刘渊早就不是那个三十多年前初到洛阳的青春少年，随着岁月变迁，已经是一个年过半百的智者了。为拉拢匈奴部落，成都王司马颖封刘渊为宁朔将军、监五部军事。

宁朔将军的名头，在过来人刘宣眼里只是一个屁。不过，监五部军事，这个职位不能小瞧。刘渊既然是匈奴五部的左部帅，而监五部军事一职，为他统领其余四部提供了合法依据。由于中原战乱也在并州境内扩散，所以离石的汉族居民大部分流亡南方，这就使离石境内的匈奴人口数量超越了汉族。

刘渊沿路亲眼看见晋人自相残杀的惨相，天下的动荡不安，让他内心更加蠢蠢欲动。而刘宣把全部希望寄托到他的身上，使他陡然间有了一种使命感。身在司马颖的地盘，刘渊的心早已飞回到叔祖刘宣身边了。刘渊父亲刘豹去世的消息，刚刚传来的时候，刘渊一夜无眠，内心一直在焦急着，痛不欲生。

刘豹之死，也让刘宣身边的一些匈奴贵族觉得有机可乘，时不我待，开始暗中策划兴邦复业的计划。

刘宣也知道在刘渊回来之前先做一些动员工作是必要的。所以，在离石，他面对成千上万的族人大声疾呼：

"我们草原上的一只最值得引以为傲的雄鹰，就要回来啦！他是谁呢？想必有很多人都能猜测到，这个人不是别人，正是早先统领我们的左部帅刘豹之子，大名鼎鼎的刘渊。在做出这个重大决定之前，我们为永远离去的左部帅刘豹默哀！是的，过去我们先人与汉朝相约为兄弟，同甘共苦。可汉朝以后，我们的处境堪忧。我们虽有单于虚号，但无自己的一片领地，从王公贵族到底层贫民都归属晋朝管束。今天司马家族骨肉相残，四海鼎沸，我们草原上的那只最有希望的雄鹰就要飞回来了。这正是我们兴邦复业的大好机会。"

接着，在刘宣的提议下，大家一致认为：刘渊姿器绝人，能文能武，是大单于的最佳人选。

刘渊不仅是匈奴五部贵族中最优秀的人才，而且是朝廷合法任命

的五部大都督，所以部落推选刘渊为大单于，自然是众望所归。当呼延攸暗中去找刘渊，把大家的决议告诉他的时候，刘渊内心非常高兴，但表面上不动声色。

上次，刘渊向司马颖请假，请求回并州埋葬自己的父亲，一并要为父母合坟。这次，更重要的理由是，为皇太弟速搬救兵，以解燃眉之急。

司马颖认为刘渊是个智勇双全的好帮手，再把他夫人呼延玉以及二子、三子当作人质，便可以控制住对方。

刘渊意外地回到刘宣身边，真让他欢欣鼓舞。现在，虽然刘宣自己对匈奴部族的衰落忧心忡忡，但是看到刘渊的英姿伟岸、豪爽气概后，心中便坚定了振兴部族的信心。

刘宣一见到刘渊就按捺不住自己激动的心情了。"草原大漠的雄鹰啊，我日思夜想的孩子，你终于回来了！你知道你的父王离世前是多么想见你一面啊！我的孩儿，我一直在想着你的父王——我的胞兄啊！"说着，刘宣竟然嚎啕起来。

3

位于离石旧城区有一座典型的北方院落，有三进院，还有后花园。这是刘渊在离石城的府邸。院门朝向东南，一进入院内，就是西跨院。第一进院落，东南是廊柱大门，之后是一个宽敞的院落。第一进院落住着刘渊的两个儿子，长子刘和、四子刘聪。刘渊的侍卫马队也常在此驻扎。第二进院落也不小，只是更加肃静了。第二进院落正面五间大屋，是刘渊回到离石之后的临时住所。其中，耳房两间，住着几个下人。东西厢房住着侍卫各色人等。院子西部是东西贯通的两个院落，是刘渊的叔祖刘宣居住处。第三进院是单氏的居住处。第三进院落有一座两层木质楼房，修建的十分考究，原来的主人是一个西晋官员。再往后就是后花园了。

刘渊在第二进院的一处正屋跪拜在刚刚竖立的父母灵牌前，久久不说话。一旁的刘宣感同身受，说刘渊的父亲死前最想见的就是他了。当时，刘豹瞪大了眼睛，望着窗外东南方向，期盼着刘渊能够复兴伟业。匈奴人的命运掌握在自己手里。这时，在刘宣殷勤企盼的目光里，有一种无法言说的酸楚。刘渊转身对着刘宣跪倒，并表示自己的决心。

"您的侄儿虽然离开故地数十年了，但是今天回到这里，聆听了您的教诲，一如看到父亲的模样。倦鸟归巢，落叶归根，我在洛阳早就归心似箭了。在洛阳身不由己，毫无办法，一切只能听天由命。终于，现在机会来了。请孩儿为您敬上一杯部族酿造的草原酒，以示孩儿对长辈的敬意。"

刘宣接过酒杯，一饮而尽，然后说道："孩儿啊，我们这一茬人都老了，这族中之事，将来就都靠你了。我已经通知各营帐的首领，来这里共商大计！"

说话间，驻扎在离石的各营帐首领以及刘渊的儿子刘聪、侄子刘曜（刘渊养子）及其他亲族首领，都汇集到刘渊二进院的大会客厅里。刘宣与众人一一握手寒暄。刘渊站在会客厅门口，呼唤了一声叔祖，然后发表了第一次起兵演说："大家应该有目共睹，就拿我个人来说，从小在新兴县生活，后来居住到洛阳了。结果怎么样呢？汉室早已灭亡，晋室已经非比昔日。我们匈奴人为何失去了中原人应有的礼貌和尊严呢？是的，我们的族人一个个被他们封为公爵、侯爵，但并没有一寸属于自己的土地！我这些年来虽然居住在京都洛阳，但是过的什么日子啊？担惊受怕，名义上朝廷给予重视，可实际上一直晾在了一边。我们的族人不过是给他们看家护院的奴隶！现在的情况

是，居住在离石附近的部族计有马匹十万，弯刀五万。正如我的叔祖所言，为什么非要寄人篱下，做人奴仆，苟且偷生呢？是到了起来建功立业的时候了。难道我们每个人不是大单于呼韩邪的后代吗？这一点毫无疑问。我在洛阳那么多年，都没有忘记自己是大单于冒顿的子孙，没有忘记自己肩负的重任。我在离开中原的时候，正逢晋室内乱，晋人诸王之间连年征战，天下已经大乱了。我能够站在这里，也正是由于这种诸王之间的争斗。我在那一刻突然意识到我们匈奴人脱离困境的机会来到啦。我们这个族群自然有重振雄风的时刻，今天就是这个重大时刻。我作为左贤王，从出生那天起，就知道自己与众不同的责任，长大之后更是让自己身强力壮，并磨练自己的毅力。我一旦挑头，就要豁达开阔，广纳各方人才，不仅仅是族人，乃至晋人都能吸引到我们的号令之下。上天既然让我重新回到部落里，也就是意味着我们会有一个全新的明天！面对我父母的在天之灵，面对列祖列宗，我们一起歃血立誓。既然共推我为大单于，那么我就甘愿做草原上那只最勇敢的雄鹰！"

刘渊声情并茂的演说，打动了各路英雄好汉，仅仅几天工夫，就在离石城聚集了好几万人。后来，在离石信义一带东北部的云顶山草甸子，一片开阔的跑马墕，众多的匈奴族人纷纷来到这里。在一个吉祥的日子，有好几万的人马战车汇集到离石以北的这块跑马墕上。在刘渊的大帐前，搭起了一个高台，一些族中的长老，以及众多刘渊的部将，一起为刘渊举行了册封匈奴大单于的仪式。

在举行册封大单于仪式之前，刘渊的贴身随从小溜子早早起床，去了附近千年村一趟，拉来了不少家禽、家畜，比如牛呀，鸡呀，还拉来了那只叫雷斧的狗。刚刚回到营地，后面就跟来了那个叫臭椿的男孩。

臭椿直接就闯入刘渊的云顶山大帐，找到刘渊，说是大王的手下人抢了他正在放牧的一群牛。刘渊走出营帐，首先看到那只叫雷斧的狗。雷斧不仅认识刘渊，甚至对不怀好意地牵它来的小溜子都记忆犹新。刘渊看到营帐外确实还有一群哞哞叫着的牛。那次打狼，大家都是朋友啊，怎么现在就变得有点不对劲了？

刘渊问小溜子："这是怎么回事啊？让你去办祭品的事，可不是让你抢啊？"

"那，那让怎么办？"

"你给人家老百姓银两了吗？"

小溜子面有难色，吞吞吐吐地嘟囔了半天，才说现在队伍里根本没有这笔开支，也没有多余的银两。

臭椿不依不饶，并说这群牛可以不要，但求大王放过他的狗狗雷斧。

这时，营帐里的单氏不知道什么时候出来了。她走过去，摸摸臭椿的头，把腕上的一只银镯子摘下来递给了臭椿："拿去吧，孩子，千年村我去过，那里都是穷苦人家。"

臭椿把狗狗雷斧带回去了。牛呀、鸡呀，还有别的祭品，先在册封之前，祭天地鬼神。

那时候的云顶山非同寻常。排兵布阵，各个营帐以及马厩、操练的兵士，使得这块草甸子具有了一种雄伟的气势。刘渊已是大单于，他册封儿子刘聪为鹿蠡王，把集结的部族军队五万人直接交给他来管理。离石以北的云顶山草原，有刘渊的办公大帐。他在大帐里倾听外面军队的操练声以及骑兵的马蹄声，不由得感慨万千。对于这个大单于的角色，刘渊自然是勇于担当，坚信自己在创造着历史。

天色将晚，行营中开始响起匈奴人的歌舞。刘渊听到这种及时行乐的声音，眉头一皱，下令各营帐利用晚上的机会对兵士上一些战术演练的知识。刘渊对刘聪说："这件事情就由你去负责安排，完了招

集所有头领到大帐中来开会，商讨下一步的战略安排。"

4

有一些日子，刘渊与单氏在离石的三进院朝夕相处，形影不离。刘渊一回想刚刚到了黄河对岸就得知正妻呼延玉以及二子、三子这两个孩子的噩耗，就心如刀绞，当着单氏的面就嚎啕起来了。

每个清晨，单氏都陪着刘渊去爬凤山。那时的凤山顶上，只是光秃秃的一片黄土梁，不远处生长着一片半人多高的蒿草。单氏孩子一般冲到蒿草深处，去找狗尾巴草什么的。刘渊喜欢一个人面对着离石城吹箫。

这就是那首耳熟能详的《出征》了。

> 像那草原千里闪金光
>
> 像那风沙呼啸过大漠
>
> 像那黄河岸　凤山旁
>
> 英雄壮行　大路歌
>
> 只为了千万年里的那个承诺
>
> 一刹那间所有的甜蜜与悲凄
>
> 我与你在美丽的千年村相遇

单氏手里拿着一束狗尾巴草，悄悄走到刘渊的身边，而小溜子牵着他们的马匹。刘渊最为喜欢的乌龙驹，确实不一样。它在一边打了一个响鼻。这匹千里良骥，总是能够迎合主人的意愿，而换上别的人是无法驾驭的。它总是桀骜不驯。乌龙驹一上战场，就与别的战马不一样，它善于寻找战机，甚至能够知道哪儿更适合主人的才能发挥。

単氏很奇怪，这匹马，见了她总是不够友善，向她吹胡子瞪眼，甚至还抬腿伸蹄，很难驯服。于是，单氏就说刘渊才是它真正的主人。

单氏对刘渊将要开创的霸业充满信心。从乌龙驹的眼神里看出了它主人的那股子霸气。刘渊身边的所有人都被这种霸气征服了。刘渊的血液里流淌着匈奴先祖桀骜不驯、永不服输的狼性。这是一个具有嗜血狼性的游牧民族。确实，很奇怪，单氏从小就不喜欢孩子们称王称霸，但现在不一样了。刘渊身上的这种霸气感染了单氏。单氏就说："你离开洛阳是一个正确的选择。蛟龙出海，你有朝一日会成一方霸主。"刘渊就笑了，说："你不是不让我做霸主吗？"单氏说："此一时，彼一时也。八王之乱的机会给了非你莫属的霸主地位。乱世出英雄，你就是那个英雄。"刘渊沉默了片刻，只是点点头，说："我其实是身不由己，因为我只想建功立业，而不想做霸主，更不想欺压百姓。我只想做一只草原上真正的雄鹰，做出更大的事业。如果天下打下来，我坐龙庭也是为了实现早年所有的抱负。"

刘渊站在凤山上，望着离石城，摇摇头。他更希望和平的日子，刀光剑影、血雨腥风并不是他要的最终的生活。对整个霸业的实现过程，刘渊充满了深深的忧虑。

尽管眼下开了一个好头，但对称王还是有些忧虑。刘渊不想成为一个不义之人。他有时真希望将来能带着心爱的女人，骑着乌龙驹，浪迹四方，去过那种诗剑逍遥的生活。不过，刘渊觉得在云顶山的兵寨过一辈子也很不错。他的心无疑充满了矛盾。刘渊觉得自己目前最为迫切的就是完成苍天赋予的使命，建立一个既让匈奴人有尊严感的生活，又能与汉族人和谐相处的国度。他觉得晋室无法达到的，自己就要做到。这需要一种更加开阔的眼光，需要一种气度，需要一种胸怀。他不是光有梦想的人，他还懂得要行动，不断地行动，直到那个宏伟的

目标实现。大家相信刘渊就是这样的人，所以族人和各路汇聚离石的英雄好汉都很相信他。他浑身上下有一种亲和力、召唤力和人格魅力。

从凤山上下来，刘渊依然在乌龙驹上吹着箫。单氏走到东川河上与一个前瓦村的洗衣少女聊天。刘渊从乌龙驹上下来，静静地看着单氏在清澈的水面上梳妆。那个洗衣少女背对着刘渊为单氏整理头发。单氏虽然是刘渊的女人，但没有一点架子，只是满目的友善和一脸的笑容。那个前瓦村的洗衣少女刚刚十二岁，长得很清秀，个头也高高挑挑。单氏很快就和她成了朋友。你叫啥名字啊？家住在哪里？家里有什么人啊？这类话题拉近了彼此的距离。这个少女叫玲儿。乌龙驹在不远的地方吃草。这个静谧而又恬淡的画面着实让人感动。在战乱之中，难得在吕梁山的腹地，有这样一处真实平和的场景，一时间让刘渊看呆了。

刘渊也不记得自己何时停止了吹箫。他站在一个土坎上静静地望着前方。人生中美妙的时光总是在不经意间到来。这一切并非有意，刘渊只是想过去从侧后拥抱单氏。没有想到玲儿突然站起身来，把他的举动打断了。起了风，忽地一下，玲儿脚下的几件衣裳就飞到河水中间去了。这时，天色也不像刚才那么艳阳高照了，似乎是要下雨的样子。这是一个变化莫测的季节。刘渊飞跃到乌龙驹上，一下来到河水深处。幸亏，东川河的河水并不深，顶多没到乌龙驹膝盖的地方。乌龙驹四蹄所过之处，河水向两边溅开来，让出一条巷道。也就在这时，刘渊在马上弯下腰去，一下就把玲儿落在水里的衣裳捞了上来。玲儿站到岸边，情不自禁地为刘渊鼓掌喝彩。

这个时候，从河岸南面的大路上传来一阵喧嚣声。刘渊策马上了北岸，把湿淋淋的衣裳递给玲儿姑娘，顾不上再说什么就又策马穿过河面跑向南岸。

原来，刘渊的长子刘和，一上午在母亲呼延玉的灵牌前嚎啕。他突然拔出父亲的祖传宝剑，决定率领大单于的护卫马队向洛阳方向进发，为母亲报仇雪恨。

刘渊知道刘和只是一个书生，不善于舞刀弄枪，更不会带兵打仗，一时的意气用事而已。其实，呼延玉以及两个儿子的惨死，在刘渊心上一直就是一个沉重的心结。他知道这个儿子与聪儿不同，是个死脑筋，木讷死板，不会变通。

刘渊说道："如今我已经自封大单于，但是按照和司马颖的一开始约定，我们是需要履行承诺的。不过，他不仁，我们自然也不义，完全可以不履行承诺。要去找他去报你母亲和两个弟弟的仇，我看还得等些时日，现在不行。"

"为啥不行？"

"等待时机吧，现而今条件还不成熟嘛。"

"父王，您不是说，机不可失，时不再来吗？"

刘渊一时语塞，但依然说："现在集中力量整训队伍，增加队伍的战斗力，要不然能否打到洛阳都是个问题。"

刘和听了父王的话，抵触情绪更甚了。他说："还要等啥啊？现在不报仇还等何时？你整天游山玩水，不见得有任何行动，我根本不相信我们能够很快打到洛阳去！"

"你在说什么？你以为打仗是过家家啊？你以为打仗是你在书斋里看的那些排兵布阵啊？现在的打法早已与春秋战国那会儿不一样了，甚至比三国时期更为复杂，你懂吗？你根本不懂，只是读书读傻了，像你聪儿弟弟那样，多学一些武艺才是正道。"

单氏也赶了上来，对着刘和说："和儿，别对着你父王这么说话！你父王刚刚册封大单于，虽然吸引了几万人马，但还得经过一段时间的正规训练才能打仗，没有战斗经验的队伍，仅仅人多势众是不行的，也就是一群乌合之众而已。"

刘和犟着倔脑袋，一副誓不罢休的模样说："你们就是找借口，你们就是不想为我母亲报仇，母亲去世不就称了你们的心，如了你们的意啦！"

单氏欲言又止，站到刘渊身后呆住了。

"反正你不是我的亲妈，你哪会管别人死活啊？聪儿弟是你们亲生的，你们一直宠着他，什么好事都轮着他，反正没我的份，我不如追随着亲母一起去吧！"

刘和又嚎啕起来，并且拔出剑做出自刎的动作。刘渊身后的单氏也在啜泣着。单氏有单氏的难处，刘渊总是让她承认聪儿是自己生的，可是她早已知道聪儿其实是章氏所生。只是这个章氏自从生下刘聪，就与刘渊的关系一直很僵，多少年了，丢下亲生儿子，如同人间蒸发了一般。

这时，刘渊看了看周围的人，一时间忍不住了，走过去，一把夺过刘和手中的剑丢在了地下，左右开弓扇了刘和两个耳光。

"你是家里的长子，你怎么这样不懂事啊？你知道什么呀？继续这样无理取闹，小心我关你禁闭。你给弟弟带的什么头啊？你母亲和你弟弟们的仇，用不着你来操心。我们的队伍很快会出征的，这个不是你操心的事情。"

刘和站到护卫马队一旁。刘渊看看马队的头领亮子，问："这是怎么回事，你怎么能听一个孩子的调遣？以后，没有我的命令，任何人不能调兵遣将，这个是军中的规矩。"

亮子听到刘渊的斥责，马上从行列中走出，大喝一声："是！"

5

依照刘渊的计划，原本要领五千兵马，火速南下邺城，按照约定与皇太弟部将王粹汇合，一起讨伐北方的王浚和司马腾。只是对方失信在先，并对刘渊的家眷下了毒手，使得战场形势急转直下了。

刘渊此时顾不上管刘和了，赶紧随着护卫马队返回了大营。而刘和一个人策马来到东川河边，一个人站下来，向着河里扔石子打水漂。这倒也没有什么。已经十六七的刘和，顽皮的天性在这个时候又流露了出来。平时在家读书，很少跑出来，现在与父王闹了一场架，竟然一个人打水漂，一时间烦恼跑到了九霄云外。

对岸的玲儿姑娘还在晾晒洗出的衣服，没想到刚转过身来，刘和的水漂飞到近前，溅了她一身水。

"你干吗呀？哪里来的还是到哪里去吧！别把人家晾晒的衣服再弄湿了，晓得不？"

刘和叉着腰，大声喊："鹅（我）还就是不晓得，怎么地啊？你有本事过来把鹅（我）吃了。"

玲儿见刘和学着她的声调说离石话，也就没有再理他。刘和一个人闷得很，每次打水漂都瞄准了玲儿。一旦溅上水，刘和就没心没肺地哈哈大笑。

玲儿赶紧收拾晾晒着的衣裳，要提着篮子回家。

"别走，妹妹你别走！"

"我走不走，你管得着吗？"

"我不向你打水漂了还不成吗？"

玲儿一转身，提着篮子已经上了河岸的那个土坎。刘和觉得这个姑娘很有性格，也觉得好玩，就策马过河，迎头拦住了玲儿。

"你让开，我要回家。"

"你告诉我你的名字好吗？来离石这么多些时日，还没看到过像你这么有性格的姑娘。你是谁家的女儿啊？"

玲儿还就偏不告诉他。刘和毫无办法，便说："你晾晒衣服吧，

我不欺负你啦。"玲儿说:"今天不在这里晾晒了,要回家呢,还得回家伺候爹爹,熬中药呢。"

"啊!这么孝顺的姑娘啊,鹅(我)在洛阳也没有见过像你这么好的姑娘。我帮你拎衣服吧!"

刘和帮着玲儿拎起盛衣服的篮子,策马跟在姑娘身后。玲儿有些不自然,看到路边的村人,有些不好意思了。

"你别送了,鹅(我)家就在凤山脚下前瓦村的那排新修的土窑洞里,你去了会吓坏鹅(我)爹的。"

刘和故意学着玲儿那样说话,强调着鹅(我)鹅鹅的。玲儿就笑弯了腰。

6

刘渊回到离石城的府邸,刚刚坐定,单氏就把热茶给他端了上来。单氏看着刘渊还在生闷气,就说:"别为孩子的事情费心啦,毕竟和儿一时意气用事,平时不是挺听你的话吗?"刘渊又问:"聪儿干什么去了,怎么这几天不见他啊?"单氏就说:"去了左国城啦。"刘渊不解:"他去那里干什么去了?"单氏说:"跟上石勒上左国城招兵买马去了,说是那里的族人都响应大王的号召,已经有好几千人了。"刘渊听到这一消息,就觉得还是聪儿比和儿强,已经能够替他分忧了。听到这个消息,刘渊刚才的闷气就消失了。

石勒这个人看上去是个粗人,但吃过不少苦。表面上一副大大咧咧的样子,其实不然,他粗中有细。在为人处世上,他总是能够想到别人前面去。刘渊正在想着自己的队伍需要更多像石勒这样的人才,这时,门上有人进来了。

说曹操,曹操就到。石勒风风火火地进来,先向刘渊一拜。

"大王！这次去了一趟左国城收获多多。聪儿带回来的良种马有两百多匹。大王的令旗一举，响应者甚众。有耕地的雇农，有饭馆的伙计，也有走村窜乡的匠人，更有为我们队伍打制兵器的铁匠，还有染房的师傅，等等。现在的队伍已经集中在离石城我们的大营里了。"

刘渊一听大喜，石勒看来是个帅才啊，人才难得呀。远远看到大营的碉楼上竖着一面写有一个巨大的"刘"字的旗帜，刘渊不由点着头，然后问石勒："现在队伍的情况如何？以现在的实力能否和洛阳的朝廷军队打仗啊？"石勒说："大王，依我看没问题，队伍军事素质自然重要，但关键是士气，我们的队伍刚刚建立，士气正旺，大家都想打到中原去，出出闷气！"

刘渊拍拍石勒的肩膀，说："辛苦了，先和弟兄们赶紧张罗着吃饭吧。"正说着，刘渊的又一员大将刘宏也从百里以外的前线赶了回来。刘宏是刘渊家族里的远亲，从辈分上看，刘渊要大，所以刘宏一直叫他元海叔。但在这样的场合，刘宏自然得先拜一下，然后汇报这次行动的具体情况。刘渊在决心起兵的时候，就未雨绸缪地做了很多的规划和安排。这第一个行动，就是派出以刘宏为首的一支精锐的骑兵部队，前往中原获取朝廷军队的最新情报。当然，如果能顺便骚扰一下洛阳地区，能捉回一两个校官以上的俘虏更好。

刘渊很急切，连连问："怎么样？"刘宏端起单氏给他递来的水碗喝了一个够，然后说道："我奉大王的命令前去侦察，曾与皇太弟的人马打了一个遭遇战。皇太弟知道有愧于大王，听说大王已经加冕大单于，就企图派人对大王在离石这边的家眷进行袭击。遭遇战之后，我们乘胜追击，结果在太行山那里碰到了从洛阳过来逃难的老百姓。百姓们告诉我们皇太弟大军失败的消息。我们赶到厮杀的现场，没有发现皇太弟。原来他的部队早就让王浚的鲜卑骑兵打败了。眼下王浚已经攻破邺城，那皇太弟带着他的皇帝哥哥一起逃奔洛阳而去了！"

刘渊现在虽然是大单于，但部下依然喜欢叫他大王。听到这个消息，他心中怒火依然未平，说道："这个司马颖，什么皇太弟啊？别看他杀人不眨眼，但也不过是一个做奴仆的材料！我们要为夫人报仇，为孩子们报仇！"

刘聪站在一旁也对着父亲刘渊宣誓："父王，司马颖战败咎由自取，老天让他灭亡，必然让他先疯狂。聪儿可以替父王出征！"

7

单氏回到离石三进院的住所，心里总觉得有些忐忑不安。这么多年来，单氏与长子刘和的关系不好。刘渊暗里要求她母仪天下，可是她总做不到。单氏没有夫人呼延玉的那种气度。

在洛阳时期，刘渊多半在单氏的房里睡觉。呼延玉作为正室夫人不仅不计较，而且还亲自送来补身子的红枣粥。红枣还是呼延玉专门让人从娘家带来的。那个时候，呼延玉与单氏总是以姐妹相称。

呼延玉有一种大家闺秀的风范。这一点，单氏学不来。单氏从小生长在洛阳，父母都是小商人，精于算计。单氏虽然没那么多小商人的算计，但也多多少少存有小心眼。

刘渊指责单氏太多心了："别把什么人都想得那么坏，人和人还是大不一样的。有的人可以防范，比如那个咎由自取的贾南风，可是呼延玉不是这种女人。大家相处这么多时日，你还看不出来啊？"

单氏有些嗔怪地看了刘渊一眼，说："你就是偏心，一碗水端不平。"刘渊不吭声。单氏又说："你是身在曹营心在汉，虽然天天来我这里，但心总在呼延玉夫人那里。"

刘渊便说："你在说些啥啊？听你这么一说，好像别人都在算计着你。你能不能换位思考一下，能不能体谅一下别人的难处。夫人操心着一大家子的柴米油盐，可没有工夫计较你，而你老在唠叨个啥？人还没有老，就快成个碎嘴婆了。"

"你说谁是碎嘴婆啊？敢情在你左部帅眼里我还不如个管家婆？我从小到大爹娘关心我、爱我，可来到你家门里，感觉就像掉入冰窖。风里雨里我可是也操了不少心啊，你就是偏心夫人和长子和儿。我这个当二房的，哪有人家名正言顺呀？"

刘渊说："别唠叨好不好，出了门不自在，回到家还不能安然。你这样子，以后夫人让你管家，你能胜任吗？"

刘渊在单氏房里总是先要开导一番才能消停。开导过后，刘渊先去木桶里泡个热水澡，然后换了一身干净的睡衣，重新回到房间。这个时候，单氏也已洗浴好，裹了一身云絮一般的裙裾飘然而至。

单氏在这个时候才是最美丽的。刘渊急不可耐地伸开胳膊迎了上去，如同老鹰叼小鸡般把她拦腰抱起，就在那张皇帝专门送的雕花木榻上呼哧呼哧地开始了一场激烈的鏖战。这个世界上，男人与女人之间的战争，也是不可缺少的。无论人与人的争斗，还是族群之间的互殴，或者国与国之间的战争，都应该是从男人与女人之间的战争脱胎换骨而来的。换句话说，男人与女人之间的战争，是一切战争的源头。

呼延玉从上房端着一个盛有热粥的托盘刚刚走到单氏的房门口，就从窗户上看到刘渊和单氏合二为一的身影，紧接着，灯就熄灭了。呼延玉叹了一口，只好端着托盘又悄悄来到刘和的房里。

"和儿，和儿！"呼延玉把托盘端到儿子的屋里。儿子刘和正在研读《尚书》，嘴里喃喃自语。

"和儿，和儿，这是红枣粥，趁热喝了吧。"

"妈妈，我又不是小孩子了。我要喝自己会去张罗，还用不着你

来费心。"

"和儿，过两日你要跟着父王回离石老家那边，到时候你可要听话啊。"

"妈，你在说啥啊？到时候，你不也一起走吗？"

呼延玉站到刘和身后，没有吭声。呼延玉知道自己不能随丈夫走。因为皇太弟司马颖不答应。司马颖要把呼延玉留下来。与此同时，还有呼延玉生的另外两个孩子，二子和三子，作为司马颖的人质。

呼延玉没有再说什么，就把托盘端到四子聪儿那里。聪儿不是呼延玉亲生，但聪明伶俐，见呼延玉进来，就跪下一拜，然后接过呼延玉递来的托盘。

过了两日，呼延玉与单氏说："以后这个家就交给你啦！"呼延玉刚说这一句，单氏就说："怎么？姐姐要出门？"呼延玉摇摇头，然后说："你带着和儿与聪儿一起随元海走，我得和另外两个孩子留下来，这是我的责任。"

"姐姐，你不可以这样做。"

呼延玉对单氏说："你快别说啦，否则皇太弟疑心很重，到时候咱家的人谁也走不了啦。听话妹妹，元海就交给你啦，和儿、聪儿也交给你啦，要学会管理这个家，别让元海操心，毕竟他还要带兵打仗啊！"

走的那天，呼延玉与二子、三子出了门，一直看着刘渊带着单氏以及和儿、聪儿出了洛阳城。时隔不久，呼延玉与二子、三子就被抓到司马颖那里，直到最后被处死。噩耗传来，已在黄河对岸的单氏，泪流满面。

"姐姐，以前我一直不懂事，真的错怪你了。我想你，姐姐！你晓得不？我的心真的很疼啊。对不起，姐姐！"

然后，单氏扑通跪下来，连着磕了三个响头。

第五章 渊兵突击

1

刘渊开始厉兵秣马整装待发之际，心情变得更加烦躁起来了。他坐在离石那处三进院子里马厩旁的石槽上盘算着什么。单氏知道他的脾性，一般在这个时候总是不便打扰他。也不知道什么时候，天黑了下来。刘渊反倒觉得自己的视野一下子开阔了起来。

刘渊想到昨夜的一个梦，梦到自己在无数的古庙和坟地上游走，不知道在寻找什么。一觉醒来，他突然想到了父亲刘豹和母亲呼延氏虽然都已离世，但坟墓并不在一起。刘渊一直想让父母在黄泉路上都能相聚在一起。现在，集结的队伍需要休整，也需要各个将领一起来商讨近期的战略目标以及用兵方略等等。刘渊可不想做一个独断专行的大单于。他知道集体的智慧很重要。

想起给父母合坟的事情，刘渊就走到西跨院想和叔祖刘宣商量一下，听听长辈的建议。

刘渊向刘宣一拜，称他叔祖，然后说："晓得不？洛阳那边出事

了。"

"洛阳?"刘宣点点头，把一只苍老的手放在羊皮地图上，查找洛阳的方位。

"晓得邺城不? 司马颖已经兵败，退至洛阳了。叔祖，依您看应该怎么办?"

刘宣沉默不语，过了良久，才说："现在条件还不成熟，需要以静制动，看洛阳那边对我们在离石起兵有何反应。"

刘渊感觉刘宣对现在的时局和自己的想法差不多，就不谈这个话题了。因为，刘渊来找刘宣的另一个目的，是要谈谈父母合坟的事情。

说到了合坟，刘宣很赞许地点点头，然后捋捋花白的胡须，站起来看着刘渊。"合坟，得让堪舆大师找一个吉利日子和风水宝地。"

"叔祖啊，不晓得是把父亲的坟移回新兴县与母亲合坟，还是把母亲的坟移到这边来呢?"

刘宣说："这件事情要办就要办妥帖，你还能记得这件事情，足以说明你是一个大孝子啊。依老朽建议，还是尽早办吧，乘这段时间还有空闲。"

刘豹暂先葬在离石龙山上。次日，刘渊与叔祖刘宣专门带了几个族人，一起来看刘豹的坟地，然后决定三天之后移坟，由刘渊亲自护送回新兴县，再择日与呼延氏一起合坟。

第三天，刘宣领来了一个鹤发童颜、目光深邃的老头，据说是离石一带的堪舆大师。只见堪舆大师围绕着刘豹的墓穴转来转去，手中拿着罗盘，嘴里嘟囔着天灵灵地灵灵，随后的嘟囔声越来越快，根本听不清他在说什么。一会儿工夫，只见墓穴周围起了一阵风，堪舆大师披着一件长长的袍子，手舞足蹈起来。

起坟之后，刘渊亲率一支卫队，连夜赶往新兴县老家。在新兴县老家，刘渊请堪舆大师特意挑了一块风水宝地。在匈奴人的习俗中，土葬时死者头部朝东，贵族皆深葬，棺椁至少三层。如果是单于死，除金银衣裘随葬之外，姬妾及奴仆从葬者数百人。

刘豹与呼延氏终于合葬到一起了。原本阴霾的天气突然间见了天光。刘渊看到草滩四周一片寂静，远处有溪水潺潺。再往远处看，他觉得自己所奋斗的另一片土地在召唤着自己。葬礼很隆重，因为刘渊的家族在整个新兴县都是声名显赫的。差不多所有的族人都来了，有上万人之多。

刘渊与叔祖刘宣商量之后，便在葬礼之后，在新兴县族人居住的区域进行了动员，又招兵买马数千人，浩浩荡荡赶回离石城。刘渊觉得自己的腰杆更硬了。他觉得自己给父母合坟之后，父母一定在冥冥之中保佑着自己。

2

单氏随着刘渊回到离石，就觉得有些不适应黄土高坡的生活，尤其是漫天的黄沙扬撒开来的时候，头就发昏。刘渊移坟回新兴县的那几天，单氏夜夜无法入睡，左思右想，脑海里总是闪现出呼延玉以及二子、三子的面容。呼延玉最后作别时沉稳的神情，让单氏难以忘怀。

单氏夜夜梦到的是洛阳春暖花开时的胜景。有一日，刚刚十四岁的单氏，在人来人往的牡丹花会上，遇到了今生最重要的这个男人——刘渊。那一霎间，只是一个婉转的眼神，一个心领神会的动作，单氏就投入到刘渊的怀抱。单氏祖上是匈奴人，只是不像刘渊家族那么显赫。

进了刘渊家门，单氏很单纯，但与正房呼延玉的相处总是十分微

妙。单氏虽是偏房，但年轻漂亮，有一股子洛阳女子的风骚劲儿。刘渊差不多有一年总是在单氏的房里睡觉，无意中冷落了呼延玉。这一点，让呼延玉隐隐作痛。

那晚，刘渊又来到单氏房里。单氏说："今晚不同，还是去姐姐那里去吧。这是最后一晚，明天全家要远行啦。"呼延玉与两个孩子留下来的消息，让单氏极为内疚。

"去姐姐房里睡吧！"

刘渊把单氏紧紧搂到怀抱里，说："你怎么会变得这么通情达理？"然后，刘渊像往常一样，褪下单氏的裙裾。单氏如同褪了皮的嫩嫩的竹笋，是那样洁白美妙。两只挺立的奶子傲然翘着，让刘渊情不自禁。刘渊单腿跪下，两手有力地把住那里用力一挤，竟然一嘴就吸住单氏的两个奶头。单氏"啊啊啊"地呻吟了起来。良久，单氏又推推他，说："今晚去姐姐房里睡吧。"

刘渊这才到了上房。次日，单氏看到呼延玉的眼睛红红的，像是一夜没睡好。单氏半夜起夜，曾在窗下听到上房里的动静很大。刘渊很少与呼延玉过夫妻生活，这次离别之际，想把过往的所有亏欠全部补上。果然，呼延玉在一阵比一阵强烈的冲击中发出了压抑的哭声。

刘渊从新兴县移坟回来，先到大营忙了一天，到晚上才回到三进院。单氏早已给他烧好了洗澡水。单氏知道刘渊在大营与将领们一起喝酒了。刘渊酒气熏熏地回了家。单氏把他那身几天没洗的战袍换下，然后让他直接到木桶洗澡。单氏帮忙给他拿这拿那，还给他捶背。

"以后我得像姐姐那样。"

刘渊说："好，这就对了，该是你长大的时候了，你还是和我认识那会儿一样，这可不行。现在夫人不在了，外面的事情不需要你操心，但家里的事情需要你挑起这副重担啊。别像以前，一生气，还得让我满屋子给你当马骑着玩。"

单氏不好意思了，连忙捶了刘渊几拳："别说那些了，真的不好意思，以后我会长大的，像姐姐那样，做出一个夫人的表率。"

3

司马颖，字章度。作为武帝的第十六个儿子，从小养尊处优，太康末年被封为成都王，出镇邺城。现在，年轻的司马颖很后悔杀了刘渊的夫人呼延玉及他的两个儿子。虽然，司马颖没有直接下手，但他目睹了杀人的惨状，以至于夜夜做着噩梦。司马颖总是一闭上眼，就会看到呼延玉飘飘忽忽地来到他的面前，还有她的两个儿子，都在他眼前转呀转呀，让他发晕。呼延玉质问司马颖为何要下毒手，他这样做会有恶报的。那两个儿子也一左一右夹在他两边，让司马颖无法逃脱。呼延玉对司马颖冷冷地说："你这个皇太弟失去了元海的驰援，败局已定。"司马颖脑袋嗡地一响，人就醒来了。他抬头看看窗外，天还未亮，只有窗纸在风中拍打出哗啦哗啦的响声。

司马颖出生于咸宁五年，这个时候也就二十来岁，初出茅庐，但也经历过几次血雨腥风的场面。司马颖一直记得曾经与齐王司马冏一起杀入洛阳，赵王司马伦兵败自杀的情景。不过，司马颖但凡这个时候，都置身事外，不想沾上无辜者的鲜血。可是，司马冏被杀，司马颖又与河间王司马颙联手，与长沙王司马乂争权。司马颖又目睹了司马乂被杀的惨状。战胜长沙王后，司马颖继续镇守邺城，增郡二十，拜丞相。后来，司马颖又与司马颙联手，废太子覃，自立为皇太弟，又劫持惠帝来到邺城。但这些天，司马颖无法入睡了。

噩梦过后，司马颖裹着的睡衣从身上掉在地上。他赤裸着身体狼

狼地去拿墙上的利剑，然后在黑暗中挥舞着，嘴里说："有鬼，有鬼！"

这时，司马颖的侍从，点燃了房里的灯柱。那个曾经杀了呼延玉的秃头爪牙闯了进来，然后一拜，说："大王，有何吩咐？"

司马颖一惊，对他说："鬼就是你，给我出去。"说着，挥剑向那秃头爪牙砍去。

"大王，大王，是我……"

秃头爪牙竟然没来由地挨了一剑，胳膊上血流如注，慌不择路地退了下去。

一个侍从在司马颖身后扶住他，说："大王，您再上床睡一会儿吧。"

司马颖说："还睡啥啊？现在不是睡觉的时候，并州刺史司马腾带人就要打过来了。唉，一步走错，步步错啊，看来宁朔将军不会驰援我们啦。"

这时，手下一个部将突然闯了进来，通报说司马腾已经攻到了邺城附近。司马颖仰天一声长叹："是天意啊，这就是天意啦。难怪，有人说寡人太年轻，总是意气用事，无论干啥，都不过脑子。你可知道，离石那边已经起事了，带头人就是这个宁朔将军，对——刘渊！"

直呼其名，这个名字让司马颖心惊肉跳。

"离石是一个啥样的城池啊？"

身边的谋士周金说："那是离并州不远的一个地方，那里是匈奴人聚集的地方，原来刘渊父亲刘豹担任左部帅的地方。"

司马颖非常生气，说："呼延玉母子三人又不是我亲手杀的，刘渊怎么能这样干呢？他毕竟是朝廷的重臣啊。司马腾杀过来，是不是与刘渊起事有关，或者说是刘渊暗中挑拨的呢？"

"这个倒不大可能，刘渊起事的离石毕竟是在司马腾所任并州刺史的治下，他应该是平定刘渊的谋反才对啊。"

可司马腾现在先来攻打了，一时间让司马颖手忙脚乱了。司马颖从没经过这样的阵势，还是三十六计走为上吧。司马颖挟持着惠帝向洛阳且战且退而去。

4

司马颖的队伍败退的这么快，让刘渊也没有想到。那年的夏天还没有结束，但司马颖的队伍败局已定。刘渊有时候也特别相信命运，司马颖以往可不是这个样子。人生看来就是该着谁倒霉，躲都躲不了，不该着谁倒霉，就是劈头盖脸打过来，都能安然无恙地躲开来。

刘渊的队伍壮大得很快，除了离石之外，还在云顶山设置了好几个大型的营地。另外，云顶山跑马墕，已经成为骑兵训练的最主要场所了。刘渊称得上是兵多将广了。各路英雄好汉之所以能够投奔到刘渊门下，皆因为早年左部帅刘豹手里形成的威望，当然刘渊的威风八面也是早有耳闻了。

匈奴贵族身份的号召力，让刘渊既有几分欣慰，又感到很多压力。刘渊站在离石的大营外面，看到一面金黄色的旗幡上抒写着红色的一个隶体大字：刘。除了刘渊的大营外，其他各营的旗杆上也飘着"刘"字旗。

为了名正言顺，叔祖刘宣策划了一系列活动。刘渊初先有点不以为然，人总不能躺在老人的身上吃一辈子吧？刘宣大张旗鼓地宣扬当年左部帅刘豹的遗嘱，声称匈奴族人的未来前途必将诞生在其子刘渊手中。刘渊有些诚惶诚恐，因为根据当时的说法，刘豹根本没有来得及留下遗嘱，就撒手人寰了。现在，叔祖刘宣刻意强调遗嘱之类的东

西，无非是强调刘渊起事的合法性而已。

刘宣为了公开与洛阳朝廷叫板，还策划了一个寻找惠帝私生子的行动。刘宣固执地认为，起事的正当性还得体现在另立惠帝私生子为王，以惠帝被别的藩王绑架为由。队伍可以把这个私生子带上，也就有了攻打洛阳的道德基础。要得到天下人心，必须忍辱负重才能取得成功。这当然是刘渊的叔祖刘宣为起事寻求正当性的行动。刘宣不知道从哪里找来一个八岁多一点的小屁孩。小屁孩只会上山砍柴打猪草，一副可爱的傻模样。

刘宣上前问这个小屁孩："愿意跟我们走吗？"小屁孩吓坏了，头摇得像拨浪鼓。不去也不行，刘宣已经提前给小屁孩的父母塞了足够的银子。小屁孩被两个兵士带了回来。他东张西望，一见刘渊从乌龙驹上跳了下来，一脸凶相地向他走来，就哇哇大哭。刘渊觉得叔祖简直是胡闹。小屁孩以为要把他杀了当祭品，就在地下滚来滚去地哭。

刘渊把刘宣拉到一边，问："这是怎么回事情啊？叔祖啊，这孩子连洛阳在哪里都不晓得，怎么会是皇帝的私生子呢？再说复兴祖业的希望怎么能用这样的小孩来担当呢？这简直是一个儿戏！"

小屁孩后来不哭了，趁人不注意，打了几个滚，就钻到不远处一人多高的蒿草里不见了。刘宣这一下着急了，大喊："来人哪，给我追！"

刘渊想阻拦，但看到刘宣一副着急上火的样子也就没有再反对。毕竟，叔祖是为了自己在这个时候顺利掌控局势啊。

小屁孩在蒿草里藏了一会儿，害怕被抓住，就拔腿向山崖上飞跑。

刘宣爬了几步山，就气喘吁吁了。人毕竟七十多了，岁数不饶人啊。刘宣指挥着小溜子等几个年轻兵士向山崖上冲了上去。

山崖上有棵歪脖子老松树，小屁孩三下两下就蹿了上去。小溜子站在下面威胁他赶紧下来，只是小屁孩根本不听。

小溜子在手心里吐一口吐沫，然后也向松树上爬。小屁孩站到歪脖子树的枝桠上，掏出小鸡鸡，哧溜溜地尿到了小溜子的头顶上。小溜子起先以为下雨了，还说："看你小屁孩在树上呆一辈子吧。"

当小溜子发现是小屁孩的尿时，气急败坏，拔出背后的一把鬼头刀就要砍树。

刘宣说："小溜子你干啥啊？松树倒下来，把小孩摔坏，我可饶不了你。"

小溜子这才作罢。硬的不成，就来软的。小溜子只好说："只要你下来，就送你一副好弹弓，打鸟百发百中。"

小屁孩半信半疑，但刘宣也发话了："你只要下来，不仅可以满足你的所有愿望，还能给你的爹娘更多的好处。"终于，他们好说歹说，连骗带吓，把这个孩子从松树上哄了下来。

刘宣不吭一声，只是过了很长时间，才对刘渊说："大单于啊，其实人生从另一个角度看就是一个儿戏，你以为呢？"说着，刘宣就安排小屁孩的登基仪式去了。虽然大家忙得不亦乐乎，但还是感觉到一种成就感。

就是这个穿开裆裤吊着小鸡鸡的八岁小屁孩，竟然也颇具王者风范，朝拜者甚多。兵不厌诈，这个消息被故意抖落到洛阳朝堂之上，把几个西晋王爷气得差点背过气去。司马颖甚至想立马杀了这个无能的惠帝取而代之，但又怕冒天下之大不韪，引起天下更大的混乱。

5

汉代西河郡治所由处于塞北大草原的平定县，迁移到离石。这应

该是吕梁历史上第一个郡级建制。在永兴元年前后这段时间，吕梁境内各路英雄豪杰来来往往，地方政权更迭频繁。

这个西河郡的郡守，叫尧痕。离石起事，郡守肯定是要过问的。刘渊一直在离石，但这个尧痕却在吴城，距离石八十里。尧痕从吴城传话过来，约见刘渊。刘渊有些担心，怕是自己起兵的事情让郡守已经有了更多的防范。叔祖刘宣要和他一起前往。

刘宣说："今天这个约见非同寻常。"尧痕出生在平定县，但少年时期就到了洛阳求学。尧痕的先生也是崔游，只是比刘渊晚很多年，但那时两人在洛阳交往并不多。难道说今天这个西河郡守只是为叙叙旧吗？

刘渊总担心有诈，不去吧说不过去，去吧又怕节外生枝。刘渊谋反之心，官方早已心知肚明，而今天这个通报的侍从可是礼遇有加。下定决心后，刘渊与自己的马队一起去了。他让小溜子在门外听号令，若是情况不妙，听刘宣鼓掌为号。刘宣只要一鼓掌，小溜子就要带着马队把郡守干掉。

"能做到吗？"

"没问题，听你的鼓掌为号。"

刘宣想反正他也一大把年纪了，为自己的侄儿保驾护航是他义不容辞的神圣职责。

后来的事情则是歪打正着。到了吴城，刘宣先见到尧痕。见他单枪匹马，不像要加害刘渊的样子。

"郡守，我这里有礼了，到此专程拜见，打扰了。"

"谈何打扰，见到您这样的长辈，晚生不胜荣幸。"

寒暄着，两人就一先一后进了衙门。刘渊与他的马队随后跟了上来。而小溜子就先跑到后墙探听情况。没一会儿，他就跑回来，说："两人正在喝茶叙旧呢。"刘渊暗里想着这两人有啥好聊的啊？

小溜子说："那我再去听听。"刘渊等了一个时辰，见没啥动静，也来到衙门的后墙。那里没有什么衙门的兵士，只有小溜子鬼头鬼脑趴在后墙上方一个圆形的小气窗上偷听。刘宣洪亮的说话声，能够从小气窗传到刘渊耳朵里。刘渊觉得是自己太过于多虑了，想了想，就要离开后墙，想到衙门前面光明正大地去面见郡守。没料到就在这个时候，刘宣发出了一声比一声强烈的咳嗽。

这是怎么回事啊？这可不是原来规定的鼓掌暗号啊。刘渊带着兵士绕到前门照直往里闯，被衙门两边站得两个衙役拦住了去路。刘渊急眼了，只见眨眼之间，身后的小溜子挥舞鬼头刀一左一右地这么一抡，两个衙役就倒在了血泊之中。

等到刘渊闯进去，只见郡守正背对着他在刘宣背上不知道干什么。刘渊立马把郡守的肩膀扳住。说时迟，那时快，小溜子的鬼头刀越过刘渊，一下刺中了郡守的身体。

尧痕嘴里"咦咦呜呜"地叫着，两眼瞪着刘渊，眼珠子一动不动，让所有人发毛。小溜子把鬼头刀又用力一扎，人就当场没气了。

直到这个时候，刘宣才反应过来。

"干什么？干什么？我还没发暗号，怎么就把人杀死了？"

"刚才不是鼓掌吗？"

刘宣一跺脚说："没有鼓掌啊。"

"那怎么我听到了拍击声？"小溜子还在狡辩。

"嗨，这算啥事啊？刚才我一口茶水喝到喉咙里呛住了，郡守连忙站起身来用巴掌拍我的后背，是在怕我真的呛住了。"

这个巴掌拍击脊背的声音，被小溜子当做了下手的暗号。刘渊当时没有阻挡小溜子的鬼头大刀。小溜子做事是有些愣，但站到他的角度上确实也很难把握尺度。刘渊这才知道郡守原本是想帮助自己起兵的，可是现在等于枉杀了好人。他的心情一下子坏到了极点。

刘宣看他这样，反倒来安慰他："杀就杀吧，反正官府与我等并非一家。"说着，刘宣把小溜子砍下的郡守人头提在了手里，然后又把那把血淋淋的鬼头大刀，一起递在了刘渊手里，说："现在看你的了。"

刘渊只好挺起胸膛，一手提了郡守人头，一手举着鬼头大刀，站到衙门高台上，向下面吓傻的众多衙役大声说："弟兄们，杀人的事与你们无关。我就是在离石起兵的大单于刘渊，父亲刘豹曾经在离石做过左部帅。今天奉老天的旨意，决心联合各路英雄好汉，一起联合抗晋，打到洛阳去。有血性的弟兄请跟我来！如果有不愿意随我一起打仗的，可以现在就回家，怎么样？"

众衙役听了，都一时间呆住了。

刘宣随即又喊："狗行千里吃屎，狼行千里吃肉。大家听了，是英雄好汉的向前迈一步。"

众衙役都向前跨了一步，然后就跪下向刘渊一拜。其中，一个长得很高大的校尉，名叫吴三牛，大声喊着："我们要跟着大单于大碗喝酒，大块吃肉！"

刘渊在今天杀了一个无辜的郡守之后，心情变得异常复杂。这一切不符合他多年来形成的理念。刘宣似乎看出了他身上的这种纠结，劝说他，并让他要坚强。男儿当自强。那些书本上的理念，在具体操作的时候肯定大不一样了。既然生活就是一个儿戏，那杀人也就成了一种手段。刘渊望着鬼头大刀上的血迹，不由得打了一个寒战。也就在这个夜晚，刘渊噩梦不断。除了已经被人冤杀的夫人呼延玉以及两个孩子之外，脑海里总是出现这个叫尧痕的郡守。刘渊甚至觉得自己血管里流淌的匈奴人的高贵血液里掺杂了更多杂交的文化，毕竟洛阳的环境让他的生活方式与新兴县时期完全不一样了。刘渊的内心纠结其实是一种文明的痛苦。他总是一日三省吾身，每天临睡前都要对一天做过的事情过一遍，然后再对第二日做出规划。尽管，很多时候计划赶不上变化，但他还是需要这样一种有条不紊的梳理和井然有序的安排。

刘渊声嘶力竭地又向众人喊："我们要建立的是一个公平正义的社会，要让所有穷人活得有尊严。我们打仗的目的就是为了和平，为了安居乐业的生活，为了不再有人欺压在我们的头上！"

6

当时，刘宣与西河郡的郡守尧痕见面并未谈什么。尧痕只是好奇。刘渊起兵的消息，尧痕自然知道。所以，他与刘渊的叔祖刘宣在吴城衙门谈到这个话题时，就有些急不可待的样子。尧痕在探听虚实，因为这里毕竟山高皇帝远，这个时候根本得罪不起风生水起的刘渊。尧痕潜意识里甚至有投靠刘渊的想法，只是不敢贸然张口。尧痕的吞吞吐吐，让刘宣有些警觉。

尧痕说，他认识刘渊，曾经是昔日的同窗。尧痕与刘渊的先生都是崔游。基于这一点，尧痕实际上对刘渊是存有一点好感的。他听说各路英雄豪杰都去投靠刘渊了，感觉作为郡守，不仅仅缺少刘渊的这种号召力，简直还有点窝囊了。这是他不满意自己的地方。昔日的同窗，曾经在同一个起点上，如今刘渊竟然一呼百应，公开敢和朝廷叫板，确实了不得。这一点，尧痕想都不敢想，只是端着官饭，做事的招式得有一种四平八稳的官样。他没有想到刘渊此时此刻正潜伏在衙门后窗外面，只等刘宣发出暗号，然后结果自己的性命。

作为郡守，尧痕反应过于迟钝，在决定命运的大事上不能当机立断，而一味地打太极。刘宣一直是倾听者，无法做出判断。刘宣以为这个郡守暗含了阴谋。可是，刘宣在衙门坐了一个时辰，仍然摸不清

郡守的意图。不过，有一点可以判断，就是这个郡守不是那种奸诈之人。正在这么想的时候，尧痕给他亲自沏茶了。

尧痕与刘渊虽然先前交往不多，但他在刘宣面前谈起刘渊来还是叫其字的。尧痕说："元海这个人的长处下官不说您老也晓得。要干一番大事业，既要有领兵打仗的得力干将，也很需要儒雅的门生，比如诸葛亮般的人物。"尧痕这样说的意思再明显不过了，似有毛遂自荐之意。刘宣也听出了一点端倪，心里一阵暗喜，就一连喝了好几口茶水，结果呛住了。尧痕是一个善解人意之人，连忙上前拍着刘宣的后背。

也正是这种拍击后背的响声，被刘渊误以为是刘宣的暗号，就带人闯了进来。于是，惨剧就在刘宣低着头咳嗽的那会儿发生了。

对这次误杀事件，刘宣也很懊悔，觉得是自己的失误。不过，这一消息扩散到外界，一传十，十传百，越来越离谱了。

并州刺史司马腾早就得知刘渊在他的地盘起兵。现在，刘渊公然杀死郡守这件事，更让司马腾怒不可遏。

司马腾好长一段时间对刘渊采取放任自流的态度，这其实也是不得已。因为，司马腾还得与司马颖摆开阵势决一死战。他分身无术，只能全力应付邺城那边的鏖战。在与司马颖的搏杀之中，胜败基本没有任何悬念。司马腾如今大败司马颖，转而乘胜对刘渊杀个回马枪。

对司马腾的队伍，刘渊其实了解一点。加之，他们现在打了胜仗，自然气势汹汹，不可一世了。刘渊早看过地图，在离石东南方向，出了吴城，薛公岭的西边有一大片开阔地，利于骑兵作战。刘渊决定预先打个埋伏。

"这次埋伏很重要，是我们起事之后第一仗，我要亲自率领骑兵伏击司马腾！"

7

　　这个东瀛公、并州刺史司马腾，并非等闲之辈。他能够联合王浚一起击败成都王司马颖，足见其有诸多的过人之处。司马腾得知刘渊在离石自封大单于的消息之后，翻来覆去想了大半个晚上。司马腾知道在打了胜仗之后，必要的休整才能够使队伍重新焕发生机。但刘渊又确实是司马腾的一块心病，以至于让他在大胜司马颖之后无法安下心来享受胜利的喜悦。

　　司马腾把大军先留下，让他们三日之后驰援离石，而他立功心切，又过于轻敌，匆忙率领自己的公爵卫队日夜兼程赶回到并州。回到并州，司马腾又带了自己的一部分兵马，当即杀向离石。趁刘渊立足未稳之际一举消灭的想法，没有什么不对。司马腾一开始并没有把刘渊放在眼里。因为，司马腾妄想那个时候离石的所有人口不过十来万，就算全部集结动员，也不过两万兵马，而他亲率三万训练有素的官兵来对付这样的乌合之众，实在是绰绰有余了。

　　说刘渊的队伍是一些乌合之众，这话可能对了一半。单纯地依步兵而言，可能是这样，良莠不齐不说，装备也不够完善。这天，司马腾率领人马走到了薛公岭汾州段。突然，从山上下来一帮子人，为首的是一个叫袁梦的亭长。由于没有人引荐，司马腾差点把他们当作了刘渊的斥候（斥候属于前哨，是侦察部队）。原来，他们是来投奔的。

　　最初，司马腾对袁梦投奔他而来，不以为然。因为，司马腾并不缺少人马，缺的是精兵良将。加之，袁梦带来的这十来个人，个个都显得萎靡不振，呵欠连天。但也不知道袁梦在司马腾耳边鼓捣了一些啥话，竟然让司马腾又改变了看法。袁梦不仅被委以重任，还以斥候的身份加入到队伍之中。

　　原来，这个袁梦是被杀郡守尧痕的一个把兄弟。尧痕接任郡守只带来袁梦这样一个把兄弟。尧痕被杀，袁梦正好上茅房，但却在混乱中看清了尧痕被杀的真相。当晚，袁梦带了十几个铁杆弟兄连夜逃跑。

　　司马腾其实瞧不起袁梦这类人，因为鱼龙混杂、鸟兽同群的队伍，让人心里犯堵。司马腾是一个何等高傲的人，只不过现在急需熟悉地形的人来当整个队伍的斥候。只有这样，自己才能打胜仗。

　　司马腾自己虽然亲率三万兵马，一路杀了过来，但依然对前面的情况不了解。现在，袁梦的出现，让司马腾多多少少松了一口气。这口气也是刚刚松了一下，当谋士秦永说了他的担心之后，又让司马腾的心略噔一下没有了着落。

　　翻过薛公岭之后，就是离石地界了。前面就是吴城，只见一大片开阔的草原，一望无际。继续往前走，依然没有发现异常情况。司马腾就觉得投奔自己的袁梦纯粹是胡扯。袁梦说这里最有可能埋伏刘渊的主要骑兵力量，这真是滑稽之谈。

　　司马腾在马上遂对属下笑道："别人都说刘渊是啥子英雄好汉，我觉得他就是一个傻蛋！那个袁亭长呢？快过来啊，你不是说刘渊会在这片开阔的地带设骑兵埋伏吗？你给我找找看，找出来重赏。刘渊这个人不会这么精明，我们现在就往离石城里赶，谁打头阵杀入刘渊的大营，谁就喝第一碗庆功酒。"

　　袁梦策马在前，转身对司马腾说："主公不得掉以轻心，这里尤其值得注意防范啊。"

　　袁梦话音刚落，就听"嗖"的一声，一支利箭不知道从哪个地方射了出来，直入他的后背。袁梦回头望了司马腾一眼，然后说了一句："主公……小心……"

　　话没有说完，袁梦就一头栽下马，死了。不远处的司马腾大惊失色，惊叫："不好，有埋伏！撤！"

只见远处高坡上有大批匈奴骑兵杀了将来，领头的举着一面大旗，金黄色底子上抒写着一个隶体的大红字：刘。那些马匹的肥硕程度，让司马腾更加惊叹不已。匈奴骑兵一个个身穿兽皮铠甲，腰间系着马刀和短弓，一色的衣服装备，甚是齐整。一队队骑兵呈现一个矩形的方阵，旗帜在前面引领着，依着队列浩浩荡荡地前进着。黄土路尘土飞扬而起，马蹄踏的地面隆隆作响。

司马腾一下子看得呆了。地上的小土粒都被震开来，连同青草打在司马腾士兵的身上。司马腾此时才觉得袁亭长并无虚言。再看袁亭长，人已经躺在马下，死了。轻敌思想害死人啊，可是现在顾不得这些了。虽然知道大事不好，但也要顾及脸面啊。但撤退已晚，因为司马腾的部队大部分是步兵无法跑过匈奴的轻骑，所以此时此刻就只好壮着胆子在匈奴骑兵的方阵面前列好防守的阵形了。

这只能是霸王硬上弓，别无良策啊。司马腾策马来到匈奴骑兵方阵的前面，大喊："谁是你们新册封的大单于啊，敢出来与我搭话吗？我，并州刺史，东瀛公，司马腾是也！有本事就站出来啊，别在背后乱射冷箭！"

第六章　惊鸿战阵

1

这时的司马腾急中生智，突然策马向前一踔，然后依旧用激将法向刘渊叫板："按照《晋律》，元海你已经接替你父亲刘豹做了朝廷的左部帅。朝廷让你回到部落世袭这个职位是让你安邦定国，而不是祸乱天下。再说，圣上还给你诸如宁朔将军、五部大都督、汉光乡侯等封号，你还有啥不满足的呢？人心不足蛇吞象，做人不能不讲良心。"

刘渊正在骑兵的方阵里，他每次冲锋陷阵都会打头阵。这次与司马腾的对决，让刘渊觉得有一种狭路相逢勇者胜的豪情。

战场上出现了短暂的宁静。在冷兵器时代，决战双方排兵布阵都依照一定的规范，甚至颇有君子风范。战场上的双方头领也经常在决战前进行一番各不相让的舌战。舌战之后，才是头领之间的一番单挑，最后才是两军对垒的拼死搏杀。依照刘渊的性格，行事方式一直就是大大方方光明磊落，从来不会主动玩阴损的招式。这次向司马腾队伍射的那支冷箭，让袁梦落马而亡，其实是刘聪自作主张，没等刘渊命令就下了手。这让刘渊很恼火，但刘聪的箭法有了长进，遂未多指责他。现在，司马腾在阵前这样说话，刘渊也就策马从队伍里出来。

刘渊回击司马腾的方式，是在阵前反唇相讥：

"是啊，冠冕堂皇的理由谁不会讲？你说的这些又有何用？现在的八王之乱，难道说有利于天下的稳定？这样的祸乱，难道你司马腾没有责任？早在武帝时期，忠良之士崔游老先生就推算过国运，你还记得吗？否卦，上卦三阳爻为乾卦为天，下卦三阴爻为坤卦为地。天阳之气是清的，运动规律是上行的，地阴之气是浊的，运动规律是下行的，卦象显示出天地不交、阴阳不通之象。否卦的卦辞说：遇到了小人，不利君子守正，好的局面过去了，坏的局面到来了。可是，朝廷不仅不听这种忠言逆耳的规劝，还迫害这样的忠良之士，你说让人寒不寒心？"

说到这些大道理上来，司马腾自然不是刘渊的对手。刘渊有一股子克敌制胜的勇武之气。就这一点而言，司马腾就有点心虚。

刘渊回到离石之后，也让叔祖刘宣找人为自己占卜了一卦——泰卦。卦辞说：泰卦，不好的局面过去了，好的局面就要到来了。这样的卦象，自然昭示了吉利、亨通。否极泰来寓意逆境达到极点之后，就会向顺境转化。一个人的坏运到了头，好运也就要来了。用道家的理论来讲，就是事物总是互相转化的：一个人不可能总是处于鸿运当头，但也不可能总是处于败运，有失败当然也会有成功。人生总是变幻莫测的。一个人在功成名就的时候，不要贪得无厌，要适可而止、见好就收；在自己遭遇挫折的时候，千万不要半途而废，轻言放弃，因为成功往往是从失败中得来的，在失败中找到失败的根源，最终就

会反败为胜。

刘渊在这个时候不想与司马腾多费口舌了。

刘渊示意与司马腾比试射箭。司马腾疑惑地看着刘渊，害怕其中有诈，便说："比试可以，那谁来先射第一箭？"

两人策马迎向对方，而刘渊这个时候说："刺史大人，你先射吧？"

"什么？"司马腾还是不相信，朝着刘渊射箭，万一射中呢？这家伙真的不要命啦？"如果射中你，就不战而胜了。"

刘渊自信地说："好吧，君子一言，驷马难追。我让刺史大人先射第一箭。"

司马腾反倒慌了，哆哆嗦嗦地老半天拉不开弓，好不容易拉开了，又放下，如此反复好几次。

刘渊骑在马上等着司马腾的箭射过来。他说："快啊，刺史大人，别那么婆婆妈妈的，我被射中情愿归顺朝廷。"

司马腾再次拉开弓，然后偏着头，闭上一只眼睛瞄准。但他没办法瞄准，因为午后的阳光很刺目。刘渊身后的太阳，让司马腾头晕。

整个战场形势空前紧张，双方的人马都在注视着这关键性的一幕。胜败也就在这一箭之中了。

司马腾换换姿势，把右手腕来回晃了晃，终于箭在弦上，不得不发了。也就在"嗖"的一声过后，刘渊已经眼疾手快地把司马腾射来的箭稳稳地抓在了手里。

司马腾傻眼了！

刘渊平静地说："轮上我射箭了吧？"

话音刚落，司马腾就魂不附体地骑马逃跑。只见刘渊闪电般的拔箭、拉弓和瞄准过后，手中的箭已经飞离出去。司马腾下意识地回头看了一眼，发现身后的箭如同长了眼睛一般向着自己飞来。刘渊射来的箭正中司马腾的坐骑。

2

据说，刘渊是含着金钥匙出生的匈奴贵族子弟。司马腾对这个情况早已经了如指掌。当然，按照以往的惯例，刘渊不平凡的出生经历，预示着他日后必然成功。但司马腾并不觉得刘渊有啥的了不起。

早在司马腾进攻刘渊之前，就听说了这样一个神话故事：刘渊出生前就有祥瑞出现。刘渊母亲呼延氏去龙门求子，忽然有一条长着两角的大鱼，跃鳞炫鬐进了龙门祭所，停留良久。这条大鱼还与呼延氏对视片刻，方才离去。于是，呼延氏晚上回家做梦，梦见有鱼变成了人。十三个月后，刘渊出生。

司马腾觉得这个荒诞不经的传说可能是后来刘渊自己编的，为了制造舆论宣传进行合理愚民，配合这次的造反。司马腾觉得刘渊在洛阳时还像个忠君报国的义士，但现在看来刘渊一直是夹着尾巴的恶狼，直到现在总算是蛟龙入海，原形毕露。

既然他的父亲是曹操所封的匈奴左部帅刘豹，自然有一些不凡之处吧。但以往司马腾一说起这些来，总要对刘渊表示出自己的不屑一顾来。

现在，刘渊射出的利箭最具说服力。在所骑马匹应声倒地之后，司马腾也栽倒在地上。他的头盔飞落。头盔没了，只好抱头鼠窜。

刘渊挥舞着绑着红缨的长枪，率先向司马腾追去。匈奴骑兵随着刘渊一路杀了过去。司马腾早已乱了分寸，急忙往自己的队伍方阵中没命地跑去。司马腾还未跑远，就一头栽倒在路边的水沟里了。刘渊的长枪一挑，就把司马腾屁股处的裤子豁开了一条口子。司马腾连滚带爬，顾头不顾腚地终于跑回到自己的队伍里了。

"快点啊，把所有大盾牌举起来，给我挡住长枪!"

官军们看到主帅司马腾如此的狼狈相，也都各怀心思，早已慌张万分。加之，刘渊率领的铁骑已经排山倒海地压来，所有人的心理防线都瞬间崩溃了。司马腾先让亲兵用大盾牌给他抵挡一阵子，而自己赶紧夺路而逃了。

司马腾没有想到刘渊如此强悍，竟然能够穷追不舍。幸亏，司马腾的部将聂玄敢于在危急关头横刀立马，否则司马腾怕是连逃命也来不及了。

刘渊的匈奴铁骑不久就追到了大陵县，也就是今日的文水。迎战的是聂玄。根据史料来看，聂玄的战车，是那种不用战马拉的战车。聂玄列阵用的车，都用辎重车来做，用牛拉。刘渊根本不把老牛拉破车的聂玄放在眼里。聂玄迎战刘渊摆开了战车却月阵。

却月阵是利用河向内的弯道，使战阵只有一个弯月面受敌，敌兵向前冲得越近，受到的射杀就越密集。聂玄曾经当过步骑军的将领，还做过车骑参军事。这一战，用的车已不是车骑军的车，而是步骑军拉辎重的车。刘渊熟悉这种战法，如果聂玄用的是专业车兵，那么就会使用连弩车、偏箱车、冲车这一类的专用车，每车最多载五人。现在聂玄的每辆车上载了二十人之多，兵器都是临时搬上车的弩，显然是很大的辎重车，不是车兵专用车。

刘渊一眼就看出官军步兵全站在车上是要干什么。等到他们列阵完毕，刘渊已经做好了准备。由于，聂玄不是用的车兵连弩车，所以射箭就没有刘渊这边的匈奴骑兵利索。当刘渊逼近时，聂玄只能把折断的槊，排在车上，用大锤击打断槊使之射出。这种对射，也就持续了几分钟。聂玄无法挽救败局。

立马阵前，刘渊发现这个比聪儿要大几岁的年轻将军聂玄脸上有一种极为深沉的老练和复杂的阴郁。刘渊发现小溜子抬起的弓箭眼看就要射出去，就先拦住了。

刘渊觉得司马腾手下有这样的忠勇之士，为他的溃败挽回了一点面子。刘渊手里的那把祖传宝剑寒光闪闪，他对聂玄说："你这些老牛拉破车，有用吗？你阻挡不住我们的冲杀，不如见好就收，投降吧！"

聂玄说："士为知己者死，你应该知道司马腾对下官的恩德。下官宁愿与你战死在这里。"

刘渊一向对不怕死的年轻人有一种暗暗的欣赏。聂玄的这个模样，让刘渊想到和儿、聪儿。

"你真的不投降吗？你不提那个并州刺史司马腾还好，你一提我就来火。洛阳之乱还不是像你主子这样的人祸害的？他并不比司马颖那个废物强多少。墙里跌到墙外了，都是一丘之貉。"

聂玄听到这话，就说："今天退兵回去也是死，要死就不如与你战死吧。你可以出手了。"

说着，聂玄跳上一匹战马，向刘渊直奔而来。小溜子的弓箭没有照着人射，而是先射对方的马。射中了马，聂玄一头栽到地上，但他索性就地打了一个滚，然后举着一把弯刀，向着刘渊这边冲来。

刘渊毕竟爱惜年轻人，觉得聂玄是一条汉子，便又喊："聂玄，你不想死就快点投降吧。"

没有想到这小子根本不听，依旧做着无望的反抗。刘渊座下的乌龙驹是何等的灵敏，一抬前蹄，就把聂玄蹬倒了。

司马腾跑得没影了，但他的这个部将是誓死抵抗的。作为一个将士，只能战死在疆场上。他需要充满尊严的死。聂玄在试图挽回司马腾的人生败笔，他这样做，说不来对错。刘渊正在犹豫间，小溜子早已放下弓箭，而是用了长戟往聂玄后心一挑，血顿时像一片花雨飘散开来。

"小溜子，你干啥啊？要捉活的！"

刘渊跳下了马，然后盯住聂玄的后背久久不动。过了一会儿，刘渊把聂玄的身子翻过来，只见聂玄的脸色苍白如纸，眼睛已经没有刚才冲锋时的神采，瞳孔也放大了。刘渊弯下腰，为他合上了眼睛。聂玄在长戟扎入后背之后，根本没有来得及说出一句话，就那么身子一挺，趴在地下，哼也没有哼一声，死了。

3

这个时候，无论买啥子后悔药都已经来不及了。司马腾一向轻敌，主要原因有两点：一是刚刚在邺城打败司马颖，自然让司马腾头脑发胀起来；二是司马腾作为并州刺史，总觉得刘渊只是自己属下，所以在气势上也应该压过对方。但司马腾确实败得过于离谱，以至于一遭遇匈奴强大的骑兵竟溃不成军了。刘渊实际上也早已摸清了官兵的战斗力，在洛阳多少年他研究的就是如何破解官兵的阵法。刘渊对这一切是未雨绸缪、了如指掌。他知道官军从来是内战内行、外战外行，司马腾长途奔袭，疲惫不堪，一旦主帅逃之夭夭，那么其余人马自然也就一哄而散了。司马腾看到自己的大军已乱，建制全部打乱，兵找不到将，将找不到兵，在溃散中早已失控了。

司马腾想找回自己的那匹战马。这匹战马毕竟跟随他多年，他放心不下。他寻找了一会儿，没有看到自己的爱骑，就随便夺过一匹战马，没命地向薛公岭侧后逃走。薛公岭是一个十分险要的地段，司马腾只能沿着一条蜿蜒曲折的官道向东南方向而去。

匈奴骑兵训练有素，他们大多数人从小就是在马背上度过的，因而司马腾的大部分人马被很快俘获了。司马腾身边有几个武功高强的忠勇之士，射箭都是百发百中，有他们护卫着，匈奴骑兵虽然一路追赶，不肯放弃，但司马腾还是在七拐八绕的山路中逃脱了。快马加鞭，司马腾骑的战马终于在快到太行山地界的时候，累死了。

在太行山，刘渊的追兵，遭到司马腾亲兵的阻击。随后，他们缴获了一匹匈奴骑兵的快马，让司马腾翻山越岭，逃到冀州地面。这样，司马腾才稍稍安定下来。他安营扎寨，就此收拢自己的残兵败将。这次战斗，不在于死伤多少，而是在气势上一开始就被压倒了。司马腾望着这些剩余的人马，只能是唉声叹气。匈奴骑兵追得差不多了，也就见好就收。司马腾则在此后的几天里开始总结这次出击失败的经验教训。司马腾觉得刘渊是一个强有力的对手。在朝廷里的所有将领中，刘渊都是出类拔萃的。刘渊那么多年在洛阳保持着低调的生活态度，让司马腾觉得不可思议。这是一个能够干大事的人，可惜现在竟然走到了朝廷的对立面。这些逃亡回来的人马，都显得万分惊恐，无法再战了。司马腾只能向朝廷求救，如果能够集结更多的人马，或许能报刘渊的这一箭之仇。

4

而此时此刻的洛阳朝廷，宛如汪洋中风雨飘摇的一叶小舟——找不到前进的方向。惠帝司马衷被诸王相继擅权的争斗弄得稀里糊涂。司马衷并不适合当皇帝。他也知道自己不仅胆子小，而且有些痴痴呆呆的傻模样。司马衷在武帝司马炎活着的时候就任人摆布，而娶了老婆贾南风之后，依然如此。他这个皇帝当得很窝囊。

司马衷至今也不明白父亲为何让他当这个皇帝。也许，父亲也有难处。司马衷一直随着父亲住在洛阳。祖父司马昭可是当过魏相国、晋王的大人物，而父亲武帝则更有心计。以司马衷的脑子根本想不明白武帝为何要让自己接班，而不是那个更加聪明的弟弟。

　　咸宁五年，当时司马衷已经二十多岁了，但却整天混混沌沌，也不知道朝堂上发生了什么事情。一天，武帝下令伐吴，司马衷还不知道吴在什么地方。大将王濬出征的时候，正好遇到司马衷在殿外玩着单腿顶膝盖，几个衙役都在这个游戏中故意输给他。而王濬朝着司马衷笑了笑，也抬起一条腿和他顶着膝盖。司马衷只和这个王濬顶了一下，就感到一阵天旋地转，一头栽到地下了。司马衷趴在地下哇哇大哭，这是从未有过的，怎么还有比自己更厉害的高手啊？

　　武帝在朝堂上看到了这一幕，但没有走出来为儿子打抱不平。武帝虽然对王濬的行为很恼火，但没有发作。毕竟，武帝还得需要他出征与吴交战。

　　武帝司马炎当初刚登基，就懂得如何垄断权力。他知道朝堂上虽然金碧辉煌、金光四射，但也危机四伏。那些权臣和王爷，都对他的绝对权力构成威胁。所以，司马炎第一个决策：罢州郡兵，封邦建国。其实武帝看着身边这些满脸忠贞的大臣，也是夜不能寐啊。州郡当然由皇帝控制，而封国属于诸王。皇帝控制的州郡并无武备，而封国则有军队。如果亲王造反呢？忠良之人多在野，无法建言，而留在朝堂上的人，伴君如伴虎，只有唯命是从的份。

　　晋武帝司马炎传位给低智商嫡生子司马衷，果然在朝堂上闹出了很多的笑话。问题是司马炎已经撒手人寰了，啥都不知道了。是的，司马炎的本意是让傻儿子只是做一个过渡，或者只是一个铺垫，随后再让这个傻儿子的儿子司马遹继位。据说，司马炎非常喜欢这个又乖巧又聪明的小孙子。

　　依照司马衷的智商来说，这个司马遹是不是自己的儿子并不重要，而且过了很多年司马衷竟然连自己的儿子都不认识。司马炎告诉他说："这个聪明伶俐、活蹦乱跳的小男孩是你的儿子。"司马衷听了父亲的话依然懵懵懂懂，不知道这个儿子是如何蹦出来的。

自从司马衷遵照父命与贾南风结婚之后，他就忘记了曾经与自己有过一夜情的谢才人。这个谢才人最初选进宫里时，曾是司马炎的妻子，后来被封为才人。谢才人美丽风骚，所以在司马衷将要举行婚礼之前，司马炎让她给这个傻儿子做婚前辅导。这一辅导，导致了一夜情，并因此怀上了龙种。这个十二三的傻儿子能否有能力让谢才人怀孕，这个问题另当别论。关键是司马炎喜欢这个小孙子。

司马遹还只有五岁的时候，就常常被司马炎牵着手在宫里散步。司马炎颇为自得。他选定司马衷接班，一是因为其嫡子的身份，二是因为这个可爱的小孙子。

一次，皇宫里发生火灾。司马遹非要拉着司马炎去高处瞭望。瞭望了刚一会儿，司马遹就把司马炎往回拽。

"遹儿，你要做啥啊？"

"天快黑了，可得注意安全。皇上是一国之君，不可不在这个时候注意，小心坏人才好。"

这件事情过后，司马炎逢人就夸这个小孙子："看看啊，没想到天照应啊。老子成这个样子，谁敢想到能有遹儿这样的儿子？"

遹儿让司马炎想起那位英明睿智的祖先司马懿，然后他又说："这个孙子当兴吾朝。"

人算不如天算。司马炎撒手人寰之后，司马衷的老婆贾南风，先是把谢才人软禁冷宫，后来又把司马遹活活害死。

王濬的出征成功，对于武帝来说，早已在意料之中。次年三月，吴主孙皓归顺西晋。

武帝活着的时候，各个诸侯王还能听命于他。太熙元年，武帝司马炎一死，司马衷即位。朝政大权实际上落在了司马衷的外祖父杨骏手里。皇后贾南风不仅奇丑无比，而且蛇蝎心肠，最后操纵楚王司马玮进京，杀专权的杨骏——内乱遂从宫廷引向宗室，诸王之间的相互

残杀开始了。

司马衷对身边的杀戮早已麻木了。先是外祖父杨骏被杀，随后谢才人被废，司马遹被害，最后作恶多端的皇后贾南风也被杀了。对于这些血雨腥风的场面，司马衷已经见惯了，所以每次都表现得极其平静。当初贾南风在被杀前跪在地下哭求司马衷救命，他都无动于衷。司马衷贵为皇帝，但实际上只是一个诸王之间的大玩偶而已。司马衷这个人也只能做一个牵线的呆木偶，至于说朝堂上让谁活让谁死，他一来无法判断好坏对错，二来他根本就说了不算。就算诸王让司马衷发表意见，他也不会提出啥的意见来。司马衷也不想弄清这里边的是非对错。总之，人世间的事情对于司马衷来说过于复杂了。他一直不知道该怎么摆平与诸王之间的关系，而总是习惯于被任何人把自己摆平。如果是洛阳街头的一个平头老百姓也可能无所谓摆平不摆平的，问题是他司马衷可是武帝钦定的皇帝啊。司马衷从来不用脑子想任何问题，而且任何复杂的问题到了他这里都简单化了。只要诸王不要他的命，他就什么都能够答应。司马衷觉得身边的人争争斗斗血雨腥风，与自己屁的关系也没有。

司马衷怕什么啊？只要没有人砍他的脑袋，那他就啥都不怕。司马衷在父亲还活着的时候，虽然是二十岁出头了，但依然喜欢玩七八岁孩子们玩的单腿顶膝盖游戏，而且喜欢争个高下之分。他对成人的世界无法理解。

这天，司马衷不知道为何突然想起了刘渊这个匈奴左部帅来了。他似乎忘记了司马腾前往离石讨伐刘渊的这档子事情。司马衷觉得刘渊长得虽然人高马大，但每次见到自己都很和善，甚至有几次还和自己玩顶膝盖的游戏。刘渊还告诉司马衷许多有趣的事情，比如新兴县大片草原上万马奔腾的场面，这让他特别神往。刘渊还说，他们老家把顶膝盖游戏称作顶拐拐。

司马衷见到刘渊就很高兴，就会说："和我顶拐拐好吗？"刘渊总是说："好哇。"然后，司马衷与刘渊跑到宫殿外的一大片开阔地上玩这顶拐拐的游戏。那一切曾经是多么美好啊。

"新兴县好吗？你父亲任左部帅的那个城池离石好不好？"

刘渊耐心地给他讲述新兴县或者离石城的一些有趣的逸事。比如，那里的老百姓逢年过节要唱秧歌，还有看花灯，等等。

司马衷问："与洛阳的一样吗？"

刘渊说："那可不一样。不过，现在那里的穷老百姓可是连饭都吃不上了。"

"为啥吃不上饭？"

"闹饥荒啊。还有人饿死了。有的地方已经到了人相食的地步。"

惠帝瞪大眼睛，感到很是费解。他自言自语："这些穷老百姓是不是真的太傻了，吃不上饭，怎么不去喝肉汤？怎么不喝肉汤呢？"

就这句话，成了惠帝表现自己亲民的招牌话了，不仅经常念叨，埋怨百姓愚蠢，而且还觉得这事有些好笑。

5

刘渊大胜而归。征战归来的那会儿，刘渊反倒感觉到一种无边无际的孤寂。刘渊觉得自己不是那个不肯过江东的项羽。对于项羽，刘渊觉得这是个讲义气的人，但太没有心计，也缺少责任心。不爱江山，也不爱美人，那他项羽爱啥啊？刘渊从战场上归来，先要好好吃一顿，然后再泡一个热水澡。刘渊可不是一个随随便便的人。虞姬固然是一个难得的美女，但也不能为了她去做什么江山易主的交易。那样身败名裂的行为不可思议！

刘渊站到离石的一处高坡上，前面不远就是龙山的山脊。夜色

中，凉风一吹，他的头陡然间一下子清醒了过来。

　　刘渊当然不会做一个地地道道的书呆子。书呆子通常无法通融世理。刘渊虽然有类似于当年楚国屈大夫的理想主义情怀，但也不至于在郁郁寡欢中不抱美人而抱着石头，还高唱楚歌去殉道跳河。刘渊幻想的是有可能自己一个人琴心剑胆地在乌龙驹上浪迹天涯。出征归来，刘渊已经下了决心，并面对着东南方向祈祷，希望有朝一日攻打下洛阳。这个心愿一旦能够实现，那个从小建功立业的梦想也就成为现实了。

　　刘渊步入三进院，在前院的马厩里看着乌龙驹吃草。他摸了摸乌龙驹的脑袋，给马槽里填上了上好的草料。

　　本来战罢要先回大营与将士们一起喝庆功酒的，但刘渊没有这个心情。一个人诵读一段《论语》，或许能让心中的不安平复下来。

　　　　饭疏食饮水，曲肱而枕之，乐在其中矣。不义而富且
　　贵，于我如浮云。

　　战罢，刘渊觉得自己手上沾满了敌人的血，心里的忐忑不安总是需要过一阵子才能消除。记得曾在洛阳的时日，刘渊是因为没有这个建功立业的机会而苦恼万分。现在想起夫人呼延玉，他觉得自己还不够理解她。呼延玉总是能够看透刘渊的心思。呼延玉说："建功立业没有啥子不好，只是一将功成万骨枯，如果不流血，或者少流血，这天下才会真正的太平。"当时，刘渊并不理解夫人的话，只是觉得天下的妇人都是这种慈悲心肠吧。

　　呼延玉知道刘渊的梦想，其实这未尝不是她的一个心结啊。刘渊与司马颖摊牌的那个晚上，呼延玉以及两个孩子选择留了下来，就已经抱定了死的决心。刘渊当时还没有想到会是这样的结局，他甚至还以为团聚的日子不会遥遥无期。他相信自己的能力。可是，呼延玉那

个凄楚的微笑，已经在离别的那一刻昭示了一切。

刘渊也一下子明白了所谓的建功立业其实就是一种杀人或者被杀的残忍游戏。呼延玉以及两个孩子的死讯，让他第一次感觉到建功立业的荒谬。难道说为了争夺一个天下，只能杀人，而且不断地杀更多的人，并且在这种残忍的杀人游戏中最后胜出，那意义又何在呢？呼延玉在诀别前，把刘渊和整个家庭的责任交给了单氏。她相信单氏。因为，刘渊一回到家里就离不开单氏。单氏虽然年轻，但在呼延玉的嘱咐之后，也一下子明白了一切。

呼延玉曾经与单氏谈起过塞北的大草原，还有新兴县那些风吹草低见牛羊的日子，都让她觉得十分怀念。可是，她真的回不去了。说着，她拉住单氏的手，说她的愿望是让单氏陪着刘渊一起到草原上，和无数的马匹在一起。天高云淡，在一望无际的美丽草原上，单氏可以与刘渊尽情驰骋。在平定了天下之后，呼延玉只希望单氏与刘渊能够真正过上牧人优哉游哉的放牧生活。

呼延玉以及两个孩子已经永远离开了这个世界。刘渊一想到他们，胸中积郁的悲伤就让自己无法控制。

司马腾的队伍被刘渊击垮了。单氏看到刘渊那个杀红眼了的模样，就有些悲哀。单氏问刘渊啥时候才能有安生的日子过，天下还能有这样一块安生的地方吗？

刘渊低下头，老半天不吭气。过了好久，他才说："一切都会好起来的。我相信能够给老百姓打出这样的一座江山。"

单氏走到刘渊跟前，一脸神往。她说："元海，我相信。"

6

西晋朝廷，由于诸王纷争，各不相让，已经是分崩离析，各管一摊，互不从属了。每一个藩王，都以为自身很了不起。这个时候，惠帝司马衷的道德合法性越来越受到各个藩王的挑战和质疑。

武帝司马炎一死，就让洛阳炸了锅。惠帝司马衷如同一个煮在开水锅里的饺子，不停地在沸水里被动地翻滚着。

河间王司马颙能感觉到惠帝司马衷可怜无助的眼神。四面楚歌的他，只能听任诸王的摆布。司马衷已经疲惫不堪。作为皇帝，每次发出的诏令，总是朝令夕改，甚至于前后矛盾，让人无所适从，找不到北。

河间王司马颙素来支持皇太弟司马颖。所以，他总是瞧不起这个惠帝的狼狈相。司马颖在中原与王浚和司马腾摆开了阵势决一死战。司马衷却是惶惶不可终日。河间王司马颙原本以为刘渊接任左部帅之后会马上驰援司马颖的，可惜只是听到了刘渊起兵的消息，驰援根本没有。他这才委派征西将军府大将张方带领大军前去支援。张方是从长安星夜出发的。刚到洛阳，张方就得知司马颖已经失败了。他把大营扎在洛阳城里，休整大军，只派出小股人马寻找司马颖和惠帝下落。

司马颖在兵败之后，已经有惊弓之鸟的神经过敏了。他老担心敌人在突然间杀个回马枪，而旁边的惠帝也在瑟瑟发抖，人滚得像个泥猴。张方看到他们这个样子，只觉得好笑，但又不敢笑出声来。张方先让他们吃饭。毕竟担惊受怕好几天了，惠帝都有点感冒，而司马颖由于劳累，则一股劲儿呵欠连天。

张方见状，觉得不可掉以轻心。毕竟鲜卑骑兵一旦进攻，他的步兵主力就无法施展优势了。与鲜卑骑兵作战，他们只能被动地挨打。洛阳城里还好，有城墙拦着。但一旦城破，后果不堪设想。城外广大的平原，有利于骑兵作战。张方觉得还是回老家更放心。洛阳城易攻不易守，让人提心吊胆，晚上根本睡不着觉。所以，张方也没有请示河间王司马颙，就自作主张将六神无主的惠帝和司马颖一起带回了长安。

　　河间王司马颙觉得自己已经做得仁至义尽了。他的驰援毕竟无法改变司马颖兵败如山倒的命运。司马颖不仅主力全失，而且成为了光杆司令。他们进入长安，受到河间王司马颙的欢迎，并设宴款待。司马颖觉得自己已经无法抬起高贵的头颅了。他心里暗想，这是报应啊。想当初，他不该那样对待刘渊的夫人呼延玉及两个孩子。因为这不仅仅意味失去了一位忠实的下属，反倒是多了一个对手。所以，司马颖在司马颙面前一阵长吁短叹，甚至于想找一个抱头痛哭的倾诉对象。一边早已饿坏了的惠帝全然不顾礼仪，在众人面前狼吞虎咽着，嘴里发出"吧唧吧唧"的响声。

　　河间王司马颙对司马颖说话了：

　　"兄弟啊，你是怎么打的这个仗？损兵折将不说，还众叛亲离。刘渊在的话，也不至于败得这么离谱。"

　　司马颖一边嚼着一块肉骨头，一边吞吞吐吐地为自己辩解："唉，大王有所不知啊，洛阳那样一个城池，靠步兵主力，根本无法与强大的鲜卑骑兵作战。加之，士气不好啊，人马不，不……不在于多少，关键是官兵与鲜卑骑兵的作战能力相比，差距不是一两个档次的问题啊……"

　　"兄弟，啥都别说了，你看你做的每件事，每个决策，都是在错误的道路上越走越远。兄弟，你有损皇太弟这个威严的身份，我看你以后别再统兵打仗了。你只能长人家的威风，灭自己的士气。你为啥一开始不听规劝，一意孤行呢？你的轻敌思想是失败的主因。你承认这一点吗？"

　　"唉，仗虽然打败了，我可是一直保护着皇上呢。胜败乃兵家常事，留的青山在，不怕没柴烧。"

　　"可是，你的青山呢？你一个光杆司令，还有啥资格在我面前谈这些空洞的大道理？不是因为你的错误决策，那个匈奴人会揭竿而起

吗？现在，连并州刺史司马腾都打不过这个匈奴人，你还配拥有这个皇太弟的名分吗？"

河间王司马颙虽然用得是商量的口气，但眼神里有一种鄙夷。这让司马颖不得不低下了那已经不再高贵的头。旁边的惠帝，一边嘴里"吧唧吧唧"，一边讨好地笑着，还不时地鸡啄米般点着头。

"河间王所言极是，今日能够把皇上接到长安，多亏大王的部属张方当机立断啊。否则，皇上一旦有个闪失，谁也担当不起啊。"

"别废话了，鉴于你犯下如此的大错，废除你皇太弟的身份。不过，你在长安的用度完全由本王负责。你还有啥意见吗？"

司马颖绝望地摇摇头，一声不吭了。他望着宴席上剩下的饭菜，一下子就没有了胃口。司马颙念他与自己一起废立过太子司马覃的旧情，姑且让他在长安享受以往的车马待遇和出入自由。这时的司马颖也只有感恩戴德的份了。

自此，河间王司马颙废除了司马颖的皇太弟身份。他自己兼任大司马、大将军，执掌了朝政。八王之乱进入第七王司马颙统治的时代。

第七章　离石建都

1

其实，呼延玉被一刀砍在额头上之后，并没有死，而是当场昏迷了过去。她在夜深人静的时候醒来，身边躺着两个儿子的尸首，更加悲痛欲绝。司马颖身边的老马夫常山大叔救了她。

司马颖以为呼延玉已经死了。常山大叔借故来处理尸体，就先把呼延玉背走了。天还未亮，军营里的人都睡得死沉死沉的，值夜的几个士兵让常山大叔的一大包熟牛肉和一坛自酿的烧酒给骗过去了。

老天开眼了。呼延玉在常山大叔家的地窖里养伤，养了一月又二十四天才缓过劲来。常嫂给她做的汤食热乎乎的，让她心里充满感激。呼延玉跟着丈夫刘渊在邺城和洛阳住了这么多年，还没有见过像常山大叔家这样狭小的院落，而这种利于藏身的地窖也是第一次见到。

呼延玉不明白常山大叔为何冒着生命危险救她。从这么长时间的休养过程中，呼延玉逐渐得知常山大叔的老家也在离石一带，而常嫂

则从小在左国城长大。

"唉，其实，那日皇太弟是让我去收尸的。只是我一摸夫人的手腕，还有脉跳，就多留了一个心眼。先把你的两个孩儿用马车拉到洛阳城外掩埋了，把夫人藏了起来，趁黑夜才拉了回来。"

呼延玉听了常山大叔的话，热泪盈眶。她起身就要为常山大叔下跪，被常嫂一把拉住了。

"夫人别这样，咱们平头百姓不兴这样。夫人真这样见外，折杀我们两口子啦。夫人遭此大难必有后福，虽然两个孩儿没了，但再伤心也无法挽回他们的生命了。夫人在这个时候要想开一点，要节哀。"

呼延玉从未绝望，只是养伤期间总是归心似箭，渴望尽早回到刘渊身边。呼延玉知道刘渊身边现在有宠爱的单氏，但她现在还是希望能够渡过黄河，在那里过几天舒心的日子。呼延玉没有太多的奢望，只要能辅佐丈夫成功，就甘愿作配红花的绿叶。

呼延玉具有大家闺秀的风范，从不和刘渊身边的其他女人争风吃醋。她晓得真正的爱是什么，那就是爱自己的丈夫，就是爱丈夫的所爱，甚至包括像单氏这类的女人。呼延玉知道刘渊还有一个女人，就是章氏，她与刘渊生下了刘聪。呼延玉有了这种大度，有了这种爱的肯定之肯定，也就有了更高的决绝和超然。在常嫂看来，很少有女人像呼延玉这样能够对丈夫身边的其他女人处变不惊。

常嫂说："老伴在洛阳街市上倘若多看哪个女人一眼，我回家就会发威，给他一顿笤帚把的暴打。看他还敢不敢花心？"

呼延玉说："嫁给元海，可不是嫁给寻常百姓家，常嫂能做的，我可是万万做不得的。"

常嫂又说："像夫人一看就是福相，额头的伤好了，虽有一块月牙形的疤，但毕竟躲过了一场灭顶之灾，我们这等女人是没法与夫人相比的。"

呼延玉也晓得刘渊并非当年刘邦那样六亲不认。项羽曾经把刘邦的妻子吕雉和老爹刘太公当作人质。有一次，当着刘邦的面，项羽把刘太公架在开水锅上威胁其投降。刘邦不吃项羽这一套，竟然说："你我是八拜之交，算是异姓的兄弟了。我的父亲就是你的父亲。如果你愿意，可以把人做了汤，只是别忘分我一碗啊。"刘邦这话，让项羽无可奈何，最后只好放人了。在这一点上，项羽斗不过刘邦。

刘渊并非这种六亲不认之人。呼延玉当初选择刘渊，就是感觉到这个高大伟岸的男人并非常人，必能干出一番伟业。

2

作为匈奴大单于的刘渊，并不为皇太弟司马颖的失败而惋惜。他早先还曾想派人马攻击鲜卑兵以支援司马颖，但后来一些意想不到的事情让他心灰意冷了。

曾记得，刘渊与司马颖关系甚好，尤其在邺城的那会儿，还是受到重用的。可惜，司马颖扣留夫人呼延玉以及两个孩子这一狠招，让刘渊的心在充满伤痛的同时，更多的是对司马颖的愤恨。

这个世界上，也许真的没有永远的朋友。这不，司马颖与刘渊随之而来的反目，全都是利益惹的祸。为了争夺天下，男人之间的友谊也能由此而变质，以至于走到今天兵戎相见的地步，实在让人感叹。

一回到离石，刘渊耳边总是时不时想起叔祖刘宣劝自己的话。这些话，刘宣在不同的场合反复与他说，让他要当断则断，不断则反受其乱。

"晋室无道，像奴隶一样御使我族，今天司马家族父子兄弟自相鱼肉，这是上天厌恶晋德，而授予我族光复大业的机会。鲜卑等部族可以作为我们的外援，怎么可以与外援为敌而帮助仇敌呢？这是老天

给我们的机会，不可违背。天予不取，反受其咎!"

刘渊既是江湖好汉，又是政治家。

是啊，今天他手握十万雄兵，个个以一当十，鼓行而摧乱晋，犹摧枯拉朽之势。

是该开创真正基业的时候了。创业何其艰难啊。刘渊一回到离石就深有感触，毕竟豪言壮语不能当饭吃。饭要一口一口吃，仗要一个一个打。刘渊等了多少个年头，才等到这样时不我待的机会。

处于离石的刘渊匈奴部，从小环境看，倒也远离朝廷自成一统，但从大的战略环境看，处境其实并不乐观。

刘渊的头脑是清醒的。他在击败司马腾的进攻之后，更有了一种居安思危的急迫感。

刘渊在大营召开军事会议，并分析现在的战略形势。他说："北方有鲜卑，既可为盟友，又可为敌手，我们要好好争取他们，轻易不可树敌。大家想一想，在我们的东面、南面、西面都有多股官军，形成三面被围之势。所幸的是，这些官军，属于不同的藩王，各为其主，真正打起来，我们还有腾挪的空间。我们所处的离石位置被压制在并州以南，也就是吕梁山区的这块狭长地带里。如果这三个方向的官军同时攻打我们，那形势将会变得十分严峻。"

刘聪一脸肃然地站起来，然后大声说："父王，我们必须以进攻图生存，以进攻图发展，以进攻获得天下。"

刘渊这次对聪儿的意见表示了称许。"我们既然决定与洛阳对抗，就只能以进攻来拓展生存空间。离石云顶山跑马塌是我们练兵的好地方，离石城则是我们统领天下的根据地。练兵场、根据地不能丢，但我们也要集思广益，团结天下的所有英雄好汉，共同实现建国大业的宏伟目标。"

这时，刘渊的侄儿刘曜也插嘴说："如真要真正实现兴我邦族，复呼韩邪之业，我们匈奴人就必须攻打下洛阳，所以这个时候就要避免与塞上草原的鲜卑部落发生冲突。现在我们的部落半农半牧，与洛阳那边打，自然有我们的优势，但与鲜卑部落打，或许我们有没人家蛮勇。关键是不能同时树敌太多，要各个击破。"

而曾在山东呆过多年、吃过很多苦的上党汉子石勒则不以为然，当场撂下一句："只要大王身边有石勒在，不信谁能咬下老子的球！"

刘渊站起来慷慨激昂地说："我们现今不仅不可以树敌，还要团结所有能团结的人。我们攻打的是洛阳朝廷，并不是所有普通老百姓。我们匈奴族与汉族是朋友，是兄弟。在离石这个根据地，我们之所以能取得信任，关键就是我们追求的是所有人之间的平等，各民族之间的平等，我们与汉族早已在离石不分彼此了。我们取代洛阳朝廷的道统，就是要坚定地高举当年汉高祖之大业的旗帜，因为我们的先人与汉族已经是亲如一家了，并且因皇室之间的通婚有了血缘关系，所以打出恢复正朔汉室的旗帜为上上策。如此，我们的任何行动都能服众，也能让天下人拥护。"

刘聪忽地站起来说："纵然不成功，我们的中策也要如曹魏那样控制北方大部分地区。"

刘曜就问："那我们的下策呢？"

刘聪说："我们不谈下策。不成功便成仁，下策是为最后的失败而设想的。我们不可能失败！"

石勒也说："对，老子活得就是为这口气。"

刘渊作为最高统帅，自然为大家的士气这么旺盛感到高兴。但他毕竟觉得要打胜仗，光有士气还不够，还要有综合因素的考量。

这样，刘渊决定现阶段需要做到三点："一是招兵买马，争取左国城、离石及吕梁山以外的汉族和其他胡人部落的支持，严肃军纪，实行民族和解。二是匈奴队伍的传统旧制，已不适应现在战时机动的变化，要学习官军的一些先进管理，并采纳汉朝的官制，对匈奴五部的政权组织形式进行改革。三是如何争取民心，不能仅仅靠口号，每打下一个城池，就要均贫富，开仓放粮，接济穷人。一句话，穷人占了大多数，争取民心就要给穷人实实在在的利益，给穷人以房产和土地，就能获得他们的最大支持。"

3

这天，单氏在离石的三进院里与下人忙前忙后地张罗从新兴县来的几个远亲，七大姑八大姨的，都是刘渊老家的族亲。在离石生活了这么久，单氏依然有些不习惯。她现在思念洛阳的爹娘，一旦闲下来就会想。她还时不时帮下人干点零碎杂活。单氏忙了一会儿，还是让下人给劝进屋了。单氏在场，尤其那些活计一上手，不仅下人紧张干不好，反倒有时添乱。单氏只好罢手。

单氏与刘渊是在洛阳街市上一见钟情的。一般平常人家的女儿是很少上街的，但是单氏家就不一样，父母过于溺爱女儿。当时洛阳女子的衣着装扮很有特点，对襟、束腰，衣袖也特别宽大，袖口缀有一块鲜艳的贴袖，下着条纹间色裙。单氏的下裳，除穿间色裙外，还有别的裙饰。晋人《东宫旧事》记太子之妃的服装，有绛纱复裙、丹碧纱纹双裙、丹纱杯文罗裙等。可见女裙的制作，在当时已很精致，质料品种也异彩纷呈。单氏当时的装扮可不亚于太子之妃，气质也很清秀。刘渊不管不顾地尾随了单氏一路，再也忘不了。

单公常给女儿讲述洛阳皇宫的一些轶事。单公说，很多年前，大约东汉那会儿，洛阳皇宫的南宫起了大火。灵台、乐成等四座宫殿，全都在大火中烧掉了。说着，单公给女儿念着描写洛阳皇宫的诗句：两宫遥相望，双阙百余尺。当时，单氏对诗句不解，单公就给她解释说，两宫相距七里还可以遥遥相望，门前的两座望楼也足有百尺之高。这样的规模和耗资，让单公慨叹。所以，单公希望女儿将来有一天能嫁到皇宫里享一辈子清福。

单公虽然算不上大富翁，但他是一个深藏不露的土财主。毕竟，早年在老家离石吃过很多苦，从小放过羊，扛过长工，后来投奔洛阳的三舅，做起了贩卖牲口的生意，生活才慢慢好转。现在，单公开的是当铺。一日，单公接待远道而来的西河郡守尧痕。酒桌刚摆好，女儿来上酒，就被尧痕一眼相中。单公佯装不知，只是一股劲儿给尧痕倒酒。过了一会儿，尧痕鼓起勇气提亲，被单公一口回绝了。

单公没有想到女儿看上刘渊。单公虽没有见过刘渊这个人，但早已耳闻他的为人，并知道还是老乡。看在老乡的分上，单公见了刘渊一面。单公起初并不以为然，但他会相面，一见刘渊就大吃一惊，赶忙起身迎接。刘渊以为自己有夫人，现在又看上他女儿，并且要当偏房迎娶，大概把老头气疯了，想过来打他。结果，还没有等刘渊开口，单公就把他按在正座上了。

这样一来，刘渊反倒不好意思起来。单公则不然，又是斟酒，又是夹菜，热情之极。刘渊最怕被人抬举。这一抬举，让刘渊出尽洋相，不是把筷子碰落在地，就是把酒杯里的酒泼洒在桌面上。刘渊越这样，越是把单公的女儿逗得咯咯直笑。单公虽然看出刘渊喜欢自己的女儿，但女儿毕竟还不到十四，就想探探口气。

"我的女儿，将军是否真的喜爱？"

刘渊相信缘分。有缘千里来相会，无缘对面不相识。刘渊忘不了那洛阳街市上的一瞥。

"我对相法有些研究，也走南闯北给很多人相过面，但没有见过将军这样的异相。将军将来一定是个人物。我把女儿许配给你，愿意吗？"

刘渊大喜过望。真没想到一进门大吃大喝一顿不说，还真的天上掉下个单妹妹，人生幸福不过如此。刘渊一出场，就能抱得美人归，确实了不得。

刘渊在真诚的单公面前，只能把自己内心的想法和盘托出："婚姻大事，决非玩笑。在下已经有了一个正室夫人呼延玉，如果迎娶您的女儿，会把她和正室夫人同等对待的，不过我还得回家商量一下，三日之后给您答复。"

刘渊走后，一直在旁边的单夫人就很不高兴："咱家的女儿成了啥啦？黄花闺女成了菜市场上的减价大白菜啦？你这个傻老头，凭咱女儿的模样，凭咱女儿的才学，啥样的达官贵人找不到啊？偏偏要选一个来洛阳做人质的将军，而且还不是正室夫人，那个'同等对待'是啥意思啊？有这样把女儿往火坑里推的参吗？"

每当单氏想起父亲单公当年支持自己下嫁刘渊的那一幕，就不由得偷偷一笑。

4

单氏正在偷笑间，只听见自家三进院大门外突然人声鼎沸起来。怎么了？单氏赶紧打发玲儿去看看是怎么回事。

玲儿就是前瓦村那个十二岁多一点，在河边洗衣服的小姑娘。年龄虽小，但发育早，现在看上去已经像更大一点的小媳妇，难怪大家总叫她玲儿姑娘了。

原本单氏的房里不需要人了，但是刘和求到门上来。他就是想三天两头能够看见玲儿姑娘，所以求到单氏这里。刘和并非单氏亲生，但现在他生母呼延玉不在了，就如同己出。单氏是何等机敏的人，一眼就看出和儿与玲儿姑娘的关系来了。

"单母大人，望您在父王那里别提这事好不好？"

刘和知道父亲的脾性。父亲对他的期望过高，但不切实际，如果得知他与玲儿姑娘的关系或许会反对的。

刘和虽为长子，但性格长期受到压抑，一旦有一日总爆发，以另外一种面目示人也说不定。单氏早已看到这一点。所以，她在他们父子之间充当了压力阀的角色。这是最好不过的事情了。所幸，这一段时间，刘渊在忙着建都称王的大事，否则会连她一起怪罪的。

现在，大门外人声鼎沸，单氏以为刘渊带着护卫队一起回来了。正在沉思间，玲儿姑娘喜形于色地跑回来，对单氏说："单夫人，是，是……呼……延玉夫人……"

"说啥？"单氏忽地站起来，手里的茶杯差点落在地下。

"呼延玉……夫人……不是……不是……死了吗？"

单氏的惊异显在脸上，嘴里喃喃着，吐出的字让玲儿姑娘根本听不清。

呼延玉真的回来了。那个时期一般妇女的裙子，是一种带条纹的小口裙，较窄瘦，是西北少数民族服装样式。她们穿此裙子时，都把裙下摆盖在膝下。现在呼延玉就是这个样子，反倒显出一种风尘仆仆的可爱模样。那个时候，百姓妇女梳丫髻，穿宽袖短衣、长裙；侍女梳环髻，穿对襟衣。呼延玉这次回来的装束就特别普通，虽然一路劳顿，但依然能看到她的服饰是那么朴实得体，具有平民与贵族之间的衣着搭配，不仅不显得滑稽，反而自有一种与众不同的美感。单氏一时间看得呆住了。

"姐姐，你……你……回来啦……"

呼延玉的眼泪一下子忍不住直泻而下。一进了离石城这座颇具特

色的三进院，她就被丈夫那特有的气场所吸引。这个院落，呼延玉第一次看到，但由于刘渊的缘故，竟然有一种到家了的感觉。

单氏跌跌撞撞地从门里跑出来，下台阶的时候，脚下一绊，就在要栽倒的时候，被玲儿姑娘眼疾手快地扶住了。

"姐姐，姐姐，你回来啦？你真的回家了吗？"

单氏有些不相信，掐掐自己的手腕，觉得很疼，才知道这并非是梦。

"姐姐，你是怎么从洛阳逃出来的？"

单氏把当时传出来的消息告诉了呼延玉。呼延玉说："是啊，就差一点，额头上被砍一刀，人就晕过去了，可是二子、三子……"

单氏与呼延玉两人在院子里抱头痛哭。

呼延玉这次能够出了洛阳城，还得多亏常山大叔一家的悉心照料。后来，呼延玉把伤养好了，还是找单氏的父母打通关节才出了城门的。

单公虽是个生意人，但深明大义，用自家的带车厢的马车，把呼延玉化装带出城，并送过了黄河。单公把马车交给仆人送回城，而他与单老夫人亲自雇车把呼延玉送到离石这边来了。

单氏既看到呼延玉夫人，又看到自己的爹娘，禁不住热泪盈眶。

"爹，娘，你们怎么也来啦？一路上一定很辛苦吧？"

单氏看到爹娘一路劳顿，就先把爹娘安顿好。随后，她又与呼延玉唠唠话，并且说到刘渊马上要册封王后的事情。

呼延玉不假思索地说："我和元海说一说，还是把妹妹册封为王后吧。"单氏坚决地摇摇头，说："姐姐这次大难不死，从辈分和名分上说，王后也是属于姐姐的，妹妹可一点意见也没有。"

"不行，妹妹年轻漂亮，代表一国的形象，王后的名分也是需要一个长远的打量。妹妹做王后，有利于国君的形象。"

单氏说："姐姐其实也不老，看上去那么和善，那么亲切，足以母仪天下。"

两人为这未来册封王后的事情，推来让去。也就这时候，刘渊回来了。刘渊听说呼延玉不仅没死，而且由单氏爹娘一直送回到离石，感动得不能自已，便从大营一路策马赶了回来。走到门口，刘渊就听到单氏和呼延玉之间一番推让的对话，悄悄哭了。

"妹妹，你晓得不？这次和我从洛阳回来的还有上党名士崔游先生，就是元海的恩师啊。"

"啊？那崔游先生——人呢？"

"刚才叔祖把他安排进西跨院了。"

刘渊听到这里，就没有进门，先到西跨院看望崔游去了。

5

这段时间，刘渊与宣叔祖正在为正式定都离石的事情操忙着。虽然白天很忙，但一到晚上，刘渊还是要点灯熬油读一段《论语》。果然，一遍一遍读它，真觉得字字入心，句句在理，与以往跟上崔游先生学时的感受完全不同了。

刘渊还喜欢一本书，那就是老子的《道德经》。这本薄薄的小书，他记得幼时就能倒背如流。先在新兴县读私塾，后来少年时期又在洛阳研读，对他的影响是十分巨大的。书里所蕴含的前人智慧的光芒，屡屡让刘渊拍案叫绝。崔游对他的指点，往往不是居高临下的那种傲慢，而是以一种谦卑和认真的态度来对待。

崔游给学生们介绍过老子这个人。崔游还把《道德经》两种版本的绵书送给了刘渊。老子说：无为而治。刘渊就觉得在离石定都之后，需要采取很多孔子和老子的思想。老子处于春秋时期，名叫李耳，字伯阳，农历二月十五日出生，是陈国人。老子所著的《道德

经》分为上下篇八十一章共五千言。老子因其人生态度的超脱，修道养身，而得以长寿，大概活了一百六十多岁，一说是二百多岁。

刘渊觉得自己的老师崔游，颇有老子的风范，在当年的课堂上总有一种长者的宽厚和淳朴。合抱之木，生于毫末；九成之台，起于累土；千里之行，始于足下。老子的话从崔游嘴里说出来，总是让刘渊感觉到一种不同的味道。这样的一种研读，让刘渊笃信之，敬奉之。刘渊早就弄到一套竹简版的《道德经》，这次老师能够来离石，就送给他吧。刘渊总觉得有愧于老师，在洛阳时期，没少在老师家吃饭。刘渊记得老师家还有两个乖巧的女儿，不知道这次来了没有？现在，要正式建都了，离石这样的城池，不比洛阳，但偏安一处，倒也自得其乐。

在洛阳的日子里，崔游教学之余，还常常喜欢与刘渊私下谈一些治国平天下的话题。天行健，君子以自强不息。话语间，他们彼此都有了一种以天下为己任的豪情。道生一，一生二，二生三，三生万物。天下莫柔弱于水，而攻坚强者莫之能胜，以其无以易之。故弱之胜强，柔之胜刚，天下莫不知，莫能行。老师对老子的推崇，让刘渊也逐渐地浸染其中，总是反复研读《道德经》里的句子。

刘渊进入西跨院，看到崔游苍老的背影，但依然有一种硬朗的气度。旁边是一个花圃，还有一座石牛雕像。这是一头古铜色的大耕牛，头、腹、尾、蹄都雕得可以乱真，加之那弯曲的牛角，在牛头的两侧划出两道圆弧，随着牛头向前抵挡的样子，既逼真，又颇有味道。这头石牛的大小，与一头真牛不差上下。这种褐色岩石的做工，更使得这头耕牛的形象体现得淋漓尽致。

"老师！"刘渊在背后叫了一声。

崔游转过头来，惊喜地握住刘渊的手，说："回来了？怎么样？"

"还不就是那么回事，一直想找老师来，可老师在洛阳，就怕给您及您的家人带来祸乱。"

"这就见外了。元海，你看这头石牛，我还真喜欢。你看它的头和两只角，真有点像你跟我学《论语》时的那股子钻劲儿。"

"老师见笑了。这头石牛，还是家父活着时弄的，叔祖也很喜欢，所以他一直就住在这个跨院里。"

正说着，一个膀大腰圆的黑脸汉子走进西跨院，粗大的嗓门让崔游老先生又是一惊。

刘渊说："老师您没见过吧，这个就是上党人石勒，和您是同乡。"

石勒则对院里的石牛评头论足。石勒看上去要比刘渊小很多，但在崔游老先生眼里，石勒与刘渊依然算是同绺班辈（离石、左国城一带方言，意为同一辈分）。石勒不叫刘渊大王，而叫他大哥。刘渊还有几个好兄弟，比如王弥、符融等首领，平时都叫他大哥。

石勒说："鹅（我）小时候就放过牛，这个石头蛋子的牛放这儿，有啥意思？大哥，你如果看着碍事，兄弟给你现在就搬出去吧。"

刘渊见石勒真的挽袖子提裤腿地准备搬动石牛，赶紧拦住他了。

崔游则笑吟吟地看着刘渊与石勒的模样，突然来了兴致，说："乘着现在的天色，我来给你们望望脸上的气色。"

石勒不解，而刘渊明白老师要干啥，就说："别愣着，快给老师找张椅子，老师要给我们推算一下面相和八字。"

石勒说："鹅（我）才不信这种玩意呢。"

刘渊说："老师可不一样，再说，老师的话对我们离石建都的大事，肯定是有益的。"

崔游说："元海是大富大贵的八字。"说着，也顺便看看刘渊的手相和面相，竟然推算的一字不差。而石勒也来了兴趣，在旁边倾听。崔游又说："石勒早年虽放过牛，颠沛流离过，但后来会很不错。"

石勒问："还有呢？"

崔游不看石勒，却是盯住刘渊，然后又说："元海啊，用兵之道的前提是要师出有名，要有一股子正气，有正气，才能做仁义之师，正义之师。坤为地，坎为水，地中有水。地中众者，莫过于水。师为众，也就是部属兵众日渐增多的意思。只有仁义之师、正义之师，才可夺得天下，得到老百姓的追随。用兵胜负在于选将，勇武年轻固然好，但持重老成，这样的统兵，可获吉祥，没有灾祸。当年的钜鹿太守司马直，是个有名的正直之人。当时贪腐盛行，他接任都要私下行贿，因为他的名声清廉，所以对他很优惠，只给上面贿赂三百万即可上任。在建制州牧之前，东汉各郡太守的俸禄是两千石，按照行情需要花两千万钱买官。两千万的官，让司马直三百万买，已经是对他两袖清风的肯定了。但对于司马直这样不贪腐的官员来说，不用说三百万，三十万都不一定能够拿得出来啊。司马直为此还上书陈说赋税太重的事情。他说，为民父母的，反而要剥削百姓，以满足苛求，忍心吗？走到孟津，快到洛阳时，他又继续上书，极力陈说增加赋税的弊端，最后服毒自杀。当今洛阳朝廷的衰败，不仅仅因为八王之乱，更重要的是贪腐太甚，像司马直这样的好人，则是实行逆淘汰的原则。坏人当道，好人受害。我说的意思，可能元海不一定明白，但千万注意做啥事情，都得要三思而后行，要有长远的打算、长远的目标。那就是要建立一支赏罚严明的正义之师、仁义之师，要让普天下的老百姓过得比现今的生活要好，人人能够获得幸福的生活。"

刘渊和石勒听了不住地点头。

崔游讲了一番大道理之后，又对刘渊平静地说："老夫是来参加元海的建都典礼的，完了，老夫还要回洛阳。那边两个女儿还得老夫操心啊。"

刘渊说："老师啊，别再回洛阳了。回去一定很危险的，不如我派人把两个女儿接过来。"

"洛阳那边还有很多事情要处理。那边的书院无法离开老夫啊。再说，老夫手无缚鸡之力，朝廷也不会为难老夫的。"

6

晋室尚存，刘渊总不能宣称是晋室的正朔。上次，叔祖刘宣给惠帝寻找一个穿开裆裤的小屁孩冒其私生子并立为正朔的做法，很快就穿帮了。刘渊绞尽脑汁，把眼光放远一点。是啊，匈奴五部与曹魏关系曾经是很深的，但曹魏后来将天下禅让给司马氏，这又是无法忽视的历史事实。所以，刘渊这才觉得此路不通。

当时洛阳有驰名的竹林七贤。

他们是嵇康、阮籍、阮咸、山涛、向秀、王戎、刘伶七人。《三国志·王粲传》裴注所引《魏氏春秋》，以及《世说新语》、《晋书》里的《嵇康传》，都说他们七人常在竹林相聚酣谈，问学议政，意气相投，因此才有如此美名。

后来，崔游老先生对刘渊说，竹林七贤那些人，都是不拘泥礼法、喜读《老》《庄》的人。

嵇康字叔夜，是曹氏的女婿，做过中散大夫。他对司马昭专擅魏政，抱坚决反对的态度。亲司马氏的山涛要推荐他代自己做吏部郎，他大为光火，写信与其绝交。他在信中自称不堪流俗，并且对意图取代曹魏的司马昭怀有敌意，结果被杀。

阮籍字嗣宗，他与嵇康同道，但是表现得不太露骨。他特爱饮酒。当时，司马昭想为儿子司马炎娶阮籍的女儿。阮籍不好拒绝，只有天天醉酒，不给司马昭开口的机会。他听说步兵校尉衙门里的厨师善于酿酒，就要求去那里做步兵校尉。邻家有美妻，做沽酒生意。阮籍喝醉，躺在她旁边睡。阮籍其实是做给司马昭看的，以示自己嗜酒如命，玩物丧志。真正的阮籍并非如此。阮籍认为，若自绝于礼法，则以礼法已为奸人假窃，不如绝之。其视富贵有同盗贼，志在济世，而迹落穷途；情伤一时，而心存百代。

向秀字子期，和嵇康友善。嵇康会打铁，向秀常做其助手。嵇康死后，向秀到洛阳做了个闲官。司马昭嘲讽道："听说足下有高隐之志，怎么会来到此地？"向秀只得说："以为巢父、许由等，对尧不够了解，不值得模仿。"这是把司马昭比作尧。向秀这种拍马屁的话，嵇康、阮籍是不肯说的。向秀注过《庄子》，后来郭象以向注为基础，撰成新注（一说郭象窃取向注，只补了未完成的《秋水》《至乐》两篇）。郭象字子玄，做过东海王司马越的主簿，是个很喜欢卖弄权威的人。但这样一个人竟爱读《庄子》。

刘伶字伯伦，是个放浪形骸的人。他写过《酒德颂》，和阮咸是七贤中比较次要的人物。山涛和王戎的人生道路与嵇康、阮籍截然相反，都在晋朝做了大官。

山涛字巨源，与嵇康、阮籍等都爱好《老》《庄》，但为人处世则与他们不同。他和司马懿的妻子有中表之亲，魏末虽很受司马师、司马昭兄弟的信任，但又不失为一正派人物。在晋初，他做冀州刺史，能够搜访贤才，后来做吏部尚书。

王戎字濬冲。幼时有胆有识。王戎十五岁时，阮籍便发觉他谈吐非凡。但王戎实在是个清谈家。他做官没有政绩，领吏部时不选拔寒门素族的人才；拜了司徒，却把事务都交给属员经办，自己不管不问。他在政争剧烈的时候，只求保全性命。王戎是琅琊临沂人。琅琊王氏是北方著名大族。他的堂兄弟王衍，字夷甫，更是负有盛名的清谈家，和乐广是晋初名士的领袖。

其实，清谈风气是从曹魏正始年间开始的，以《周易》《老子》《庄子》为三玄。刘渊就觉得清谈误国，尤其崇尚虚无，把世事都看作俗务，那就适得其反了。其实，当初何晏谈玄，并未荒于政事。他做吏部尚书，任用的官吏都能称职，但因为是司马懿的政敌，才被说得一无是处。到了王衍手里，他虽身居高位，却不能匡正时弊，只是一味地执玉柄麈尾，口谈玄言。乐广与他不同，无论做什么官，在职时似无作为，离职后却常受人挂念。当时有些名士，如王澄、胡毋辅之等，为了表示通达，有时把衣服都脱光。乐广听了觉得可笑，只说："名教中自有乐地，何必如此！"他官至尚书令，由于是成都王司马颖的岳父，后在政争中忧虑而死。

陆机字士衡，弟陆云字士龙，二陆是孙吴名将陆逊的孙子。父亲陆抗在吴末镇守江陵时，与晋襄阳守将羊祜既对峙抗衡，又互相尊重，至今还传为美谈。吴国亡后，机、云兄弟在华亭住了几年。其间，陆机在这里作有《辩亡论》，论孙权之所以得、孙皓之所以亡，以及其祖与父的功业，同时对江东的土地之肥美、人才之优秀及江山之险要等，也都讲得清晰透彻，让人敬佩。太康末年，机、云二人到了洛阳。陆机有文章《辩亡论》《豪士赋序》《吊魏武帝序》等。二陆于晋初不甘寂寞，屡有建功立业之心，结果为奸人所谗，都遭冤杀。

刘渊觉得竹林七贤们都是一些意气用事的文圪筒（文人）而已，成不了啥的大事。他把眼光转向更早的三国时期，那时候有几个文武才略都很出众的大英雄。刘渊心目中的大英雄是刘备和曹操。

汉朝多年与匈奴和亲，汉朝与匈奴舅甥关系的渊源一直留存在南匈奴内部。这些众所周知的史实，成了今天刘渊可以利用的资本。

大家都相信刘渊有着点石成金的本领。

三国鼎立、蜀汉抗魏的历史，使刘渊灵机一动。对！他要继承蜀汉政权法统，合法地对抗继承曹魏法统的洛阳朝廷。

刘渊在大营里面对广大将士，跳上演说台，开始鼓动了："以匈奴旗号兴业，晋朝人未必响应我们。汉朝享有天下长久，恩德结于人心，所以刘备以巴蜀一州之地，而能抗衡于天下。我是汉室外甥，当初汉朝与匈奴又相约为兄弟，兄亡弟继，合情合理。离石，现在就要定为我们的都城。"

全场一片欢声雷动！

刘渊把国号称为汉，并有意追尊后主刘禅，以赢得更多的人望。

7

永兴元年七月，刘渊先在离石城发表建国纲领，随后的十月，又在左国城南郊建坛登基，称汉王，改年号为元熙。以下就是其称王诏书。这是那个乱世时期的一个宣言书。

昔我太祖高皇帝以神武应期，廓开大业。太宗孝文皇帝重以明德，升平汉道。世宗孝武皇帝拓土攘夷，地过唐日。中宗孝宣皇帝搜扬俊义，多士盈朝。是我祖宗道迈三王，功高五帝，故卜年倍于夏商，卜世过于姬氏。而元成多僻，哀平短祚，贼臣王莽，滔天篡逆。我世祖光武皇帝诞资圣武，恢复鸿基，祀汉配天，不失旧物，俾三光晦而复明，神器幽而复显。显宗孝明皇帝、肃宗孝章皇帝累叶重晖，炎光再阐。自和安已后，皇纲渐颓，天步艰难，国统频绝。黄巾海沸于九州，群阎毒流于四海，董卓因之肆其猖勃，曹操父子凶逆相寻。故孝愍委弃万国，昭烈播越岷蜀，冀否终有泰，旋轸旧京。何图天未悔祸，后帝窘辱。自社稷沦丧，宗庙之不血食四十年于兹矣。今天诱其衷，悔祸皇汉，使司马氏父子兄弟迭相残灭。黎庶涂炭，靡所控告。孤今猥为群公所推，绍修三祖之业。顾兹尪暗，战惶靡厝。但以大耻未雪，社稷无主，衔胆栖冰，勉从群议。

这个称王诏书，崔游老先生参与了起草和修改。刘渊既然以光复汉室为号召，自然不能空穴来风。他随后追尊刘禅为孝怀皇帝，立汉高祖以下三祖五宗为神主，并举行隆重的祭奠仪式。

刘渊让崔游担任建都之后的御史大夫，但崔游表示拒绝，说是自己身体不好，人也老了，不日还要回洛阳。

刘渊说："老师啊，您可以先挂上个虚衔，事情不用您老亲自做，您看好不？"

崔游推辞不过，也只好默许了。

刘渊参照了汉朝官制，册立正妻呼延玉为王后；设置百官，以叔祖刘宣为丞相，经学老师崔游为御史大夫，宗室刘宏为太尉。而东汉大儒卢植的曾孙卢志则被任命为其子刘聪的太师。

第八章　恍如梦魇

1

　　上次，与司马腾一战，刘渊全胜告捷。随后赶来的石勒把俘虏砍杀了好多。而刘聪见状，也随意砍杀起来，被刘渊大声喝住了。石勒不听刘渊的劝阻，依然在砍来砍去，嘴里还大声吼喊着什么。石勒用的兵器是仿照关云长的青龙偃月刀打制的，比关云长的那把八十二斤重的刀还重三斤。石勒这人，身长八尺，狮子头，老虎眼，全身铠甲，冲入阵中如入无人之境，杀得个人仰马翻。刘聪双手握住一根一丈多长的钢矛，圆睁双眼，在阵中胡乱舞动，把官兵吓得魂飞魄散。

　　刘渊喝住了刘聪，然后说："打仗靠的不是蛮勇，而是智慧和技巧。那样打，追散兵游勇还可以，但排兵布阵地打，切不可这么毛毛躁躁。你不能和你石勒叔比，他是久经沙场的战将了。"

　　"父王，那我和石勒叔现在乘机打到洛阳去吧。"

　　刘渊摇摇头，说："现今条件还不成熟。虽然，这一仗我们赢了，杀敌近千，夺得很多战车、马匹、旗幡、粮草之类，但如果一鼓作气去攻打洛阳，难免战线拉得太长。"

"那啥时才能打呀？"

刘渊说先回到离石休整队伍。随后，接连好几天暴雨，刘渊的队伍困在了吴城。也就在那个时候，刘渊突发奇想，决定在千年村附近的云顶山营地建一些藏兵洞。

"聪儿，你这些天回去，先别忙着回离石城，先和你石勒叔到云顶山四十里跑马墕上好好练练骑射，将来有你们领兵打仗的时候。"

石勒当然不很高兴，说："大哥怎么总是畏畏缩缩，不敢乘胜追击？臣愿一举击溃司马腾之部。大哥，臣敢肯定司马腾重整旗鼓之后必然还要攻打离石。"

刘渊这才说道："我们正是要等官兵送上门来，到时候来个关门打狗。即便关不了门，打不了狗，也离我们的大本营近，更能凝聚打击的力量。"

自从那次打了胜仗之后，很长一段时间没有发生战争。所以，刘渊才能腾出手来从容在离石建都。这个都城虽然小，但却一直是匈奴部族安家落户的首选区域。

刘聪亲眼目睹了刘渊发布的建都诏书。那种激动人心的场面，刘聪是平生第一次见到。石勒、王弥、符融等各首领都聚集在演讲台的下面，都倾听着刘渊关于现今义军队伍的发展情况以及建都以后所面临新的任务和长期挑战的演说。

刘聪还看到夫人呼延玉的身影。呼延玉并非他的生母，但对他如同己出。刘聪上前专门拜见了呼延玉。单氏则在呼延玉身后望望他，欲言又止。

紧接着，刘和也来了，反倒在呼延玉面前显得有些拘谨。刘和曾经要带着一股人马为母亲报仇。当时，刘和以为母亲已经在洛阳被

害。那天，刘和一听到母亲呼延玉回来的消息，就专程回三进院看她。母子两人抱头痛哭。而旁边的刘渊则没好气地说："哭啥哭？人不是好好的吗？和儿不像个长子的模样，哭鼻流水，没有一点出息！"

刘渊骂过刘和一回，所以这次建都典礼上，他就尽量表现得平和一点，沉稳一点。

刘聪见了刘和，还是拜一下，叫了一声："大哥好！"

刘渊在台上面对数万听众，更加来劲了。他甚至还让人把刘聪喊到台子上去。原来，刘渊是让刘聪帮着找找崔游老先生。典礼刚开始，还要让崔游讲话的，怎么人就不见了？刘渊知道崔游不愿意出头露面，更何况是让他当御史大夫呢？崔游说过，要回洛阳，莫不是不辞而别吧？

刘聪把离石城各处都找了个遍，才从常山大叔那里得到崔游给父王留的一张纸条，说是人已经回洛阳了，后会有期。单公望着刘聪格外惊喜："你就是聪儿吧？"刘聪点点头。"啊呀，这孩子，已经是十四的大丈夫了。自古道，男儿十五独夫子。聪儿长得可比他母亲还高啊。"单母也过来拉着聪儿的手，赞叹不已。这会儿，单氏正好回家取一样东西，看到爹娘和聪儿在一起，赶忙对聪儿说："还不赶紧叫姥爷、姥姥？"刘聪连忙施礼，又拜几拜，有些局促不安。刘聪早知自己并不是单氏所生，其实他的母亲是章氏，但自幼都未曾见过。刘渊总让他把单氏当作母亲，其实他宁愿呼延玉是母亲。

刘聪就忙对单氏说："我去把崔游老先生留的纸条送到父王那里去。"

单氏说："去吧，别那么毛手毛脚的。"

刘渊看了刘聪递来崔游给自己留的条子，禁不住叹了一口气。正好叔祖刘宣在一边，刘渊把那张条子递过去。刘宣现在是刚刚任命的丞相了，自然有些踌躇满志的样子。两人商量之后，决定给崔游送一封快信，建议他在洛阳安顿好之后，能很快来离石辅佐建国大业。如方便，可把洛阳朝廷那边的情况及时告知刘渊这边，一旦有官兵来犯，好做充分的安排。

崔游的不辞而别，刘渊虽然不会太在乎，但也在想自己是不是这些天有些事情做得不够周全呢？刘渊随即命令和儿去追，带去自己给先生的两件礼物。

2

玲儿一直待在三进院里没有出门。她能听到不远处的广场上传来的一阵阵的欢呼声，真想现在就跑过去看看，一饱眼福。听说，今天是个不同寻常的日子。刘渊建都，可以说是离石开天辟地以来的第一件大事。刚才那会儿，她看到刘聪匆匆忙忙回来一趟，可是也没有来得及说什么，他就又跑了。玲儿又看到单氏回来了，就不由得退回屋里，一股劲儿地绣花。她是给单氏绣花，做鞋样子用。

"玲儿，神不守舍的，在干吗？"

一会儿，刘和出现在玲儿的身后了。玲儿的大辫子很长，在背后甩来甩去的，和她整个人一样调皮。玲儿的脸蛋是椭圆形的，像离石特制的那种元宝烧饼。刘和打量着她的后脖颈，白白的肌肤深入到衣领里，让他有点想入非非了。玲儿穿着一件碎花掐腰的衫子和一件粉红色的裤裙，走起来摇曳出一朵夺目的水莲。他想带着玲儿去西郊的莲花池玩，可是一直没有机会。

"玲妹，你别动啊，你脖子里有一个蠓子，我给你捉。"

"哥哥，又在骗我，我才不理会呢。"

"玲妹，说正经的，你没看到崔游老先生吧？刚才聪儿就来找过他的，也没找到。听说上次，聪儿他们可是抓了官兵两千多的俘虏

呢。"

玲儿乘着刘和不注意，挣脱他的两只手，一猫腰，就风一般地钻到隔壁她自己的小屋里了。

刘和在背后喊："桌子上还剩的几个汤圆呢，看她们回来不说你啊？"

听见对面屋里一声含含糊糊的应答，刘和就想再追过去，可还是觉得有点唐突。

和儿认玲儿做妹妹看来真的不假，这兄妹俩感情真的不错啊。

刘和身后响起一个声音。他回过头去，就见单氏笑盈盈地看着自己。

"单妈！"刘和叫单氏为单妈，然后问她："没看到母后吗？"

刘和的个头比刘聪要高一些，但不够壮实，显得很文弱。刘和喜欢一个人钻在书房里研读经书。刘渊喜欢长子这一点，而四子也爱读书，但更喜欢练兵学武。

刘和不太习惯与单氏单独待在一起，拜了一拜，就赶忙脱身而去。他悄悄来到玲儿的小屋门口，刚刚把头探到窗缝上，不小心，嘣！额头撞到了窗棂上了。

玲儿倚在炕角正在绣花呢，根本没有想到刘和悄悄推门进来。

"和哥，拜托你别这么神出鬼没的好不？"

玲儿这个快要十三的小姑娘，越加出落的水灵了。刘和怔怔地看着她，老半天不说话，像个哑巴。

"玲儿妹，我都快十七了，父王还不给我娶媳妇。"

"呸——，不识羞，看哥哥在说啥话啊？"

刘和突然捂住额头，对玲儿说："头刚才碰了一下，啊！真的好疼！"

玲儿赶忙扶住刘和，往炕那边拉他。"哥哥去炕上躺一会儿。"

"这个……这个……不好吧?"

刘和把手指伸到嘴边,示意她不要出声。玲儿不解,还要张罗着喊人,被他捂住嘴。玲儿不知道怎么回事就被刘和抱在怀里了。

"快放开我!"

"不,不行,我要你这会儿再叫我个哥哥,好不?"

"不叫,就是不叫,凭啥叫?你又不会和聪儿哥一样能够领兵打仗。聪儿还不到十四,就打过好多次仗,真的很了不起!"

"你——,你也这样说。没有想到,连你也看不起我。"

玲儿慌了,说:"哥哥,没……没有……的事……没有……看……看不起……我……我……错了……"

"那你这会儿看着我!"

"好,妹看着哥,就看着哥哥。"

"记住,玲妹,我这个人不是不喜欢领兵学武,是我见不得成天杀人放火,见不得,看不惯,这个世界上为何要不断地杀人呢?"

"哥哥,我懂了,我也见不得杀人,真的。"

"妹妹,这个世界上只有你能理解我。"

"真的?"

"我真想和妹妹私奔,走到天涯海角去流浪,可是,我怎么来养活妹妹啊?"

"没关系,哥哥,我会一直等你的!"

说着,两人紧紧地拥抱在一起,哭了。

3

夜深人静。晋惠帝司马衷睡得死沉死沉。这些日子,他总是在诸王之间奔来走去的,如同过家家似的,确也累了。司马衷也不懂得古

人所说的挟天子以令诸侯是怎么回事。自从皇后贾南风被杀之后，他的嘴里总是念叨着一句："好玩，杀人，好玩！我也要杀人！"然后，他先拍拍两只手，然后跳了起来，像个不谙世事的幼童。紧接着，司马衷会把手掌当作刀一样砍到身边小宦官张鸿的脖子里，让张鸿头皮一阵发麻。司马衷其实是一个十分胆小的人，连后宫里养的那只瘸腿猫都害怕。假如真把明光闪闪的利剑递给司马衷，那他反倒会神经质地哆嗦起来，面如土色，老半天说不出话来。

"怕怕，奶娘啊，我怕……"

"陛下，我不是您的奶娘，我是舞娘。"

司马衷却不管不顾，只一头往舞娘怀里扎着。

舞娘和妮儿好不容易服侍司马衷睡下，也累得够呛，就把他交给了值夜的宫女，也回去各自的后宫睡去了。

司马衷没有一点皇帝的架子，在不上朝的时候，与身边的宫女都可以打成一片。他最喜欢的嫔妃是舞娘和妮儿了。司马衷不是不理朝政，而是根本不知道如何管理国家大事，再说，他也对这一切根本不感兴趣。贾南风活着那会儿，所有上朝的御批、政策的制定，司马衷都全权交给这个权力欲极强的霸道皇后了。司马衷觉得自己这样做没有啥的不对。

身边的几个伺候司马衷的小宦官，司马衷其实并不喜欢。他们总是狐假虎威，装腔作势，而一起玩顶拐拐的游戏时，又不识眼色，好多次顶的他膝盖疼。所以，司马衷愿意与宫女们顶拐拐。六宫粉黛，花香芬芳，惠帝司马衷与宫女们一起顶起膝盖来就显得意气风发。尤其，嫔妃舞娘和妮儿的顶法让他喜欢的不得了。

在惠帝司马衷还没有被河间王部将张方掠到长安之前，那是多么逍遥自在的一段日子啊。

如果是一个艳阳高照的好天气，司马衷总是与舞娘、妮儿以及好几个要好的宫女在后花园玩顶拐拐的游戏。

舞娘高大丰满，那胸前尖翘的两座小山，让司马衷想起自己小时候的奶娘来了。舞娘的腿秀长，但膝盖顶在惠帝身上的时候却十分柔软。四周好几个宫女都各自抬起一条腿，把膝盖弯成弓状，另一条腿在地下跳来跳去，等着司马衷与舞娘单挑之后的搏战机会。当然，谁也不敢一拥而上对着惠帝群起而攻之。她们等着司马衷的召唤。司马衷在顶拐拐上谁也不好糊弄。假如有哪个宫女偷偷趁着司马衷不注意，把提起的那条腿放下来歇一会儿，就不要怪他不客气。

"好啊，妮儿，你带的啥头？怎么就放下腿了，小心罚你！"

"陛下，求求陛下，奴婢的体质可比不上舞娘，她能和陛下大战五百个回合，奴婢可是不行！"

司马衷就去揪妮儿的耳朵，有时候揪得很疼，有时候不疼，象征性地吓唬吓唬。司马衷很孤独，没有几个贴心人，尤其看到那几个藩王阴森森的眼神，就烦得要命。司马衷实际上已经被藩王们囚禁了。他的自由，也只是局限于与嫔妃、宫女们一起玩游戏。

这种叽叽喳喳的闹腾场面，没有人来打扰。除非惠帝擅自出宫，或者没有经过司马颖而发布诏令，一般这类的游戏，司马衷还是享受自由的。也只有这个时候，司马衷才能真正快乐起来。

惠帝与舞娘的关系突然好了起来，是不久前发生的一件事情。那天，也是这样一个好天气。舞娘与司马衷顶着膝盖，面对面互相交战着。司马衷嘴里起先嗷嗷地号叫着，后来突然不叫了。

"陛下啊，您在想啥？"

司马衷傻傻地笑着，只是盯住舞娘胸前的两座小山，嘴里叫着："奶娘，奶娘！"

舞娘不是司马衷的奶娘。再说，司马衷现在都是四十的人了，早过了吃奶的年龄，但多半时候依然还是个小屁孩的模样，整天傻呵呵

的。司马衷现在看上去和年轻时没有什么区别，肤色白净，小白脸，没有一根胡须，说话还是像当初那样奶声奶气的，基本上没有经过男人特有的变声期。

宫女们心里都晓得惠帝是个傻皇帝，说话做事永远也超不过五六岁的小屁孩。一次，司马衷嘴里念念有词："不平则鸣。"旁边的太师说："对啊，一国之君，就是一心为公，为天下百姓做事。"又过几天，司马衷去华林园玩，听到蛤蟆叫，就问："这是为公而鸣，还是为私而鸣？"逗得大家想笑都不敢笑出声来。

而这时，在众目睽睽之下，司马衷则一边叫着"奶娘，奶娘"，一边把圆圆乎乎的脑袋伸到舞娘的怀里不知道要干什么。舞娘不知所措。

"奴婢不知道陛下要做啥？"

"奶娘……奶娘……吃奶……吃奶……"

舞娘听了这话，倒也大方，就当众把花色的衣裙解开了，把奶子塞到惠帝司马衷的嘴里。司马衷吸了半天，一直呼哧呼哧地保持着这样一个吸奶动作，让舞娘此时此刻站也不是坐也不是，只能这么僵硬地靠在身后的花圃围栏上迎合着。司马衷大概想起了当年的谢才人。舞娘长得很像谢才人。武帝司马炎活着时最爱这个谢才人。谢才人还是司马衷儿子司马遹的亲生母亲，可是也被打入冷宫了。

后来，司马衷拍着手，一股劲叫着："不好吃，不好吃，没有奶娘的奶水水，一点也不好吃！呸呸！呸——，看啊，牡丹花又开了！"

舞娘一边整理着裙裾，一边回头看，然后说："那可不是牡丹花。洛阳最出名的牡丹花可不是这样，这是月季花。"

而司马衷与妮儿的关系，也有类似这样的一件事情。只不过是在宫里，司马衷睡不着，让妮儿给他捏腿捏胳膊什么的。

司马衷想起多年以前的事情，武帝司马炎把东宫的官员叫来出题考他，当时还是太子妃的贾南风帮他作弊。不作弊不行啊，要不司马衷就不会当皇帝，那她贾南风也就当不上皇后了。再说，贾南风不帮的话，司马衷根本就不知道怎么答题啦。后来，贾南风找来那个叫张鸿的内侍，给司马衷答题。这才蒙混过关。否则，这个皇帝的位置还不定是谁的。司马衷的弟弟司马柬为人温和公允，礼贤下士，才能声望都很好，但立长不立幼，这才让司马衷胜出。

福兮祸之所伏，司马衷在皇位上目睹了身边宫廷里太多的血雨腥风。那些打打杀杀，让他根本弄不清里面的究竟。谁对谁错，谁是谁非，以他的脑子是根本想不透，也想不通的。司马衷曾经最害怕贾南风，有时候做梦都能梦到死了的贾南风。司马衷梦到贾南风从侍卫手里抢过方天画戟拼命地追打舞娘和妮儿，那个曾经与他有过一夜之欢并怀上孩子的嫔妃绒儿就是被她这样活活打死的。贾南风不断地用铁戟刺着绒儿的肚子。绒儿垂死的嚎啕与恐怖的血腥气，弥漫在整个洛阳皇宫上空，久久不散。绒儿那未成形的孩子被挑出来之后，贾南风则是又疯狂又妒忌地跑上前去踩，不停地踩着，脚下是婴儿那被踩成血糊狼藉的小身体……

妮儿坐在惠帝的床前，一边按摩着他的身体，一边和他说话。妮儿性格开朗大方，笑咯咯地给司马衷讲一些乡野趣事。

司马衷最爱听妮儿讲狸猫换媳妇的自编故事。当年，十三岁的司马衷娶的是贾南风的妹妹贾午，但后来被贾南风掉包了。这个又矮又胖的丑媳妇，当年差点把武帝司马炎给气疯了。

妮儿要不就给司马衷念一段《山海经》：

又西北三百五十里，曰玉山，是西王母所居也。西王母
其状如人，豹尾虎齿而善啸，蓬发戴胜，是司天之厉及五

残。有兽焉，其状如犬而豹文，其角如牛，其名曰狡，其音
如吠犬，见则其国大穰。有鸟焉，其状如翟而赤，名曰胜
遇，是食鱼，其音入录，见则其国大水。

　　司马衷听妮儿讲这些故事的时候，就发呆，更显得安静如初，仿
佛回到从前。司马衷想起当年母亲杨皇后并不怎么喜欢自己。武帝司
马炎活着的时候与杨皇后的关系并不好。司马炎想找一个门风好而又
漂亮的儿媳妇，并且已经相中了臣子卫瓘的女儿。没有想到杨皇后被
贾充老婆郭槐给收买了。贾南风又矮又丑，而且心眼狠毒。司马衷被
她玩得团团转，别的嫔妃根本无法近身。有过的那么几个，都让贾南
风大开杀戒，弄死了。所以，贾南风咎由自取地被杀，司马衷不仅没
有为她流一滴眼泪，相反，他还有些庆幸之感。
　　所以，现在司马衷把妮儿揽到怀里的时候，就显得十分惬意和从
容了。他一下子翻过身来，压了上去。妮儿在下边哭泣着，而司马衷
则趴在她的身体上老半天一动不动。妮儿一边抹眼泪，一边还要帮助
他把裤子脱下来，然后再与他做那种男女之间羞人的苟且之事。做的
时候，司马衷喉咙深处竟然发出类似于《山海经》里那种叫狡的野兽
的犬吠声。据说，这种野兽出现的国家将会丰收祥和，问题是现在的
西晋已经处于诸王争霸的混乱之中了。妮儿现在能够做到的只能竭力
迎合着这一切，而司马衷只是依照一种男人特有的本能来发泄着。这
个时候他发出的犬吠声里，还夹杂着亢奋的喘息……
　　妮儿在帮助司马衷提裤子时，突然宦官张鸿跑了进来，一头拜下
去，并禀报："陛下，不好了，赵王与成都王的人马在城外真刀实枪
地打起来了！"
　　司马衷不管不顾，慢慢腾腾地系好裤子。这时，妮儿身后蹿出了
那只瘸腿猫，把司马衷吓了一跳。司马衷没有系紧的裤带竟然又松开

了。他的裤子掉了下来，而且一掉到底，掉到脚跟那儿了。司马衷身边两排服侍的宫女都在同一时间捂住了眼睛，而且一起异口同声地尖叫着。瘸腿猫吓得上蹿下跳。司马衷一时间忘记了提裤子，而是旁若无人地追开了猫。他这次怎么不害怕猫了？司马衷总是不按照常理来行事。这样的人，不是天才，就是弱智。司马衷突然想起瘸腿猫的腿是贾南风活着的时候打瘸的。他突然来了玩的兴致。司马衷的裤子掉在脚脖子那儿，如同死刑犯的脚链，磕磕绊绊着，让他在追猫的过程中迈不开步子，以至于只能歇斯底里地大喊大叫。

张鸿装作啥都没看到的样子，只是直着脖子，眼睛瞪着宫殿的天花板，依然继续向追猫的惠帝禀报："陛下，还有新到的加急快报，并州刺史司马腾派快骑来，说是逆贼刘渊已经在离石、左国城一带建都了……"

这一切，都是惠帝司马衷在被掠去长安之前的洛阳记忆了。

4

人怕出名，猪怕壮。也许是刘渊以往压抑的太久，甚至于在洛阳被忽视的时间太久，总之，一回到离石，就有了一种急迫感。

这不，离石建都之后，消息一传开来，天下的英雄好汉一时间云集而来。随后，又是一些别的消息。驻扎在薛公岭的前方部队派来快骑，说是司马腾已经集结了一批人马又要来犯。新的战斗即将要打响。

每到打仗前夕，刘渊就有些忐忑不安。这倒不是他害怕，而是在盘算着这一大家子的命运。他们命运取决于他的正确决策和必胜的决心。大胜最好，因为他们现在输不起。刘渊更需要鼓舞人心的好消息，而不是相反。

随着刘渊的名声大增，队伍的发展是前所未有的好。尽管这样，

刘渊还是有一种如坐针毡的感觉，甚至是坐在火山口上的感觉。每一次出击，都是一次生死较量；每一次搏杀，都是一次血与火的洗礼。

上次，司马腾部将聂玄与刘渊大战于大陵。聂玄被杀，司马腾大为惊恐，遂率并州三万余人马下了冀州。刘渊没有追往冀州，只是在离石周边，接连攻下法氏、屯留、中都等地。刘渊主要的目的就是扩大战果，巩固离石这块根据地。虽然刚刚在离石建都，但队伍的士气大振。

刘渊望着东川河蜿蜒的河流，不由得增加了几分自信。刘渊向前走了几步，扶住河边的一棵柳树，一动不动了。

"父王，快坐在这里来歇一歇吧。"

刘渊似乎没有听到刘聪的话，依然如雕像一般背对着他站在那里。

"父王，你怎么啦？"

没有听到任何回答。刘聪走到刘渊身边，抬头一看，不得了啦。只见刘渊豆大的汗水不住地从额头上冒出来，血色正在一点点地从脸上剥离。这是怎么回事？刘渊示意刘聪别声张，怕影响队伍情绪。

刘聪还是有些慌乱，赶忙四处找人，喊着："宣叔祖，宣叔祖呢？"

刘宣虽是丞相，但以前也学过针灸推拿，见状就不慌不忙地说："赶紧叫来几个亲兵，马上把陛下抬到大营去。"

"陛下，你没事吧？"

这时，刘宏也赶了过来。刘宏一身戎装，刚刚得胜回朝的喜色还没有从脸上褪去。

"陛下！"

刘渊的护卫马队一拥而上，抬着刘渊向行营直奔而去。正在忙活间，凤山的行福道人推开亲兵，查看刘渊的脉象。

"这里留下我和宣叔祖就可以了，其余退下。对了，聪儿，你让人去烧一盆热水来。其余人该干吗干吗。"

刘渊眼睛睁得又圆又亮，但发出的声音弱弱的，没有之前的威慑力了。行福道人依然煞有介事地摸着刘渊的脉象，面无表情。

这时，呼延玉与单氏一起来到行福道人给刘渊疗伤的营帐。

"行福道人，还是把大王抬回三进院治疗吧。"

行福道人摇摇头，说："不能延搁，反正这里所用的药材和器械一应俱全。"

营帐不远是伙房，刘聪与火头军头目朱耀祖烧好一锅水，先给行福道人送去一盆。然后，呼延玉与单氏也上了手，给刘渊熬制治疗内伤的草药。炉子上还熬制着一壶用于消毒用的竹叶青酒和一株老参。

又是一个时辰过去了。营帐里没有一点动静，而呼延玉与单氏心急如焚。

营帐里，刘宣叔祖与行福道人忙碌个不停。先给刘渊拔火罐，然后刮痧，依然不见效。后来，他们对刘渊实施针灸。

刘渊后背上密密麻麻地扎了很多根细如牛毛的长针，甚至胳膊上、头顶上也扎了几根。刘渊睁大眼睛不说话，只是扎着扎着，人就头一歪，昏睡过去了。

刘宣叔祖摸摸刘渊的鼻息，呼吸得还很正常，生命的体征也十分顽强。单氏端着热水盆，呼延玉把毛巾放在里面浸湿，然后拿出来拧干，敷在了刘渊的额头上。

刘渊昏睡过去之后，发现自己又来到刚才的战场上了。吕梁山上旌旗飘荡着，铁骑驰骋在厮杀的战场上。刘渊屁股下的乌龙驹打了一个响亮的呼哨，引起整个队伍的呼应，只听一片喊杀声阵阵传来，直吓得司马腾的战阵一下子就七零八落了。这次，司马腾学精了。司马腾的坐骑处于战阵中无数盾牌的保护之中。

刘渊穿着褐红色的战袍，威风凛凛地站到一个高坡上瞭望着。他的侄儿刘曜机敏地用盾牌挡住了好几支射向刘渊的毒箭。

刘曜又用盾牌挡在了刘渊的眼前，让刘渊大为光火。

"曜儿，拿开盾牌，别挡住视线。"

"大王，不行啊，官军的箭很厉害。"刘渊挥舞着那把祖传宝剑，把盾牌拨拉开了。

"胆小鬼，狭路相逢勇者胜，这个时候，我们需要的是士气。"

说着，刘渊挺身而出，杀下了高坡。只见乌龙驹带着刘渊向官军方阵冲了过去。

"杀啊，冲啊！弟兄们，跟我来，杀官军，俘酋首，打胜仗，立战功！"

刘渊的一声号令，如同战阵之中卷起的狂飙，在这个晴空中爆出震天响的惊雷。刘渊身后，石勒、王弥、符融等各个首领追随着，并带领各自的人马，分几路杀向敌阵。这种阵势，一开始就以压倒一切的气势，把司马腾的官军冲得个稀里哗啦鬼哭狼嚎。

"给老子顶住，谁也不容许后退！"

司马腾在叫着，用马鞭甩打那些后退的兵士，只是无法阻挡山林草丛间，无数匈奴骑兵出其不意的袭击。

石勒冲入战阵，与王弥、符融一起杀敌。只见，石勒的青龙偃月刀左右挥舞，如同在秋天的庄稼地里割着玉米秆。而王弥则是见人就杀，见活得的就砍，差点误伤自己人。符融则更是愣头青，见他们两人抢了头功，干脆把那些躺在地下嗷嗷直叫的受伤兵士，用丈八的长枪再补上一枪，直到枪刃都扎弯了。

司马腾则边退边骂："反晋逆贼，何不快降？"

刘渊舞动宝剑，策马直冲。而刘聪、刘曜与小溜子护卫在两侧。

正在冲锋间，刘渊觉得后背似乎被拍击了那么一下。原来是官军的长枪刺了一下，没有刺中。刘渊回身一剑，就把那个官军挑下马来。挑下马的官军被随后赶来的符融一枪挑死。

这场战斗刚刚结束，刘渊站到东川河边，扶着一棵柳树正在眺望，人就突然感到后背一阵疼痛，后来被抬到营帐，就昏睡过去了……

足足过了一个时辰，行福道人依然小心翼翼地为刘渊进行着针灸。后背上插满的针，让呼延玉不由得心里一酸，差点落下泪来。

这个时候，呼延玉是绝对不能哭的。单氏则一个人悄悄地出了营帐，在伙房与朱耀祖一起熬制中药。

朱耀祖胖乎乎的，长得肥头大耳不说，而且武功高强。每一次，朱耀祖总是在不耽误队伍埋锅造饭的情况下，挥舞刘渊送他的一把杀猪刀，冲入敌阵，杀得敌人狼奔豕突。朱耀祖的模样，总是给队伍带来更多的快乐。大家都爱和朱耀祖待在一起。

"朱耀祖，熬制汤药是不是还有啥的说道啊？"

"当然有了，熬制汤药，最好用砂锅，铁锅次之，而且还得掌握好火候，不能太短，更不能时间太长，要恰到好处，八九分，也就行了。"

单氏看着朱耀祖，一点也笑不起来，因为在为刘渊担着心。所以，她的神情就有些恍惚了。人生不如意，常有八九。

"单夫人与呼延玉夫人处得真像一对姐妹啊，十分的难得。"朱耀祖说，他出门从军的一个原因就是与老家的婆娘天天打架。老家的凶婆娘，比他还要胖大，总是骂他这个杀猪的没出息，在杀生造孽。

单氏并不怎么听朱耀祖的叙述，只是说："中药熬制好了，我给大王送过去吧。"

5

　　营帐里，刘渊已经醒了过来。但他一闭上眼睛，就能想起自己在洛阳的那些受憋屈的日子。

　　在一个靠近黄河边的渡口上，也就在出了洛阳城外的一个叫九曲的地方。当时，王弥还没有成为刘渊的战将，过得十分自在。刘渊在烦闷的时候，就爱喝闷酒。王弥在酒桌上与刘渊划拳行令称兄道弟，让刘渊感激不尽。刘渊最为落魄的时候，也就是那段时间吧。他爱大碗喝酒，大块吃肉。王弥就欣赏刘渊这种剽悍的作风。王弥自幼生长在洛阳，对当时的朝政极为不满，但他命好，有在武帝跟前说上话的朝臣举荐，得以担任出征的战将，而且还打了胜仗，受到朝廷奖赏。王弥虽然得胜回朝，但与刘渊喝酒的时候也会掩饰不住对朝政的某些不满情绪。这种不满，王弥只能在话语里点到为止，隔墙有耳，加之自己还是朝廷命官，多以沉默为主。所以，王弥听到刘渊大发牢骚的话，对于他来说，也是一种享受了。刘渊羡慕王弥，然后说："朝廷虽然也想用我元海，可是总有人暗里使坏。"刘渊一喝酒，就会向王弥声泪俱下地哭诉……

　　而现在王弥则是作为刘渊的得力干将，出现在刘渊的跟前。王弥甘愿与刘渊打造一片全新的世界。所以，王弥跑到离石来投奔刘渊，让他一点也不感到意外。

　　那时，刘渊紧紧握着王弥的手，在离石的三进院，他们又喝了一顿酒。这顿酒，刘渊表面上是平静的，但内心依然对王弥能够一起与自己荣辱与共开辟新的天地而充满了欣慰之情。

　　"我早就看准你啦。从那次黄河边的饯行上，我认定你会成大器，果然不负众望。现在已经建都，攻下洛阳指日可待……"

　　王弥凑到正在疗伤的刘渊面前说："大王，好好养伤，身体是胜利的本钱啊。"

　　行福道人在刘渊手指上扎了一针，放出一股黑血。

　　"这次出征，大王的后背受的是内伤，虽然不很重，但也得调养一段时间，懂吗？每日喝点小米汤或者蘑菇汤最好。"

　　呼延玉就喊来朱耀祖说："在灶房熬点小米粥，记得再放几颗临水县的大红枣。另外，每日给大王的饭菜用新兴县的胡麻油炒，记住了吗？"

　　"记住了，夫人。我马上派人去市场上采买！"

　　王弥看了半天，见自己插不上手，就先走了。

　　呼延玉看到刘渊浑身被针扎得像个刺猬，心里一阵揪痛。她想起自己在司马颖那里受到的磨难以及两个孩子的死，心里又是一阵酸酸的，想哭。但她不能哭。

　　想想，也真是，再大的人物，当危险到来的时候，都无法做到从容地抽身而退。无论你再天才，再厉害，到头来还不是卷入这历史的大命运之中沉沉浮浮的吗？连一声呼救或许也来不及喊，就消失在历史的黑洞里了。打仗，杀人，似乎是天经地义的，可是——呼延玉此时此刻一想——无论做善事，还是做坏事，甚或杀人放火，人都会有报应的，今世不报，来世报。呼延玉一直笃信佛教，从洛阳死里逃生回来之后，就在三进院供奉上了菩萨。就连郁郁不乐的单氏也与呼延玉一起，信奉上了这菩萨。

　　呼延玉相信，刘渊这次能够得救，就是菩萨显灵了。

第九章　天下幽冷

1

西晋永兴二年，司马腾再次出兵讨伐刘渊。司马腾的几个部将司马瑜、周良等驻军汾州。在汾州稍事休息之后，就又杀向刘渊的大营。刘渊的前锋部队活捉了司马腾的一个校尉，得知官军即将到达的位置。刘渊派武牙将军刘钦等部前往东部区域阻击。据说，前后四战四捷，刘钦大胜而归。

刘钦被刘渊任命为武牙将军。刘钦长得很威猛，打仗不用刀剑，而是左右开弓地使唤着两根虎虎生风的狼牙棒，打起来那是个威风八面，所向无敌。那次，刘渊带队攻打左国城，久攻不下。刘钦率领一股子敢死队，一人一根狼牙棒，一人一只盾牌，架着云梯，直往城墙上冲。不料云梯被守城的官军推了下来，爬在云梯上的弟兄大多被摔了下来，非伤即死。唯有这个刘钦，早已机敏地把准备好的带挂钩的长绳，"呼"地一下挂在城楼门子的挑檐上了。还没等守城官军注意，刘钦三把两下地蹿上了城头，左右甩开狼牙棒，打了一个鸡飞狗跳，人仰马翻。

刘钦的狼牙棒上的根根毒牙扎在一个个敌人的头上、脸上乃至身上，以至于一时间敌人无法靠近他。也正在这个时候，刘渊亲率着另一支敢死队从城头另一端的云梯上爬了上来，最终与刘钦汇合，一起把左国城打了下来。在城门打开之后，刘渊直属的骑兵队伍一路杀了进来。骑兵队伍是由刘聪和刘宏率领着，一进城，就杀入了官军的步兵营地。石勒与王弥的两股人马则冲入左国城的衙门活捉了当差的十多个衙役。左国城的姜太守老奸巨猾，早就脚底抹油，溜了。

刘渊扫视了一眼左国城，感觉整个城池四四方方，城墙砌筑坚固，而且城内有好几处官宦、富豪的豪华宅院，并不比离石的三进院差。难怪这个处于大山包围的四四方方的城池，又被叫做方山城。刘渊一进入这座四四方方的城池里，就感觉到神清气爽，于是就有了把家眷搬到左国城的打算。左国城的南门，是圆拱形状的，两扇厚重的檀木门板非常结实，刘渊在攻打左国城的时候，曾率领突击队用两根又长又粗的圆木撞击这两扇门板，但很长时间未能撞开。圆拱形的南门，被当地百姓称为圪洞。就是到了今天，依然有方山圪洞的叫法。

汉代皋狼县城就是后来的左国城，为内外套城，内城沿用皋狼城的布局。城墙外西北有北川河及其支流，城的东、南、西三面被土丘陵环绕。唯古城之北，地势开阔而低凹。

2

这年十月，刘渊将都城迁到了左国城。定国号为汉。刘宣等元老请求刘渊设定尊号。刘渊沉思了一会儿，还是觉得不妥。

刘宣说："名不正言不顺，这是为何？现在四方虽然都没有平

定，但需要一个尊号，以令天下。"

刘渊心里自然想早日称帝，但毕竟刚刚打开一片根据地，离安邦定国还有一些时日。他说："本单于相信这一天会很快到来的。本单于暂且按照汉高祖那样称作汉王吧。"

于是，刘渊祭天于左国城南郊，登上汉王王位，宣布大赦，改年号为元熙。左国城虽然打下来了，并且迁都于此，但刘渊事实上在这里待的时间并不长久。刘渊习惯与单氏住在离石城的三进院。左国城暂时由石勒的人马驻守。刘渊让呼延玉先搬到左国城来住了。呼延玉就先独自赶来了。她对刘渊说："那我先住这儿吧。如果，大王和单妹子不习惯，就还是先住离石的三进院吧。"

刘渊说："也好。这样分开住，或许大家更好相处一些，反正左国城距离石城也不远。而我多半要住在千年村那儿云顶山的营地里，这段时间要在那里的四十里跑马塬训练骑兵队伍，打仗还是要靠骑兵。"

呼延玉则不怎么愿意谈打仗的事情，只是说："左国城这边清净，我还就喜欢清净，吃斋念佛，也少有人打扰。元海，谢谢你。你要多担待一些。"

刘渊沉默了一会儿，觉得自己总是对不起夫人。毕竟，呼延玉能够从洛阳城里逃生回来，已经是一个奇迹了。两个孩子没能回来，刘渊也很心疼。所以，他只能表示要对她更好一些。他与属下在离石三进院那边大碗喝酒大块吃肉的时候，总看到呼延玉躲在供奉菩萨的后院里不露面，也就只好让单氏和玲儿等丫鬟们来帮助应酬。单氏也学呼延玉供奉菩萨，但对于刘渊与属下的这种酒肉应酬，倒也能自如应对。单氏忙不过来，就把营地的火头军司务长朱耀祖叫来，专门掌勺炒菜。刘渊很满意。单氏甚至在刘渊喝多的情况下，还能够替他喝几杯。以往这些事情都是呼延玉来做，现在都由单氏来出面。

3

呼延玉在独自去左国城前，对单氏说："单妹子，以后你要多担待一点了。元海这人，你也晓得，心直口快，喝了酒话多，你多给他喝点热茶。他喜欢洛阳时经常喝的那种绿茶。他戒酒戒了好几次都无法戒掉。他对酒，已经上瘾了。一天不喝，心里就痒痒。元海的心病，姐姐也晓得，这些日子一喝酒就会想起失去的那两个儿子，他总觉得对不起他们。妹子啊，孩子毕竟是母亲身上掉下的肉啊，出了这样的事情，我这个当母亲的能不心疼吗？为啥是我活过来了，而两个孩子却永远地走了？单妹子，你也晓得姐姐是个要强的人，可是有些事情强不过命运啊。两个孩子这一走，对姐姐打击真的很大。为啥死的不是姐姐啊？两个孩子毕竟都还没有和儿大，和儿才多大，不到十七，唉，他们还没有活成个人啊。妹子，你也晓得白发人送黑发人，是人生的三大悲剧之一。这些姐姐体会到了。元海也是啊，幼时就失去母亲。他这段时间喝酒更厉害了啊。妹妹一定要好好照顾他，别因为喝酒而误事，别因为喝酒伤身。妹子管不了他，可以在他喝酒的时候多让那些侍从照顾好他，回到家你也要千万注意。老陈醋能解酒，小米粥也能解酒……"

呼延玉一说起来，也是个没完没了。可是，单氏听来一点也不烦，反倒觉得是那么亲切自然。

呼延玉又说："这不，听说左国城刚打下来，有一个元海手下的校尉喝庆功酒喝死了。那个可怜的孩子，喝完独个上茅房，一头就栽在茅石板上再没起来过。对了，妹子有事情也可以找行福道人。前两日，行福道人和我说，那个年轻的校尉是因为喝酒后被呕吐物卡在脖子那里上下不得无法呼吸窒息而亡的。多年轻的孩子啊，那次还来过

咱们三进院，他活着时脸色多红润啊，人又那么精干，还常常牵上元海的乌龙驹到东川河那里遛马。妹妹，你说这人啊，活在世上有啥的意思，说没就没了。唉，那孩子死后脸色真的吓人，整个身上发紫，眉眼更是黑的吓人哪。听说，这孩子的父母和兄弟姐妹都是连夜从百里以外的地方步行赶来，哭得那个伤心啊，铁石心肠的人都能掉泪。也就在那一刻，姐姐就想起咱们的两个孩子来了。那可是活生生的从我这个当娘的腿旮旯里掉下的肉啊——我的亲肉肉啊……"

说着，呼延玉就忍不住嚎啕起来了。

"为啥不是我这个当娘的替他们去呢？单妹子，姐姐真的想离开这个乱纷纷的地方，打打杀杀，何时是个尽头啊？姐姐说这话，元海肯定是不爱听的。他那个人心硬，想打下整个天下。而姐姐只想独个儿清净一会儿，念念经，拜拜菩萨。姐姐早就习惯了香案前那种檀香味道了……"

呼延玉向马车跟前走去，不断回过身来向单氏挥挥手，然后又说："单妹子，快回去吧。"

"姐姐，你要保重，你一定要多保重啊。整个家庭的重担现如今就压在妹妹肩上了，真的不晓得以后会怎么样。姐姐，你以后还要做妹妹的主心骨啊。"

单氏把呼延玉送上马车，看着马车渐渐北去。单氏的心里也有些伤感。人生就是这样悲欢离合聚散无常。每当遇到灾祸时，其实谁都是一个人来扛的。

刘渊虽是一个大大咧咧的男子汉，也很少像她们这样多愁善感，但在这种时刻也显得十分无奈。

"过几日，我会去看你的。"

呼延玉说："元海，你也一把年纪了，别和年轻人在酒桌上拼了，你不是在酒桌上拼个你死我活的时候了，你要尽量少喝酒。你要晓得，你的身体关系到整个大局。"

4

刘渊最不喜欢女人婆婆妈妈，每次听了这话，他都不以为然。男人不喝酒，还能是个男人吗？与属下联络感情，多半时候，还得靠酒。谁说酒肉朋友不可交？刘渊就不信这个邪。只是他一喝酒，就喜欢用大碗，而且无论和谁一碰杯，都要一饮而尽。无论部下的官职大小，他都一视同仁。刘渊喝多了，就头歪在酒桌上呼呼大睡。有时，几个亲兵都不能把他抬上马背。刘渊酒量虽大，但也架不住手下的部属一个个"打通关"。挨个"通关"下来，酒就喝多了。

刘渊每次喝完酒之后，一回到家，就向呼延玉或者单氏哭诉着他的委屈。

记得有一次，刘渊一下子没忍住，吐到饭桌子上了。还有一次，刚回到三进院，他就趴到客厅的八仙桌上，尿了一裤子。记得又有一次，刘渊酒醉后要撒尿，单氏在他后面抱着，还不到十三岁的玲儿拿着尿壶给他把着撒尿。那次，可把玲儿羞得够呛。

刘渊在营房里酒醉后上茅房，得有两个贴身侍卫一直护卫着，否则好几次就栽到茅厕粪坑里面去了。侍卫扶他，他还往开甩人家的胳膊，并喝退侍卫，嘟囔着一句："千杯不醉，迎风不倒！"

刘渊平时一回家，就先在门口张望张望，然后关上门。这个动作实际上已经大可不必了。现而今是在离石，是他刘渊的地盘了。可是，这个谨小慎微的关门动作，正是刘渊在洛阳当任子，养成的防范习惯。这种思维定式一直沿用到现在。他只能对着呼延玉或者单氏发发牢骚。他还能和谁发牢骚啊？他不能对着部属发这样的牢骚，如果对着部属发，有损自己的形象；而对着父母发，父母已经不在，想起这点来，他就又要哭。那么，对着呼延玉或者单氏发牢骚呢？她们听不听都无所谓，总之，只有面对她们，他才有可能解除心里郁积的愁闷，一泻千里，滔滔不绝，胡言乱语，颠三倒四。

只有在这时，喝醉的刘渊嘴里才可以不停地嘟囔："没事，我根本就没事。晓得我是谁吗？我是大名鼎鼎的刘渊，刘元海！我刘渊是离石城里，不——是洛阳城里的一霸，不，不，不！我要做天下的霸主！我刘渊那是要率领天兵天将攻打洛阳朝廷,一统天下。我要横扫千军万马，敢问天下谁能敌？"

见没人理睬，东倒西歪的刘渊就又开始哭诉了。

"谁能晓得我心里多堵啊？我是啥？我他妈的在洛阳那会儿只不过是个任子，是他妈的晋武帝司马炎的任子，司马衷的任子——那个傻啦吧唧的傀儡皇帝的任子……啥任子……说穿了就是朝廷的人质，司马氏一家子的人质而已。谁能晓得我在京都洛阳都过得是啥的日子啊？我是啥？咳，我要做统领天下的大单于，我要做天下的大王，我要做一个超过他们司马氏一家子的真正的皇帝……司马氏一家子现而今闹不和，甚至亲兄弟之间兵戎相见，这算个啥事啊？普天下的人都可以看他们司马氏一家子的笑话了，嘿嘿！出头的日子就要到啦，嘿嘿！天助我也！天助我刘渊也！"

是啊，刘渊别的都好，就喝酒这一点不好。单氏在洛阳刚进门那会，正好有一晚呼延玉不在家，眼看着刘渊喝醉酒回来满地爬。单氏问他在地下找啥啊，刘渊说在找爱情。想尿了，抬起头，看着家里窗户上挂的鹦鹉鸟笼子，嘴里只是嘟囔着一个字："鸟……鸟……"

单氏以为刘渊要看鸟，刚把鸟笼摘下来，就见刘渊已经倒地呼呼入睡了，而他自己已经尿湿裤子了。

单氏一个人扶不动，就叫来隔壁的丫鬟，一起把他扶在暖炕上。大家随后再帮着刘渊换好尿湿的裤子，又是递脸盆子，又是拿毛巾，又是清理呕吐物，几乎折腾到大半夜。

第二天，刘渊醒了，一脸无辜的样子，还要问："家里怎么一股子酒味啊？谁来过了？"单氏问他："还记得昨晚的事情吗？"刘渊摇摇头说："不记得了。"

刘渊只觉得肚子里空落落的，身上还是有些难受。他接过单氏递来的一杯羊奶，咕噜咕噜喝下去之后，似乎才想起一点什么，就有些不好意思。刘渊向单氏道歉，每次道歉都很真诚，但每次道歉之后没过三天就又酩酊大醉了。关键是，刘渊酩酊大醉之后，还要连哭带喊地说一气胡话。在洛阳的时候，呼延玉与单氏都会为刘渊说的那些抨击朝政的牢骚话提心吊胆，总害怕隔墙有耳，被什么人给听了去惹来不必要的麻烦。

"以后喝酒要注意了，这么喝，既坏身体，又坏大王的形象。"

刘渊点点头，说："夫人说得极是。"

5

单氏喜欢刘渊叫自己单夫人。虽然呼延玉是正室夫人，但单氏也是刘渊明媒正娶的啊，再说，单氏是他现而今身边女人里最爱的。现而今，单氏的肚子里怀上了他的种，已经有两个月了。

呼延玉夫人搬到左国城了。单氏就觉得自己已经肩负夫人的重任了。夫人，并非一种荣耀，在这个时候，应该还有一种责任。

单氏只是觉得自己是个平凡的不能再平凡的小女人。如果不是刘渊，也许她只能在洛阳城里找一个做生意的有钱人过一种从一而终的世俗生活，但现在则不一样了。刘渊所做的都是一些惊天动地的大事。只是这些大事，都需要杀人——不断地杀人来完成。单氏对为啥杀人真的不太明白。

单氏曾经问过刘渊，男人建功立业，她是支持的，但既能建功立业，又能不杀人，那该多好啊。

刘渊说："妇人之心，总是这样。打天下，就是要杀人，甚至杀很多的人。杀人才能诛心。"紧接着，刘渊那温和的眼神突然间变得杀气腾腾起来了。刘渊的内心想法与开始起兵那会儿有了很大的不同。

"知道不？这天下，都是要拿成千上万的人头来换的。"

单氏听了这话，没敢反驳，只是在想："成千上万的人头来换，那离石城才有多少颗人头啊？左国城里有多少颗人头？洛阳城里又有多少颗人头？整个天下才不到两千万人口啊！那成千上万的人头换来的天下，又有啥的道义可言？杀人还要杀到啥时候？杀人就是诛心，让天下人胆寒就能天下大治吗？"这些追问，单氏只能在内心追问一下。尽管如此，单氏也在竭力劝说刘渊要包容天下，这也说明单氏已经潜移默化地开始受着呼延玉的影响了。

那次，刘渊负伤，昏迷不醒。呼延玉与单氏泪流不止。因为她们害怕，假如眼前的这个人就这么永远不醒来，会怎么样啊？她们会这么等下去吗？

单氏对呼延玉说："姐姐，我会这么一直等下去的。"

这个男人，如果就这么沉睡着，一直不醒来。单氏就会一直这样守着他，望着他，拉着他的手，呼唤着他。

呼延玉也点点头。是啊，这个男人值得她们这样吗？不是值不值得的问题，而是已经与他共生死共命运了。一切荣华富贵，一切功名利禄，都只不过是浮云了。因为，那个时候，爱已经流淌在彼此的血液里了。

刘渊是一个有野心的匈奴男人，一个想把皇帝拉下马并且还要取而代之的枭雄好汉。当有一天，刘渊真的做了皇帝，还会是今天有情有义的他吗？

呼延玉不知道，单氏也不知道，但她们那个时候愿意在刘渊昏迷不醒的危难之际守护着他，给他信心，给他与命运搏斗的勇气。

呼延玉自从离石建都大典上被册封为王后，想法就改变了。真的，呼延玉从那一刻起，就觉得自己内心其实是要逃避，要回归到一种田园生活。那些打打杀杀，并非是菩萨所能容忍的，从两个孩子被杀之后，她打心眼里见不得杀人了。对于呼延玉来说，不管是谁，如果砍杀任何一个无辜的人，都是无法容忍的，人命关天啊。可是，没有人愿意来倾听她的心声。单氏以前的想法很单纯，但呼延玉的变化让她对人生的看法有了新的领悟。人能够在这个世界上活几天？无论怎么蹦跶，到最后不都是两眼一闭两腿一蹬地去见阎王了！不知从何时开始，刘渊也偶尔凝神听听呼延玉的心声，但也只能是听听而已，不解决任何实际问题。因为，这些事情不关乎男人，打打杀杀才是男人们的事情。想到这一点，呼延玉就感到悲哀。呼延玉能做到的只是让出这个王后的位置。她何德何能来母仪天下？

"妹妹，这个王后的位置姐姐会真的让给你的。"

"姐姐，你千万别这样，真的，母仪天下的话，妹妹真的还欠缺很多。"

"妹妹你晓得不？姐姐其实从洛阳回来之后，就觉得累，一直感到浑身上下的累，不当这个王后，姐姐会很开心，姐姐就解脱了，真的。"

单氏无言。

呼延玉不想再说了。单氏毕竟二十七八岁，还太年轻。这就如同章氏生的那个聪儿。聪儿是很聪明，但才十四五，过于入世，也过于急功近利了。刘渊一旦当了皇帝，还能这样包容身边的许多人吗？如果真有那一天，也许每一个人都会成为他通往帝王之路的一堆累累白骨。

单氏对呼延玉说："姐姐，你要晓得，元海是我在这个世界上遇到的第一个男人，我无法离开他。记得在洛阳与他相遇的那一刹那间，我就心旷神怡，难以自拔了。姐姐，我真的很不好，有时希望姐姐一直在洛阳不回来就好啦。那样，这个男人会一直属于我。"

"是啊，妹妹，这种女人之间的提防最让人悲哀。姐姐也有过这种想法。尤其，妹妹与元海成婚的那个晚上，姐姐就恨极了妹妹。姐姐现在已经看清了，也不想和妹妹争着抢一个男人——毕竟你我已经是姐妹了。姐姐经历过那场生死逃亡之后，彻底想明白了。"

行福道人进来了。她俩就不再说话了。她们帮助行福道人把银针从刘渊身上一根根拔下来。刘渊醒来了，她们拉住刘渊的手，竟然一时间三个人相拥而泣。

"好了。没事了。记得，这是药方子，每天熬制两次，要趁热乎喝下去。"

现在，呼延玉已经搬到左国城去了，单氏依然对刘渊疗伤时昏迷不醒的情景，心有余悸。

一早，刘渊喝完羊奶，就要去队伍的营帐里查看查看。走之前，刘渊把单氏揽到怀里抱一会儿，然后说："但愿这次怀的是个女娃娃，生一个小公主。"

单氏说："元海，你给咱们的小公主起个名字吧。"

刘渊匆匆穿好盔甲，说："以后吧，等孩子落地，让宣叔祖来起名吧。"

6

那日在云顶山的军事会议过于冗长了，也一如既往的七嘴八舌，比原计划要超出一个时辰。该吃饭了。

火头军头目朱耀祖与刘渊一早从离石城赶到大营，已经给大家预备好一顿颇为丰盛的饭菜，有鸡，有猪，有牛，有羊，大块的烤肉，还有一锅烩的乱炖，以及千年村自酿的烧酒。

朱耀祖问："大王，还能喝酒吗？"

刘渊一听这话就来气，反问："啥的还能喝酒吗？把'还能'二字给我去掉。"

"好的，大王，今天从汾州送来两坛子好酒。"

"真的吗？我闻闻。"

散会以后，刘渊原本有些不大高兴，总觉得与会的各个将领对最近发展的形势不是很满意。大家话语里有一种对他的不满情绪，主要是东征的时间表还不够明确。

刘渊凑到坛子上闻了闻，香气扑鼻，心情为之一振。突然，他就高兴起来。

刘渊说："我知道大家要多拿下几个城池，要财物，要地盘，要女人。可是，我在会上则提出一项匡扶天下的主张，所有这些东西，都不能胡抢。如果是贫苦百姓的财物，就不能要。如果是穷人家的女儿，也不能抢。这样做，我们和土匪有啥的两样啊？是不？我们起事就得有起事的章程，砂锅子捣蒜——一锤子买卖的事情，我们不能做。我们不能自挖坟墓吧？"

石勒却说："就怕司马腾这老狗还会杀个回马枪，我们不能老是打阻击战，更要主动奔袭，端了他的老窝。"

王弥插嘴说："司马腾这老狗做并州刺史还行，打仗还不是屡战屡败？世上的便宜事情多了，他怎么老要来骚扰我们？这说明我们打得还不够狠，打得还不够劲啊。老子给朝廷卖命卖了那么多年，捞到啥好处啦？老子每次给朝廷出征，脑袋吊在裤腰上，可是得到他司马

一家子啥的赏封了?"

符融也说："洛阳城迟早是我们的一碟子菜,大王说得对,眼下还不着急打洛阳,但可以对离石周边儿个城池下手,这样我们的地盘不断扩大,对洛阳朝廷就有了一种威胁。打仗还得靠天时地利人和。这些条件,最重要的是人和。"

刘渊大为欢喜,就说："人和,不仅仅局限于我们自己队伍中的人和,还要获得天下人的信任。赢得天下人的心,这样的人和,恐怕是我们最需要的。我们才刚刚起步,天下百姓的支持是最强大的基础。所以,我在会上说到以后打下了城池,最好就不要再像以前那样混抢。"

石勒扛过长工,当过土匪,自然对这样的提议不以为然："这也不行,那也不行,我们的人马吃什么,穿什么?不容许抢女人,那我们当兵来干什么?"

王弥则说："石勒兄,大王的意思你还不明白?等到打下天下,有你好吃好喝娶妻生子的时候,只是现在忍一忍。攻下城池,我们不仅不要穷人的一针一线,而且还要开仓放粮接济穷人。我懂得大王的意思,我们要成大事,一些做法,一些号令,一定要与官军不一样。我在官军里面呆了很多年,大王也知道。我们就是不能学官军欺压穷人。我们可以向官府开刀,向有钱人开刀。"

石勒说："打起仗来,脑袋提到裤腰上,谁晓得还有没有这个以后啊?打仗不为了钱财,不为了女人,老子脑袋有病啊?"

刘渊被石勒的直言不讳逗乐了。

"石勒兄弟的想法,代表很大一部分弟兄的意思。这个也可以理解。石勒兄弟,你不要担心,有我刘渊吃的喝的,就有你石勒吃的喝的。"

"陛下啊,那现而今我别的不要,陛下能不能给我分配一个女人啊？我这人大老粗，对女人不挑剔，只要是大王分配给我的，只要是女人，不论丑俊，我都要！"

营帐里的众将领都被石勒给逗笑了。

刘渊说："我作为大哥也好，作为大单于、大王也罢，这些事情我都要为弟兄们弄好。大家只要打好仗，就有好日子过。眼下就是喝酒吃饭。"

符融的态度有些骑墙，站起来说："大王的建议具有战略意义，而我们都在想着自己的一亩三分地。其实，换个角度看，大家各有各的道理，每打一个城池，如果没有实实在在的奖赏，谁也不愿意冲在最前面啊。重赏之下，必有勇夫。大家有了饭吃，有了钱花，还不是为了女人？"

刘渊不置可否，只是让旁边的刘聪把大家的意见做个记录。刘聪自然赞成刘渊的意见："作为统帅，父王的想法是对的。我们不能每次打下一个城池，就是一通烧啊杀啊抢啊，打仗要打的有技术含量，谁也不能砂锅子里捣蒜——一锤子买卖，是不？"

老中青各个阶层的将领吵成了一锅粥。所以，刘渊对朱耀祖说："今天酒可以喝，就不要熬粥了。"

朱耀祖知道刘渊还有话外之音，但想不明白具体的内容。刘渊的眼神里有一种穿透人心的深邃的力量。这就使得朱耀祖有了更多探究的冲动。

刘渊问朱耀祖："参加队伍多久了？"

朱耀祖说："我的家在临水，一听大王从洛阳回到离石，就投奔了大王的队伍。"

"以前都干过啥活计？"

朱耀祖说："以往在临水南门外杀过猪，后来又在东门外的木匠铺当过小工。"

"那对我们队伍建立的章程，有啥的看法？"

"没看法，也没资格谈看法，一切都听大王的。当兵吃粮，讲得就是一个服从。这是当兵的天职。"

"好啊，那你快忙去吧，大家都在等你的炖肉呢。"

刘渊一转身，进了营地里最大的一个营帐。刚才开会的十多个将领都围坐在一张长条桌旁。大盆端上来的烤肉，已经吃上了。

刘渊被请到了上席的位置，也顺便拉过一根上面还在滴血的羊腿啃吃起来。

"酒呢？"

话音刚落，朱耀祖已经端着一个托盘，先上来一壶酒，一碟子黄豆，几颗咸蛋。另外几个将领也等不及了，把地下的一个装酒的大瓦罐举过头顶，弯着腰给桌上的碗里倒酒。

"大王，别一小杯一小杯喝了，换碗喝！"

"碗就碗。"刘渊也不客气。整个大帐里香气四溢，热气腾腾，刚才开会的议题又上了酒桌。石勒与刘聪一致认为队伍赶在入冬前向东开拔，多打下几个城池，日子就更好过了。

"宣叔祖呢？怎么没看到他来吃饭？"

朱耀祖对刘渊说："宣叔祖这几天闹肚子，消化不好，一个人跑到厨房喝粥去了。"

刘渊说："不是说不让熬粥吗？"

朱耀祖就笑了，又说："大王，待会儿，给您也盛一碗粥吧，解酒，否则回家夫人会埋怨我的。"

朱耀祖一提到呼延玉，刘渊就叹了一口气，说："夫人不在离石了，住到左国城了。离石这边是单夫人在。"

刘渊遥想到当年与呼延玉的婚礼。那个时候的刘渊与呼延玉在鼓乐齐鸣之中，在证婚人面前互吐衷肠，然后向长辈行礼，再然后就入了洞房。当时刘豹作为父亲一直在场，刘宣叔祖也在，唯独少了母亲呼延氏。刘渊记得与呼延玉一起向母亲呼延氏的画像下拜时，自己不由得落泪了。而刘豹还是左部帅，那个时候他正在壮年，对刘渊这么翩翩潇洒、身材高大的儿子，充满了希望。谁知儿子竟被朝廷招入洛阳，一直居住在那里，无法出京。刘豹的心痛病，也就是在那个时候犯上的。

刘渊在迷迷糊糊的醉梦里，会看到死去的父母，还有在洛阳惨遭杀害的两个儿子，还有在千年狼谷曾经看到过的那只叫雷斧的狼狗。刘渊现在认定雷斧是一只狼狗了。刘渊一看到雷斧，感情的闸门就打开了。刘渊的泪水浸湿双眼，扑到父母的怀里，紧紧地抱住了他们。

"爹，娘！孩儿不孝啊！"

刘豹和呼延氏竟然面色红润，和刘渊小时候的记忆一模一样。刘豹穿着左部帅的帅服，显得十分威武。呼延氏的模样还和刘渊七岁那会儿的记忆一样，年轻漂亮。呼延氏很开心。但在刘渊过往的记忆里，她总是有一种忧郁的心结无法释怀。也不知道怎么回事，时空有了一种跳跃，忽然又转入到了千年狼谷。而那只狗，在梦中也通灵了一般，左跳右跳，四处乱闻。刘渊能闻到四周的青草气息，也能体会到刘豹与呼延氏相聚之后的喜悦之情。刘渊感觉到父母对自己前不久为他们进行的合坟仪式很满意。而雷斧的气味，以及它身上光滑的毛，它的呼吸，都能让刘渊回想到那次千年狼谷打狼的传奇经历。

刘豹仿佛在对刘渊说："吾儿啊，做事不要和以前那样毛毛躁躁，成大事者必有城府，统领天下需要的就是一颗包容心和爱心。"

"孩儿晓得，只是统领十多万的大军，各个将领自有性格，有时

很难指挥。孩儿的压力很大。"

"吾儿啊，功名的争夺，眼下时机不太利。这正是困知勉行的时候，秣马厉兵可不是一句空话。要打洛阳可不能意气用事。"

刘渊一刹那间醒来了。这是刘豹和呼延氏夫妇在天上给儿子托的梦吗？是啊，刘渊对他们说要很快打洛阳，而他们只是说，不忙，要记住等待时机，除了勇气和智慧以外，更重要的是需要耐心。

刘渊忽地从床上坐了起来，喊着小溜子。小溜子正在营帐外给他做警戒。小溜子很快进来。刘渊就说："走，去藏兵洞看看。"

小溜子答应着，就带了两个全副武装的护卫，穿过跑马墙，向藏兵洞走去。

"还记得那次打狼吗？"

小溜子说："记得，大王！有何吩咐？"

"那个叫臭椿的孩子，还能记得吗？"

"记得啊，还有那只叫雷斧的狗。"

"好，上次，臭椿说过要参加咱们的队伍吧？"

"是啊，那孩子年纪太小。"

刘渊沉吟了片刻说："就让臭椿参加吧，就分到我的营帐，当护卫吧。如果，他想把那只叫雷斧的狼狗带上，也可以一并批准。"

小溜子有些不解。大王，今日怎么了？怎么会想起提这事？不过，想起那次千年狼谷打狼，小溜子也突然变得很兴奋。他突然有了与大王谈谈千年狼谷打狼的想法。小溜子充满一种奇怪的探究，今日大王不谈打洛阳却在谈打狼，究竟有啥的玄机？他弄不明白，但他还是坚决服从命令。刘渊今日想看的是最基层的兵士的日常生活，也想和大家交流交流。

石勒这人发牢骚归牢骚，在具体操练队伍上却是很认真。他站在云顶山的阳坡处，挥舞着一面小旗，指挥着一组骑兵向对面的开阔地冲锋。

刘渊走到石勒跟前，拍拍他的肩膀问："队伍怎么样？"

石勒说："老兵还行，新兵跟不上。在马上射箭，老兵都还可以，新兵就缺少经验。"

"让刘聪也过来，在你这里训练吧。"

云顶山驻扎的兵马是按照营地划分的。一营二营住在千年村靠近狼谷的官道两旁，三营四营则住在官道往上的白桦林里，五营六营就围绕着刘渊的大帐驻扎着。藏兵洞在东南角的石山那儿，天然的五六个洞穴，驻扎两三万人马没有问题。

"这些日子，会下雨吗？"

石勒说："不会吧。朱耀祖能看天象，也对气候有所感应。他那条老寒腿，天在下雨之前准会疼。"

第十章　沙里淘金

1

　　刘渊在离石建都不久，就把都城迁到左国城。记得上次左国城一战，刘渊的队伍士气空前高涨。本来按原定计划还要一鼓作气地打下周边的临水、兰城等城池。不料，石勒的队伍开进左国城之后，就是接连几场大雨，正好有了休整的机会。

　　石勒能够参加到刘渊的队伍，十分偶然。在这之前，四处做土匪的石勒，过得也很逍遥。有一天，石勒与自己手下的十八勇士俘获了司马腾手下的一个侍卫长。这个侍卫长谈到司马腾从并州节节败退，就是刘渊屡屡出手的原因。惺惺惜惺惺，英雄爱英雄，石勒自此对刘渊更为崇拜了。

　　石勒比刘渊年龄小二十多岁，出生于上党郡涅县一个羯族人的家庭，祖先是匈奴别部羌渠的后裔。刘渊饱读史书，满腹经纶。石勒，不识字，一开始就对刘渊非常钦佩。

　　石勒在十四岁那年，到京都洛阳去贩卖山货。而刘渊那个时候正在洛阳做任子，不怎么自由，可也衣食无忧。石勒当时在洛阳大街上叫喊贩卖，声音异样，引起官府巡查的司徒王衍的警觉。王衍派人抓他，但他转眼间就溜了。

遗憾的是，石勒那个时候没有机会与刘渊认识。但当时刘渊确实出现在了他的面前，还曾问过一句："山货怎么卖？杀个价吧？"

石勒说："是要山鸡，还是野兔？杀价可以，但整卖有商量的余地，零卖就不砍价。"

刘渊只是摇摇头，没看上，却对石勒的身份感兴趣了。

"听口音你是涅县人吧？"

"我能听出来，官人是新兴县的人吧？"

刘渊就说："那我们也算得上是老乡啦。"

"我是上党涅县人。"

"那也差不多，在这京都洛阳地面上，算是老乡了。"

也就这么说了几句，刘渊就策马而过。他还要出洛阳，那天是要赶往邺城的。但刘渊刚走不久，又返回来了，急切地对石勒说："小伙子快收拾摊子，赶紧走吧，官军正要抓你！"

"凭啥抓我？我又没犯王法？"

石勒虽很犟，但还是听了刘渊的话，就这样在王衍派的官军抓他之前，先跑了。王衍抓人根本不需要理由，只是觉得石勒像个谋反的刁民。这样的抓法，王衍能一天抓几十个。宁肯错抓一千，绝不放走一个。

当时，刘渊虽然救了这个小伙子，但并不知道他就是后来大名鼎鼎的石勒，而石勒也不知道面前这个救自己的人是谁。直到多年后在云顶山再次见面时，石勒才认出了刘渊。原来那次的救命恩人竟然是威震四方的刘渊。

2

那次脱险后，石勒就离开了洛阳。石勒到十六岁时，长得英俊威武、身强力壮，尤其擅长骑马射箭。石勒懂得相马，号称伯乐。石勒的父亲周曷朱做部落小头领时，性格粗暴。但石勒待人与父亲不同。

石勒的老家北原山上草木都呈现骑兵的形象，而且石勒家中的庭院中生长的人参，花叶繁茂。人参都长成了人的形状。占卜先生说："山上草木像骑兵，家中人参成人形，周曷朱的这个儿子非同寻常。"

乡人大多不信占卜先生说的话，但财主郭敬却相信这一点，还常资助石勒。永宁二年，石勒二十八岁了。那年并州一带出现饥荒，又发生战乱，石勒与其他一起耕作的人被乱军冲散，一度逃荒到雁门郡。石勒后来从雁门返还家乡，在途中遇到财主郭敬。郭敬见石勒面黄肌瘦，衣衫褴褛，就给石勒买了饭菜，还为石勒买了衣服，让他穿上。

并州刺史司马腾却认为："现在并州饥荒，百姓无法生存。听说太行山东边的冀州收成还好。我们应当将这里的青壮年胡人拘捕起来，然后把他们卖到冀州去充当兵卒。这样，不仅可以减少并州吃饭的人口，还可以从中赚到钱。"

司马腾于是派他的两位将军郭阳、张隆去拘捕胡人。石勒因此被抓。郭阳是郭敬的堂兄，郭敬请郭阳在路上照顾石勒。郭阳、张隆怕这些胡人逃跑，就用木板做枷锁，枷板上有两个孔，正好套住两个胡人的脖子。于是，每两个胡人共戴一副枷锁。

从并州前往冀州，翻越太行山。很多胡人在途中又饥又累，甚至被活活打死。一天，与石勒共戴一副枷锁的胡人，因生病走不动了，使石勒也无法行走。

郭阳将石勒放到自己的队伍中，由侄儿郭时看管。郭阳、郭时就悄悄给石勒一些吃的。

到了冀州后，石勒被卖到冀州平原郡茌平县，给一个叫师欢的地主家为奴。师欢看到石勒仪表堂堂，高大威武，面貌英俊。

师欢说："看你身材高大，面容白净，又是上党人，一定是羯族人吧？我给你自由，你愿意吗？"

石勒觉得首先要解决吃饭问题，起码在师欢家耕田种地有饭吃。与吃饭比起来，自由不自由，对他石勒来说，还不是很重要。

师欢家附近的一个牧场，牧率（牧场负责人）叫汲桑，与师欢称兄道弟。这天，牧场的一匹烈马跑走了。这是一匹全身毛发皆暗红的无人能够驾驭的烈马。

只见远处，有一人骑着一匹快马，早已冲出牧场，向烈马追去。此人所骑之马，毛色不一，也并不高大，但奔腾如飞，马蹄轻捷，所过之处，竟无尘土。不一会儿，两马相近不到三尺，那人突然从马背上立起，猛地跃向烈马。烈马见有人向自己扑来，忽然昂首，腾空跃起，试图摆脱，但已来不及了。那人已跨上烈马，双腿紧夹马肚子，双手紧抓尺长的鬃毛。烈马仍不甘心，边跑边跳，但怎么也甩不掉那人。这时烈马突然放慢了蹄步，也不再跳跃，似乎已甘心为那人驾驭了。最后，那人从野外将烈马骑回牧场。

牧场许多牧马人都不住地赞叹道："石勒是驯马的好把式。"

石勒认为真正的好马，不能光看外表。先要看马的眼睛是否有神，是否有一股冲劲，再看马蹄起步是否轻盈，奔跑起来没有尘土，才算是好马，最后再看马的骨骼是否柔韧而有力。

汲桑叹道："我养了这么多年马，竟不知良马就在眼前。真是惭愧。你如此识马，我想与你结为兄弟，不知可否？"

后来，石勒又到了当时广平郡境内的武安县为人家耕作。一天，

一群流散的士兵，看到田间耕作的几个青年胡人，就把他们抓走。石勒在被抓之后，很快就逃脱了。这一下，石勒觉得官府连饭也不让人好好吃了。既然这样，石勒就想现在还不如造反吧。

石勒从此结伙当了土匪，专门抢掠官府、大户人家的财物。据说，开始只有八个人跟着石勒，他们都有名有姓，分别为：王阳、夔安、支雄、冀保、吴豫、刘膺、桃豹、逯明。由于石勒讲义气，弟兄们有福同享，有难共担，加之劫富济贫，替天行道，名声在外，不久就又有十个人前来相投，他们是：郭敖、刘征、刘宾、张一仆、呼延莫、郭黑略、张越、孔苌（《晋书》里写作孔豚）、赵鹿、支屈六。石勒他们还偷了马匹，号称十八骑。石勒带领着十八骑，向东一路抢劫，又到了平原郡拜访汲桑。石勒还把他们所抢的财物都送给了汲桑。汲桑把牧场的好马送给石勒，去行侠仗义。

刘渊后来也听说了石勒这个人的传奇经历，觉得自己的队伍需要这样的人才。刘渊一见石勒就感觉到好像在哪里见过似的，他们一见如故了。

石勒想了半天才想起那次洛阳卖山货时的脱险经历。他认出刘渊就是救了自己的那个恩公啊。

"大王，还记得不，那时我才十四，在洛阳卖山货，遇到官军抓我，是你救得我。"

刘渊觉得石勒如今变化太大了。毕竟，现而今的石勒已经三十出头了，长成高大威猛的汉子了。

"大王一点也没变，过了这么多年，还和洛阳那个时候的模样差不多。"

石勒是个不爱拍马屁的人，说着说着，就谈起了相马以及离开洛阳的经历。刘渊听得出了神。

石勒说："具装铠与马具装，是两种不同的装备，分为人用和马用。我们的队伍缺少正规的具装铠与马具装，需要大量定制，这个工作属下可以负责。另外，完整的马甲包括面帘、鸡颈、当胸、身甲、搭后、寄生、鞍具和镫。这些装备也缺少，急需配备。"

刘渊听后大喜，遂安顿他和十八骑住在云顶山的大营。

石勒投奔刘渊，做了手下的一方将领之后，总爱在刘渊面前说一两句怪话，甚至于还有些戏谑的成分，但其实他是刀子嘴豆腐心。至少，石勒还是对刘渊心服口服。刘渊不仅仅在骑射上身手敏捷，领兵打仗总是冲锋在前，一马当先，而且在才学上也堪称众人的老师了。整个队伍里，真正能够在学识上与刘渊交流的人并不多。石勒带着自己的十八勇士加入刘渊的队伍时，先到了离石三进院。单氏告诉他刘渊在云顶山跑马墕训练队伍，石勒就找到了这里。至此，刘渊多了石勒这样一员得力干将，不亚于如虎添翼啊。

3

那次战斗的激烈程度是难以表述的。双方的骑兵都聚集到千年狼谷的官道上了。王弥身边的旗手中了一箭之后就倒下了。王弥一边注视着前方，寻找战机，一边命令身后的兵士赶紧把那面写有刘字的大旗重新举起。

王弥作为刘渊队伍的先锋，应该算是精锐了。但司马腾的官军在装备上占着优势，主要是战车多，还有能够连射的快弩。在王弥冲锋的时候，对方不断射出的箭组成了一堵密密麻麻的扇面墙。这个时候，王弥只能让队伍后撤，而司马腾则得寸进尺，试图冲向义军占据的山坡。

王弥在这种震天的喊杀声中，体力渐渐不支。王弥每砍出一刀，手腕处都能感觉到一种酸麻，虎口处一跳一跳的，他觉得司马腾手下的这个校尉有着比他更绵长的后劲。身边的刘字大旗再次倒下了，旗手就在王弥的左侧被砍倒了。旗手在地下蜷缩着身体，而后脖颈上的鲜血直冒。王弥久经战阵，但每次的生死搏杀都让他在心里充满勇气的同时，又有几许恐惧和不安。

也正在这个时候，刘渊带着援军从藏兵洞那里赶了过来。王弥听到漫山遍野的义军喊杀声逐渐由远而近了。王弥心头一紧，向后望了一眼，不料迎面砍来一刀，下意识地一躲，只觉得胸口盔甲那儿被刺破了。王弥感觉到一阵绞痛，眼前一黑，就扑倒在地。

头顶的太阳，突然一下子漆黑。王弥的记忆一片空白。接着，王弥整个人就忽地飘了起来。黑暗过后，天光大亮，但场景全都变了。王弥的耳边传来阵阵呐喊，是刘渊率领援军从白桦林那儿一冲而下。司马腾的队伍被冲垮了。王弥看到刘渊已经冲到自己的身体跟前，呼喊着："王弥，王——弥——兄——弟！"

王弥发不出声音来，他看到刚才砍自己的那个敌人一脸恐慌。刘渊腾出一只手环抱着王弥，一只手在挥舞着祖传的那把青峰宝剑。刘渊虚晃一剑，然后一个出其不意的斜挑，刺中了敌人。

那时，双方的激战才刚刚拉开了序幕。

4

王弥在刘渊的呼喊中醒来，但已经记不清现如今在哪里。王弥记得在黄河边的九曲，刘渊大声呼喊着什么。那时候的王弥春风得意，他在与异族番邦的征战中得胜回朝，而刘渊感觉到愤愤不平。

"我刘渊并不比别人差，屡屡受到别人的排挤。谁都知道皇上是英明的，只是有人在他面前说我的坏话。我来洛阳这么多年了，也曾回到过原地统领过部族，可是有人偷偷逃往番邦，难道是我的错？"

刘渊的怨气并不是空穴来风，因为洛阳朝廷不重视自己，所以他有时候去邺城与皇太弟司马颖联系。司马颖其实是想通过刘渊的影响力来增加与诸王争夺权力的筹码。刘渊在摇摆不定，如同踩钢丝一般。

王弥说："元海哥，我晓得你心里有纠结，不要憋着，说出来就好了。我敬哥哥一杯。这个世界上真心的朋友能有几个？真正能够交心的，一生也就遇到那么数见的几个吧？我身在官军里任职，与周围的人交往，就只能说半句留半句，稍有不慎被小人传到朝廷，那就不仅仅是断送前程的事情，大有可能是满门抄斩了。元海哥想为朝廷建功立业，可是现如今的情况谁不晓得啊？唉！"

刘渊在洛阳的生活，一直是在戴着一种虚假的面具示人。这一点，不符合他自己的个性。刘渊有时喝酒喝得兴起，不由得把自己真实的一面赤裸裸地暴露出来。王弥觉得刘渊能够这样，是对自己的信任。

每到这个时候，刘渊会从酒桌上站立起来，慷慨激昂地宣泄胸中的积郁和烦闷："谁不晓得我刘渊的为人？谁又不晓得我刘渊在匈奴五部的号召力？谁不晓得当年先帝有意要重用我，让我平定番邦！谁不晓得皇上也要启用我！可、可、可……就是有些小人极力说我的坏话，挑拨我与朝廷的关系……如果，我要谋反……还用从匈奴五部再回到洛阳？王弥老弟，你也晓得我在洛阳住这么多年，早已习惯了京都的生活，回到新兴，回到离石，就有些不适应那里的生活了。孰轻孰重？我能不懂得身为朝臣，为朝廷安邦定国乃是我义不容辞的责任吗？"

王弥见酒桌旁边还有很多客人，就把刘渊拉到座位上了。刘渊把一坛子酒举过头顶咕噜咕噜喝了起来，王弥惊呆了。

刘渊喝完酒，眼睛血红，直愣愣地盯着别的酒桌上的客人。旁边

酒桌上的客人是洛阳城里很出名的一刀刮。这个一刀刮，纠集了一帮子喽啰靠搜刮地皮过日子。据说，一刀刮对不向他敬贡的店铺，甩出大砍刀，只那么一下，一帮子喽啰就会一拥而上把店铺砸烂。一刀刮为非作歹，就连官衙也对他们睁一只眼，闭一只眼。

刘渊平时也不想多管这些闲事，更何况一刀刮以往还从不敢对他怎么样。但今日，一刀刮见刘渊这么能喝酒，就想和他比试一番。

一刀刮让一个喽啰来拉刘渊。刘渊一点也不给面子，让一刀刮下不来台。

"老子是谁？你晓得不？"

刘渊转过脸呸了一口，准准地吐到一刀刮的脸上。

"你他妈的不晓得老子在洛阳五道街上踩的地皮响吧？"

刘渊大骂："老子今日就让你在这里响一响。"

王弥一把没有拉住刘渊，就见人已经蹿到了一刀刮酒桌那里。还没有等一刀刮反应过来，刘渊飞起一脚，就把酒桌对着一刀刮踢翻了。差不多所有饭菜都倾倒在一刀刮身上了。

一刀刮恼羞成怒，呼地向刘渊恶狠狠地冲了上来。醉酒后的刘渊身体虽有些摇摇晃晃，但又一脚踢过去，把一刀刮直接踢了一丈多远。

一刀刮在地下打了几个滚，敏捷地站起来，挥舞着大砍刀直冲而来。

这时，王弥直取一刀刮的后路，斜着一脚，就把一刀刮踢出了门外。就这一下，一刀刮再没有爬起来。

王弥把刘渊扶起来，上了备好的马车，疾驰而去了。王弥的马车是战车改制的，速度是一般民用马车无法相比的。在官道上，马车上的王弥觉得自己已经腾空而起……

"王弥！王——弥——兄——弟！"

王弥竟然想不起此时此刻身在何处。当他睁开眼睛，才发现自己躺在刘渊的怀抱里面了。"怎么回事?"

王弥后来感觉到身体阵阵钻心的疼痛。他突然想起来自己是身处千年狼谷的官道上，也就在刚才，与司马腾的官军激烈交战。

"王弥兄弟，你醒来了！醒来就好。小溜子，快去把行福道人叫过来，王弥兄弟的伤势急需治疗。"

5

符融是一个怎么样的人，刘渊一开始真的捉摸不透。记得符融投奔他的时候，带来一辆从官军那里弄来的连弩车，车上固定有新式的积弩。所谓的积弩，就是一种连续射发的弓箭，古人有云：积弩乱发，矢下如雨。这种武器在攻城略地的时候最为有效，颇有兵临城下万箭齐发之势。

刘渊迄今弄不清符融是何方人士，只是耳闻过这人的诸多传说。有人说，符融当过客商，先在北方，后来还跑到南方。他最初并不想参加刘渊的队伍。人生道路出现转变，来自一次与官衙的交道。

刘渊眼前的这个符融，肯定不是冀州的那个符融。毕竟，那个冀州的符融，与这个投奔他来的符融不在一个年代。刘渊在史书上读到的那个符融，字伟明，东汉陈留人，少为都官吏，后游太学。

当时，刘渊突然来了兴致，就给符融讲起史书里符融判案的故事："一富家老太提包袱夜行。老太包袱被抢，大喊救命。正巧有个路人见义勇为。贼捉住了。谁知那贼竟反咬一口，诬赖见义勇为者是贼。大家一起来到了衙门。符融断案，只叫他们赛跑，说是先跑出城门的就不是贼。跑毕，符融认定落在后面的是贼。符融又让他们当场比试武艺。结果又是那个贼输了。"众人都问为何如此就能判断贼人。

刘渊笑着问这个做生意出身的符融："请解答一下吧？"

符融自然笑而不答。符融也不晓得父母为何让他叫这个名字。刘渊见他答不上来，也就不再问了，只是让他谈谈自己以前的一些情况。符融就向刘渊谈了起来。

符融做生意做得挺好，投奔刘渊是出于无奈。记得那次，符融正在洛阳自家的柜台前打着如意算盘。这一阵子，他贩卖到南方的山货大赚了一笔。不料一高一矮两个黑衣壮汉闯进符融的店里。符融见两人来得蹊跷，就起身陪着笑脸，给了一些碎银子。

两个黑衣壮汉把符融给的碎银子扔了一地，其中那个矮冬瓜说："你是符融吗？"

符融点点头，心里已经敲起了一面小鼓。他忙往里面让，说："先喝茶，先喝茶。二位有何公干？"

而高个儿则紧绷着脸说："别忙了，实话告诉你，我们是洛阳城里一刀刮的人。"

一刀刮？符融一下子明白了。

"你别耽误工夫了，快跟我们走一趟。一刀刮问你与那个叫元海的匈奴族人是何关系？听人说，元海送你一匹快马，有这事吗？"

"不是送，是我买的。再说，马的主人是谁，这个有啥子问题吗？"

"废话，没问题，我们找你干啥啊？"

符融是个见过世面的人。这几句话，并不能吓倒他。他说："你们与元海有过节，找我干吗？我可不认识这个人。"

"不认识？你骗谁呢？不认识能送你一匹千里良驹？"

"高抬贵手好不？再说，这匹马的脸上又不写着主人的名字，你们为何敢这么肯定我骑得是元海送的马？"

"别和他费口舌了，反正有这事也好，没这事也罢，不管我们兄弟的事，你陪我们走一趟，去见见一刀刮吧！"

符融知道有去无回，一刀刮这个赖皮与元海有过节，也就只能在自己身上出气。问题是他符融根本就不认得元海这个人啊，你们说冤不冤？

"别啰哩啰嗦的，到一刀刮面前去说话。"

两人不由分说把符融推出店门。门外停着一辆马车，符融被他们挟持走了。很快，两人把符融送到一刀刮的宅院里。

一刀刮恶狠狠地说："你就叫符融啊？给老子关到后院铁笼子里去！"

符融说："你们抓错人了。我根本不是你们要找的人！"

"是不是，先给我关起来，不信治不了这个刘元海！"

天黑时，符融在后院铁笼子里一直在想如何逃出去。幸亏，没有人绑他，使得他在笼子里有了一丁点活动的空间。

抓符融的两人，叫一刀刮大哥，然后说要好好喝两杯。一刀刮那帮人在前院猜拳行令。不一会儿，一刀刮与酒桌上的人都酩酊大醉了。

符融心急如焚，正在琢磨如何从铁笼子里钻出去，这时从前院进来一个年轻的女子，突然过来给他开了铁笼子上的锁。

"快点，还不赶紧跑！"

"你是谁？为何要救我？"

"别问为什么，眼下是个好机会，还不快走！"

就这样，符融跑了出来。符融不敢回家了，连夜翻城墙而出，一直向北而去。

6

刘渊听了符融的故事，颇具一点传奇色彩。他说："这个一刀刮

的狗日的，那次喝酒时没把他整死，算是便宜他了。"

符融说："那夜不逃，第二天一刀刮就要放血挂天灯，幸亏遇到那个好心的丫鬟开了铁笼救我。"

刘渊说："那这个姑娘可遭殃了啊。"

"没事，她也跑出来啦。那夜乘他们都喝醉，我带她出城的。要不过两日她就被一刀刮拐卖到南方去了。她叫栀子，听说是离石这边的人。"

后来，刘渊见到了栀子。栀子想参加刘渊的队伍。符融也说让栀子参加吧，她没爹没娘的，很小从乡下跑到离石城里要过饭，住在城隍庙里，受尽悲苦。后来，人稀里糊涂到了洛阳，竟然落到了黑心的一刀刮手里。

"会做饭吗？"

栀子不说话，只是点点头。

刘渊同意了，说是把她编入朱耀祖的火头军里。

符融在投奔刘渊的路上还意外地获得了司马腾的那辆新式的积弩战车。符融记得在汾州府误入司马腾队伍的大营。正好是鸡叫的时候，天还未亮。大营里空落落的，没有什么人。符融发现那辆带有积弩的新式战车，感觉刘渊队伍能用上，就悄悄从营帐侧门那儿把它拉了出来。侧门上只有一个哨兵，被他一拳打昏了过去。符融懂得驯马，在洛阳做生意之前，是牧场的牧马人。拉战车的几匹马都很听符融的话。符融能够用马的语言和它们交流。所以，战车拉出来之后，符融让栀子上了车，便一路向西狂奔，极其顺利地找到了刘渊在离石的营地。

符融被刘渊任命为一方将领之后，也着实打了几个漂亮仗。每次打仗，把那部新式的积弩战车往开一摆，符融自己来操作连射的积弩，总会取得先声夺人的效果。积弩射完，符融带着敢死队架云梯爬城墙，一步到位，基本没有遇到强烈的抵抗。符融会用脑子，也擅长研究新的攻城略地的好办法。符融的经验，也让刘渊称许。

7

刘聪这段时间一直在生闷气。上次刘渊召集众多将领开会，刘聪有一个闪电式攻下洛阳的计划，被否决了。刘渊的否决基于一种稳扎稳打的考虑，现阶段还不是拼命的时候，队伍需要在积小胜中得到成长和锻炼。

刘渊说："聪儿啊，你要多向几个刚刚打了胜仗的叔叔学习。他们的经验来自生活，来自多年的历练，来自一种知彼知己的正确考量。做人可以意气用事，但打仗不可以。比如，有些事情我能做的，你就不一定能做。你还远远没有达到炉火纯青的地步。"

刘聪要反驳，一边的刘和说话了："聪儿，父王说的可一点错也没有，你就是好面子，想问题不够周全，做事情过于浮躁。"

刘聪看了刘渊一眼，然后不客气地对刘和说："你还是个当哥的人吗？你不丢人，我还丢人呢！整天不思进取，闭门造车不说，还与前瓦村的一个叫玲儿的女孩眉来眼去，简直有失我们刘家的家风！"

刘和怒了，回击道："你别瞎说，没影子的事情，你都能说的有鼻子有眼睛。其实，你就是嫉妒我是家中的老大！"

刘渊说："现在别吵架了，这是在开会，不是你们兄弟俩的辩论会。有些事，下去再说吧。"

刘和白了刘聪一眼，再不吭声了。

石勒站起来拍拍刘聪的肩膀，然后对刘渊说："聪儿这孩子，也有长处，骑射技术好，打仗总爱冲到最前面，我喜欢！"

王弥则说："聪儿是很不错，但与和儿要搞好关系。你们毕竟是哥俩啊。"

刘聪听了这话，更不高兴了。他反唇相讥了一句："我们的家事，外人别管！"

刘渊一听，脸上就挂不住，出其不意地给了刘聪一巴掌。刘渊说："这话是你说的啊？你王叔是啥人？曾经在洛阳，我与你王叔是情同手足的兄弟，怎么就成了外人啦？"

刘和很乖，马上说："各位叔叔，你们好。我这人一向不爱舞枪弄棒，只好研读经书。我已经读完了父王给我开的书单上的所有书目。我觉得队伍打仗之余还得学文化，没文化的队伍就是一群乌合之众。"

刘和这话，刘渊听得不舒服，但也没再吭声。刘和在平时与刘渊交流经书上的思想居多。刘和的有些想法，让刘渊也受到某种启发。

刘渊想起在洛阳与一些无耻朝臣的斗法以及与诸王之间的关系。他后来与皇太弟司马颖的微妙相处，以及在九曲喝酒时的痛哭失态，都有着儒家和道家的某种行事方式。结果呢？表面上很平和，暗里危机四伏。刘渊有时候会与刘和谈一些研修经书的心得。而刘聪则擅长在操练场上舞枪弄棒。如果在操练的时候，他就爱带上这个儿子。金无足赤，人无完人，刘渊甚至想把这两个儿子结合成一个人，或许效果会好很多。刘渊在众多朝臣眼里是个异类。那些奸佞小人总给他暗里使绊子。他们上上下下、左左右右，无形之中给刘渊设置了很多障碍。这些隐患与障碍，如果不是亲力亲为，在书斋里是无法体会到的。想到这一点，刘渊就对刘和的未来有些担心。

刘和喜欢坐而论道。那些直接的、硬碰硬的做法，在洛阳那会儿是无法行得通的。迂回的，也是间接的，以柔克刚的方式，更能在那样的情况下收到事半功倍的效果。刘渊与刘和讨论何为大象无形，何为大音希声，何为大巧若拙，诸如此类的问题。豁然开朗的不仅仅是刘和，反倒让刘渊也能有所提升。这些年来，洛阳的生活让他疲惫，让他警醒，让他过敏，也让他眼前一亮。有隙之方，有声之音，有形之以象，似巧实拙，而真正的大方、大象、大音，并非如此，是要全无形迹之嫌，全无斧凿之工。人生虽柔弱，其死也刚强。草木之生固然脆弱，其死也坦然。

刘渊心游神思，胸中的积郁会释放很多。这个时候，他借助书籍来得以释怀，而不是酒了。当然，他在会议上争吵过后，还得用酒来慰藉疲惫的身心。刘渊一旦喝酒，就谁也管不住了。醉酒的时候，他可是六亲不认。

酒醉的时候，也只有行福道人能够排解刘渊的痛苦。积郁不解，乃是身心健康出现问题的征兆。犯病之气，多由于压抑。而压抑者则会招致凝滞不通。人禀性七情六欲，加之率真之性情，皆足以导致郁郁寡欢。比如，喜则气缓，怒则气短，忧则气凝，悲则气抽，恐则气下，思则气结，行气紊乱，足以郁积致病。

行福道人劝他说："大王，饮酒过度，情志伤于心则血气暗耗，伤于脾胃则营血亏虚。对酒的依赖，容易中毒，最后导致不是您在喝酒，而是酒在掌控您。"

"先生说得极是。元海听了茅塞顿开。请问先生，有何药物可治疗这种病症？"

行福道人说："大王气魄无人不知，贫道建议喝酒要控制，一两杯无妨，但多了则无益。大王对酒的依赖不是不能治，而是如何治的问题。这种病症，是情志失控引起的，无情之中草药，怎能治疗有情之疾病？"

"那就是无可救药了？"

"也不尽然，凡事都存在变数，要么好的变数，要么坏的变数。人生的定数，谁也无法改变。"

第十一章 江山美人

1

眼前是一块四四方方的窗格子。一道阳光就是从那里投射进来的。玲儿伸了个懒腰，发现自己躺在一盘大炕上，盖着绣有牡丹花的大被子。电光火石间，玲儿发现不是在自己的小屋里。

她连忙看了一下，发现自己没脱衣服在这炕上睡了一晚上。这个亮堂堂的正屋比她睡得小耳房要好多了。这是呼延玉在去左国城之前睡的屋子。怎么自己睡在这里啊？

玲儿坐起身来，看到窗格子外面刘和的身影。啊？玲儿记起来了，昨晚与刘和在一起聊啊聊，没有想到竟然不知不觉睡着了，真是大胆包天！如果让单氏知道这事，那可不得了。所幸，单氏还不知道这件事。

玲儿起来，脸也没有顾上洗，就要去单夫人那边。也许，单夫人那边有啥事情要她做，但刘和拦住她了。

"单夫人那边，我去说吧。如果有啥事，还有别的丫鬟。再说，单夫人也晓得我和你的事情。就是我那去了左国城的母亲反对，单夫人也不会反对的。"

"说啥啊？我与你可是啥事都没有啊。"

玲儿昂首阔步，挺着胸地往门外走。她被刘和一把拽住了。

"又要干吗？大天白日的，让别人看见不好。"

"在这院子里谁会看见，再说看见就看见，我还怕他们不成？"

"你父王可是不大愿意我们来往的。"

"放心，你就是太敏感，没有的事。"

说着，刘和就把玲儿抱了起来，在屋子里来回走动着，嘴里嘟囔着一句："嗵嗵起嗵起，老婆老汉搅混起……"

玲儿就推他打他，然后说："你这还唱起来了，不识羞！"

刘和就是这个犟脾性。这一点，玲儿说不上喜欢，但也谈不上讨厌，只是觉得他确实有些像夫人呼延玉。

记得呼延玉没有去左国城的时候，很认真地打量着玲儿，然后说："我家和儿还小，你更小，一起走得太近，别让人们说闲话就好。"

"夫人，不会的，我一天到晚忙院子里的事情，有时都忙不过来。"

呼延玉笑眯眯地说："玲儿，是个好孩子。可是，你要晓得以后和儿的父王可是要让和儿当太子的，以后要选皇后的。"

玲儿点点头。

　　《女儿经》，仔细听，早早起，出闺门，烧茶汤，敬双
　　亲，勤梳洗，爱干净。

玲儿只是对刘和有好感，内心也确实喜欢这个人，至于以后选皇

后不选皇后的，她倒真的不在乎。玲儿看过《女儿经》一类的东西。如果，真的喜欢一个人，她就不在乎名分。不能当皇后，就是当个小妾也无所谓。玲儿是那种喜欢幻想，对情感很执著的人。早在那次东川河边洗衣服，玲儿就与刘和之间擦出了爱的火花。

2

其实，刘和年龄比玲儿大许多，应该知道这些男女之间的很多事情。但玲儿发现，刘和只要一单独面对她就会结结巴巴，人会变得很紧张，尤其会不知所措地面红耳赤起来。现在，刘和竟然抱起她在屋子里来回走动，说话结结巴巴，但唱起来的时候竟然十分自如，一下子通畅起来。

玲儿觉得很不好意思，总害怕这个时候别人闯进来。一旦有人闯进来，她就更加难堪了。大天白日，又不好把门插上，如果来人敲门，会更不好收拾的。

刘和倒无所谓，反正这里是他的家呀，要做啥坏事，还得看别人脸色不成？话是这么说，刘和还是把玲儿的身体放到地下了。

玲儿刚才被抱起来的感觉，有些发飘，就像做了一个洞房花烛夜的美梦。一盘大炕上，那些金子呀，银子呀，首饰和各种财物呀，一垛一垛，一堆一堆，琳琅满目，美不胜收。玲儿并不在乎这些东西，可是潜意识作祟，竟然还是难以免俗。难道她和他在一起，就是为了这些东西吗？

刘和说不上美男，就是有些白净，身材柔弱。玲儿的身体都比他的身子骨结实，刚才让他抱了一小会，就让他气喘吁吁了。

"看把你累的。"

说着，玲儿把怀里的手帕递给刘和。这个时候，阳光特别明媚，特别灿烂，特别豁亮。

刘和哈哈笑了几声，就想与玲儿作别。他还要到书房用功去呢。刘和刚要出门，就发现眼前有两只花蝴蝶在翻飞。

"看谁能抓住蝴蝶！"话音刚落，刘和就向蝴蝶飞的窗格子那里追过去了。玲儿也不甘示弱，也追了过去。结果，两只蝴蝶飞着飞着，突然升高了。刘和跳了几跳，都探不着。

"和哥，你快脱鞋到炕那边，蝴蝶上了炕后边的墙顶了。"

刘和脱了鞋，就上炕，拍打着墙壁，企图吓唬蝴蝶。

"和哥，你可别打死它们啊，它们好可怜！"

刘和就悄悄地往两只交尾的蝴蝶那里靠近。

"和哥别打它们了，别打！"

玲儿见刘和不听自己的劝告，就急了，赶紧脱鞋上了炕。

"和哥，不要，不要那样做！"

刘和不打交尾的蝴蝶了，目标变为玲儿。刘和一把就把她扑倒。

"和哥你要干啥啊？"

刘和扑倒她之后，盯住看她的脸，然后声音变软。

"玲妹，叫个哥哥，和儿哥哥！"

"不叫，不叫，就是不叫！"

"不叫，不叫就不让你起来啦！"

刘和压住玲儿，正要继续说着什么，门外传来一阵脚步声……

3

那是一个不堪回首的梦魇啊！惠帝司马衷从邺城被皇太弟司马颖护送到洛阳没有多久，洛阳的事情就由河间王司马颙的部将张方做主了。年轻的司马颖一进城，就很快失去了掌控能力。当司马衷在听说张方的人马把洛阳翻了个底朝天的时候，只能摇摇头。早知道张方带人来逼宫，司马衷还不如就不摇头，一股劲儿点头就好了。那日，张方带兵闯宫。司马衷正在后花园的竹林中与宫女们玩躲猫猫游戏，却被张方的手下逮了一个正着。一国至尊的惠帝，时不时鸡啄米地点着头。他竟然就这样在宫女们的瞠目结舌中被兵士拖出去，逼着上了西去的马车。

司马衷吓得魂不附体，连连喊："别杀我……别杀我……"

虽然这些日子惠帝的兄弟甚或叔侄之间为争夺霸主地位打打杀杀，但宫室宗庙依旧保存完好。但，张方进城后却有了焚城的念头。这个消息不胫而走。崔游书院的弟子们集体前来请愿，并劝张方别学董卓当年烧毁洛阳宫殿乃至全城房屋。张方打消了这个馊主意，只把惠帝最爱的几个嫔妃和宫女带走了。

司马衷依依不舍地看着自己最为宠爱的舞娘和妮儿这两个嫔妃，上了张方的马车。而他自己落了一个孤家寡人，不由得像个孩子那样蹬蹄踏脚，但张方可是不管这些。惠帝的女人也就是他张方的女人。

惠帝司马衷在长安把河间王司马颙的征西将军府作了行宫。他还下诏罢免成都王司马颖的皇太弟身份，另立豫章王炽做皇太弟，以河间王司马颙主军事，又改元永兴。这是本年的第四个年号了。城头不断地变换着大王旗。这些举动其实都是河间王司马颙在背后操纵。惠帝司马衷只有唯命是从的份了。

司马衷只怕掉脑袋，只要能够保住自己的脑袋，他啥都可以答应，以博得河间王的欢心。舞娘和妮儿这两个嫔妃，竟然从张方那里，又落到了河间王的手里。

"能不能把她们两个还给我？"

惠帝乞求的口吻，把河间王逗笑了。河间王说："这也容易，但陛下得听我的，好不？"

那个时候，司马衷因见不到舞娘和妮儿，表现得很烦躁不安。

河间王喝令把惠帝的那两个嫔妃送上来。一会儿，舞娘和妮儿就来了。河间王让她们表演洛阳宫里的舞蹈。但他还不满足，又让惠帝看着她们与自己喝交杯酒。

舞娘的脸上有了伤痕，而妮儿走起来一瘸一瘸的。她们俩都让张方折腾得够呛。惠帝看到舞娘与河间王喝交杯酒时有些不大情愿，偷偷看了她们一眼。而妮儿干脆就喝完交杯酒后，蹲在地下抽泣起来。

河间王这时才作罢，然后对她们说："别哭，见到皇上还哭啥？快去皇上跟前去吧。"

惠帝以往从来都傻乎乎的，不知道悲喜愁苦，但在这个时候竟然与她们紧紧抱住，哭了一个痛快。

河间王就不高兴了，厉声道："哭，哭丧啊？皇上这不好好的？嫔妃不也完璧归赵了？"

惠帝边哭边笑，拍着手掌喊："长安好，长安好，朕与爱妃团聚了！"

这一日，司马衷听说留守洛阳的朝廷官员自行组织了行台，称为东行台，与他所在长安的西行台有所区别，依然在管理各地的一些政务。

东台留守是谁？司马衷并不想知道，只要能在长安与嫔妃甚或宫女们玩顶拐拐、躲猫猫游戏，他就不闻不问一切世事了。

河间王司马颙则有些恨恨的，甚至埋怨张方没有把那些朝臣如同割韭菜一般全部铲除。现而今尚书仆射荀藩（荀勖的儿子）负责处理各地呈奏的奏本，代表惠帝行令（承制行事）。

这个代表，那个傻乎乎的惠帝一点也不知道。惠帝司马衷整天只知道与后宫里的宫女们玩。他在长安与宫女们顶拐拐的时候，洛阳那边的尚书省却接到了东瀛公、并州刺史司马腾请求朝廷发兵协助征讨并州匈奴叛乱的奏本，个个朝臣紧锁眉头，唉声叹气，无言以对。

廷尉周馥看到奏本后，遂向掌管东行台的仆射荀藩进言道："荀仆射，一定要早做决断。”

荀藩随手抽出另一个奏本交给他，说："是益州罗尚的奏本和请罪折，你先看看。"

"益州流民匪首李雄在成都自立为王了？啥时候的事？罗尚在巴郡整天干啥呢？为何不提前进剿啊？"

司马炽不管天下如何大乱，他只顾自己的脑袋。他虽不愿意来长安，但既然来了，没几天，竟也乐不思蜀了。而一个叫李雄的家伙早在十月初一就自立为王，奏本在十一月十五日才送到洛阳。

"罗尚为何不进剿？"细细一琢磨，长安的河间王司马颙也明白是怎么回事。天下大势，分久必合，合久必分。现而今，这个天下又到了重新洗牌的时候了。南面的匪首势力庞大，已经难以进剿了。

益州官员请罪的奏章也到了洛阳，但这些个东行台官员如同没头的苍蝇，只有四处乱转。

所以，这个时候，下边进剿不力，上边又向谁去问罪，又该如何问罪呢？益州除了他罗尚，洛阳朝廷还能派谁去？谁又能挽回这种痛心的局面？这些尚且不说，这几日，东瀛公、并州刺史司马腾请求朝廷援剿。真的搞不明白了，天下怎么会这样？朝廷的情况各个藩王早已知道，朝廷现而今连自身都顾不了，哪还有力量派兵进剿？朝廷混乱不堪，皇帝又被张方劫掠去了长安。现而今，朝廷都不知道该如何办公，哪里还管得了这许多事？唉！难哪！

朝堂上，每个朝臣的脸上都是无奈和绝望，一个个呆坐着，唉声叹气，不言不语。

4

刘渊来到呼延玉的房里，刚刚敲了两下，就贸然推开门，却发现自己的长子刘和与玲儿呆在一处，不知道在干什么。其实，刘渊回家后是习惯性地先来看看呼延玉的。推开门之后，他才想起呼延玉搬到左国城住去了。

刘渊怔怔地望着刘和，问了一句："和儿，你这是在干啥？"

刘和不自然地看了身后的玲儿一眼，说："父王，孩儿只是在帮助玲儿打老鼠。"

"啊？这屋里有老鼠吗？"

刘渊没有再多问就向前院里的单氏房里走去。单氏依旧年轻漂亮，他生活的激情全部都来自她了。单氏此时正在屋子里拿鸡毛掸子掸床铺，一袭轻纱罩在丰盈的身体上，在窗外的阳光投射下，更加显得妩媚动人了。

"元海，你回来了？小溜子说你到左国城去了。"

"原来要去，临时有事没去，所以今日早点回家。"

刘渊今日也没有喝酒，气色比平时要好。因为，他得知单氏就要生孩子了。而此时此刻，单氏却好好的，看来是小溜子谎报军情。

单氏说："真的要生的，今日一早肚子疼，原来以为要破羊水的。小溜子说要叫你回来的。这不，现在又好了一点。你先坐着，我去一趟茅房。"

单氏出了屋门，就看到玲儿从后院走出来。玲儿的脸蛋红扑扑的，看到单氏还有些不好意思。

"走，跟我到茅房去吧。"

玲儿与单氏一起走进了茅房。没一会儿，玲儿独自跑了出来，嘴里大喊："大王，单夫人要生了！"

刘渊三步并作两步地跑到茅房，把单氏抱回到屋子里。

单氏在刘渊的怀抱里，让他回味起以往两人的缠缠绵绵。刘渊把她放在床上，单氏脸色苍白，额头冒着汗珠。刘渊蹑手蹑脚来到床前，隔着帐子轻轻干咳两声。

单氏在一阵疼痛之后就昏迷过去了。过了一会儿，她被咳嗽声惊醒，睁眼一看发现刘渊站在跟前。

"快，快把后瓦村的那个接生婆叫过来！快！"

这个时候，刘渊才发现单氏长裙早已褪到脚脖子那儿了，快要分娩了。

小溜子在门外听到动静，连忙策马到后瓦村把那个有名的接生婆请来了。小溜子是带着刘渊的专用马车去请的。马车驾辕的马匹都是好马，跑起来飞一样。

接生婆来的时候，单氏已经把孩子的脑袋生了出来。那个时候，孩子的脑袋也就土豆那么大小，还不哭，闭着眼，抿着嘴，小脸还是血色的嫩皮皮。

接生婆风风火火，性格开朗，迈开两只大脚，让小溜子都有点赶不上了。小溜子正要进门，被接生婆挡住了："这活儿是专属于我们女人的，男人赶紧走开吧。说着，她就把他推开了。"

刘渊见接生婆来了，也就退了出来。等了半个时辰，接生婆出来报喜："恭喜大王，生的是个漂亮的公主！"

话音刚落，刚出生的小公主就呜哇呜哇地哭了起来。刘渊咧开两瓣大嘴，呵呵直乐。

5

千年村族中长老一干人正在村口迎接石勒将军。远远的，人们看到石勒驰马过来。他后面跟着威风凛凛的十八铁骑。

石勒被族中长老迎下马来。现在快秋天了，但身边的两排手持鲜花的少女，竟然让石勒目不暇接。

少女们思春的情绪如同山花开放。石勒心里想着汉王刘渊建都之后要配备三宫六院七十二嫔妃，如果来这千年村选美，那一定会有意想不到的惊喜。

说实在的，千年村的少女们虽然没有多少见识，也不会撒娇发嗲，但却个个出落的花骨朵似的，粉嫩嫩的。

石勒善于打仗，但与千年村的长老们只会简单地说两句客套的话，不会进行更多的交流。刘渊让石勒驻扎在云顶山的队伍要多和附近村落建立友好联系。

石勒不知道如何友好，只是傻呆呆地被千年村的迎客少女们迷住了。

千年村能够动员当兵的青壮年，已经有大几百人了。这些小伙子对附近地形很熟悉，一旦司马腾再胆敢来犯，精兵良将在等着他们。

石勒首先表示在前不久的一次与司马腾的战斗中，千年村老百姓主动为义军带路，为打穿插赢得了宝贵的时间。虽然，义军死伤数十人，但司马腾则死伤一千多人，几近于狼狈鼠窜了。

这次战斗中，石勒的十八骑表现得很英勇，在司马腾要准备放火烧千年村房子的时候及时赶到，并予以迎头痛击。

现在，族中长老因为义军的功劳，遂以千年村最高的礼仪来欢迎义军队伍。在祭奠死去的几个英雄的同时，还论功行赏，对每个人进行了嘉奖。

在村头的观音庙前，香烟缭绕，气氛凝重。

石勒说："汉王带领弟兄们打天下，为的是什么？还不是为了穷老百姓，打下每个城的时候，开仓放粮，足以体现汉王的想法。打敌人，当然打得敌人越多越好，但自家弟兄，就是伤一个也是十指连心地让人痛。我们要患难与共，有福同享，能够对得起我们的家人，对得起妻儿老小。"

石勒干咳了一声，然后说："不过，我可是光棍一条啊！"说着，他向千年村的迎客少女那儿望了一眼。

场内一阵哄笑。

石勒说："这个时候，怎么还有弟兄能够笑出来？严肃一点，这是在祭祀。"

沉默良久，黑压压的人头中，有一个举手的小青年。这个小青年，刚刚参加义军不久，他就是那个叫臭椿的家伙。没有多长时间，打狼少年已经长大了。

臭椿说自己是千年村的人，想回家看看！

石勒就准许了。

石勒又说："今天能够得到千年村各位百姓的信任，让我感到十分荣幸。虽然，义军驻扎在了云顶山，其实并没有为大家做什么，更不敢称为云顶山的寨主，毕竟汉王才是我们真正的统帅。汉王信任我，命令我驻扎这里，我更要担当起自己的使命。这次能够保住千年村的房子没被官军烧掉，实在算不上什么。"

人群里，一个老妇走了出来。她正是臭椿的母亲。

她说："将军，我们千年村原本是一群安分守己的百姓，但自从战乱以来过得都是刀尖上见血的日子。为何这样说呢？不瞒将军说，现而今千年村这一年的温饱都成了问题，官军把打下的粮食都抢走了。若是没有汉王统帅的义军，没有石将军的支持，没有离石城这次的开仓放粮，我们哪里来的安宁与温饱？我儿参加义军，也正是为了保卫我们黎民百姓不遭受战乱之苦。臭椿能够成为我们全村的保卫者之一，是我这个当娘的骄傲。"

石勒站在高坡上说："男人来到这个世界上应该有所担当，要干出一番事业来。大丈夫该当如此。"

千年村的黎姓长老说话了："抛头颅，洒热血，为的是啥？还不是为了我们自己？这个我懂。只要汉王和石将军一句话，我们的孩子愿意参加义军，出生入死，心甘情愿。"

报名参加义军的年轻人则高喊："我们听从汉王的调遣。汉王和石将军，请放心！我们一定要打到洛阳去！"

"杀官匪，打碉楼，平天下！"

所有的兵器都挥舞起来，直指天空，密密麻麻，气势逼人。

这种场合，最容易聚合人心。也正在这个时候，刘渊带着一支精锐的铁骑赶来了。他是一大早从离石赶来的。

6

刘渊把右手挥向天空，然后站在高台上对着黑压压的千年村村民和部属说："如此的人心，如此的热血，见证了这个英雄辈出的年代。今天我刘渊站到这里，心潮澎湃，与大家一样，能够心往一处想，劲往一处使，正是因为一个共同的目标。我辈不仅有江湖草莽的豪勇，也有胆大心细、胸怀天下的智者风范。我们不想，谁想？我们不干，谁干？今日，我们在云顶山这里，都要有一种舍我其谁的精神，不怕一身剐，敢把皇帝拉下马……"

中华民族在那个年代如此蛮勇，如此年轻，如此血气方刚，每个身处巨变时刻的普通人，都可以感同身受，激情澎湃。

刘渊继续说："大家今日走到一起，就是一种缘分。不同地域，不同族群，不同身份，但我们每个人都有平凡中不平凡的闪光之处。一个由我们自己掌握命运的时刻就要到来了。"

刘渊站到高台上，把双手展开，让大家安静。群情激奋的场面逐渐安定下来。在山风的拂动中，思绪千回百转。

刘渊呼喊起来了："我们在实现一个伟大的目标之前，需要想清楚，这一切值得我们为之付出毕生的精力乃至生命吗？我不敢肯定，有什么样的东西能高过生命本身的价值，但是在实现理想的过程中，难免有牺牲，有代价，只是我将尽量避免弟兄们做无谓的牺牲。所以，云顶山营地的严酷训练就要开始。训练累一点，苦一点，不算什么。重要的是，我们上了搏杀的战场，只要我在阵地上，就要让我们每个人都彼此之间变成兄弟，变成战友，变成亲人，因为我们血脉相连，我们永不言败！"

是啊，心有大爱，永不言败！

那个年代，人与人之间不可能有真正的平等，这是因为老百姓的生命如草芥。在天下几千万人中，仅仅死于战乱的人，就占了一半多，平均年龄不到三十岁。这种亲如一家的宣言，在官军中从来未有过，而只有义军在起事那会儿还有这样的一种愿望和信念。只不过，以后能不能做到，那也只能另说了。

千年村男女老少，全都出来一睹刘渊这个真龙天子的真容。难怪世道要乱啊，洛阳朝廷里的皇帝老儿傻乎乎的，原来真龙天子远在天边，近在眼前啊。

"我等千年村男女老少，观音菩萨面前明鉴，决心追随汉王的旗帜，永无二心！"

刘渊的眼睛里湿润了。他被这些纯朴的乡民所感动。

刘渊望着黑压压的人头，望着云顶山的一片无垠的草滩，突然觉得自己的荣辱，也关乎眼下的这群人，关乎着天下的兴亡。这群成千上万的弟兄，让刘渊骄傲，也感到一种压力。一荣俱荣，一损俱损啊。

刘渊拍拍石勒的肩膀，说道："不可掉以轻心啊，司马腾又在汾州那一带开始排兵布阵了。"

"让他来吧！我们严阵以待！"

7

呼延玉眨眨眼睛，不相信自己的所见。这两个月来，她一直闭门不出，在左国城的王族庭院里修行念经。

呼延玉虽然只有三十多岁，但在那个年代里已经算是老了。她记得刚刚十四五的那会儿，还在刘渊身边撒娇过。可是，现在，往事不堪回首啊！

刘渊从云顶山上下来，原本要回离石的单氏那边，但他还是去了左国城。他有几个月没有见到呼延玉了。因为，今日云顶山上绿草如茵、繁花似锦的情景，让刘渊突然伤感了起来。

很多年前，在新兴县老家，呼延玉还是一个纯美的少女。一阵浣衣、戏水，翩翩起舞，歌声昂扬中，她向他款款地走来。

刘渊觉得那个叫玲儿的少女，长得倒是很像当年的呼延玉。那次，他跳入东川河里为玲儿捞衣服，正是由于潜意识中牵挂着在洛阳惨遭杀害的呼延玉。

呼延玉问刘渊："你怎么来了？"

"难道，我就不能来？"

呼延玉说："我不是这个意思。"

"我也没别的意思。"

"你需要再找一个妾了？"

"说啥啊？现而今，刚刚建都，局面还未打开，根本就没这个心思。"

呼延玉看着刘渊高大壮实的身体，以及威猛的表情，就觉得他还和当年自己第一次见到的模样相同。

刘渊过来把呼延玉揽到怀抱里。她有些不习惯了，只是说："城外面近来有一股子土匪，我不放心大王，以后别来看我啦！"

说着，呼延玉拉上外屋的窗帘。

听到这一消息，刘渊不以为然。

"那些土匪动不了咱们的一根毫毛。我再派过一个骑兵护卫队来专门保护你。"

"我有啥可护卫的，还是大王要注意安全。大王的安危事关天下社稷啊。"

刘渊依然满不在乎的样子，摇摇头，说道："你我单独在一起，就别叫我大王好不？还和以前一样，叫我元海。"

呼延玉让下人给刘渊端上热茶，又给刘渊请安。洗完澡，呼延玉披着浴衣欲起身时，盖在身上的浴衣竟然掉了下来，那个无所遮拦的身体，让刘渊怦然心底一动。

"夫人快去换衣服吧，外面风很大。"

呼延玉要进里屋换衣服，刘渊从后面一把抱住了她。

"别，别，大王，我已经是生过三个孩子的母亲了。"

刘渊一听呼延玉又叫他大王，心底一凛，那股子冲动突然就没了。

"咱们的两个孩子……二子、三子没了之后……我就……没这个心思了……"

呼延玉低头一阵啜泣，然后就说不下去了。

"我活得有个啥的意思？"

"夫人，我刘渊对不起你啊！"

"别说这些，大王！快别说这些……"

"我晓得你我生的孩子里，就剩这个长子和儿了。和儿性格懦弱，喜欢一个人关起门来读书，不爱打打杀杀，这一点像你……"

"和儿，愿意来这边，可以和我一起住吧。"

"好的，夫人，反正，我也不会让和儿打打杀杀的，倒是聪儿好斗好战，出征好多次，也打过好几次胜仗了。"

刘渊又抱住了呼延玉，然后一起进了里屋。

呼延玉低头不语。

"我刚才不应该说这些，让大王不高兴，还请大王恕罪！"

刘渊与呼延玉一直紧紧抱着。

"夫人，单妃前些日生了一个公主。"

"真的？"呼延玉睁大了眼睛。

"是的。公主好啊。有了公主，刘家才真正像个刘家。"

"以后别叫单妃单妃的，以后叫她夫人吧。"

"那……那……夫人——你呢？"

"我不想当这个王后，而她二十五六了，也该另立她做王后了。如果方便的话，可以让她带着公主来左国城这边和我住一段时间。以后别叫我夫人好不？"

刘渊不置可否，只是说时候不早了，今日就先睡吧。然后，他们吹灯睡觉了。

8

鸡叫那会儿，单氏就醒来了。她喊醒玲儿，让前院里的小溜子套好了外出才用的三套车。马匹都是上好的千年村云顶山良种马，三套车只要跑在官道上，从离石到左国城最多也就半前晌的样子。

那几日，单氏与刘渊又像在打冷战，不知道缘由，不会是因为她生的是个公主吧？"对了，还未给公主起个正式名字啊！"她总是叫她点点。

刘渊说："点点只能作个小名，大名找宣叔祖起吧。宣叔祖这几天不在离石这边，而在左国城忙着他丞相的那摊子事情。"

　　单氏说："那也好，就把点点今日带到左国城让宣叔祖看看，顺便让呼延夫人也看看孩子。"

　　好几日的冷战，让他俩说话都一本正经的模样。单氏心里有气，可是又不知说啥好。刘渊的脾气她也知道，最好这个时候不要给他添乱。

　　单氏抬起头，闪着明眸问道："今日你也去吗？"

　　刘渊答道："恐怕难以脱身！云顶山那边今日还得去一趟！"

　　单氏尽量表现得平和一点，暗自庆幸自己没有把不快发泄出来，于是说："大王，真要到云顶山吗？您好久没有陪我出去走走啦！"

　　刘渊在床边看着襁褓里的点点，他在逗她笑呢。他的心情也清爽了很多。"我去去就来，晚上也会赶到左国城！"

　　离石城这些天开始了秘密布防。除了云顶山那边石勒部按兵不动之外，刘渊又把人马分为了三股，一股人马今日随着单氏护送点点公主前往左国城，在表面上造成大营向左国城转移的假相，由王弥带队；一股人马前往吴城方向，从离石城出来之后一直沿着官道，准备去薛公岭阻击来犯的官军，由刘聪、刘宏等负责；最后一股人马前往离石西南一带，准备击溃一股子土匪，由符融负责。如此布局，也是害怕官军出动各种力量前来骚扰。

　　连日来，离石城人心惶惶。百姓都感到都城迁到左国城之后，官军若是打进来，首先祸害的是他们。城门守护的工作还与以往一样，但总有一些好事的人问兵士："队伍啥时撤走啊？"

　　刘渊驰马过来，对百姓说："我们绝对不会丢开你们不管的。"

　　守城的兵士依然一拨又一拨地换岗，全副武装，甲胄分明，个个手执明晃晃的刀剑长戟，可以抵挡一切来犯之敌。

　　刘渊见王弥准备出发，突然说："干脆你也与我一起上云顶山吧。让小溜子护送公主吧。"

　　王弥犹豫了一下，说："也好，反正左国城那边一路上应该没有多少麻烦。"

刘渊也觉得是这样。因为，今日云顶山上还有几件事情要商量。但他忘了前两日呼延玉说的左国城附近有土匪的话。刘渊似乎没有把土匪当作一回事。

王弥说："一切听汉王的吩咐啦。"

单氏把点点公主抱在了怀里，在上马车之前，还腾出一只手，向刘渊挥舞了一下。马车上还坐着一位刚从洛阳跑出来的章氏。章氏是刘聪的生母，已经与刘渊一家失去联系多年了。今日出现在离石城的三进院，难免让刘渊有些尴尬。

这个时候，刘渊也不好和单氏多说什么了。他与王弥带着一股人马向云顶山营地策马而去。

而那三套车则向左国城方向驶去了。

第十二章　伊人失色

1

崔游参加完离石建都的典礼之后，就日夜兼程地赶回洛阳去了。说句实话，刘渊的霸业，崔游内心里不大想参与进来。他是一个沉溺于经学诗书的士大夫。而且，崔游在洛阳有一个书院，有近千名弟子在等待着他的传道授业。崔游也见不得打打杀杀，作为刘渊的老师，他只能规劝，赢得天下需先赢得民心。

崔游是不辞而别的。他自己花了银两雇了一辆离石城东关骡马市上牲口贩子的驴车。车把式也是临时找的，憨厚实在，人们都叫他老武。老武赶车赶了二十年，一直在离石东关一带做活。

崔游要去洛阳，老武说他年轻时候去过。记得十五岁那年，跑到洛阳贩过牲口，挣了一笔，回来就迎娶孩子他娘。孩子他娘是七里滩人氏，十四岁一过门，就给他生了一对双胞胎。这不，崔游要雇他去一趟洛阳，他还得和孩子他娘作别。

孩子他娘问："几时回家？"

老武就说："得四十天吧，路上有耽搁，最迟也赶到九月九，那会儿一定到家。"

从离石走官道去洛阳，其实不算很远，只是必须渡过黄河。崔游对老武说："送到黄河边再说，不行你就回来。"

"那你呢？既然送，就一直送到家。这个驴车用拉客的船能驮过去。"

"老武，那太麻烦你了。"

"跟我还客气啥？我第一眼就感觉你是一个心善的好人。我们有缘。"

"是有缘。"崔游与老武一路聊，前半晌就到了吴城。这个时候，刘渊派的人马追了上来。追来的人是刘和，身后还有一队护卫骑兵。

"御史大夫！"刘和远远在马匹上叫了一声。

崔游有些不习惯，他以为刘和在叫别人呢。自己啥时候成了御史大夫啦？后来一想，才记起是这次离石建都刚刚由刘渊封给他的。崔游刚才还左右看看，以为在叫别人呢。可是四周再没有旁人了，他这才抬起头来看着骑马骑得气喘吁吁的刘和。刘和很少这样骑马赶路。刘渊当时听说崔游不辞而别就让刘和专门赶来。刘和是长子，刘渊将来称帝之后，要把他立为太子。刘渊曾和崔游流露过这样的意思。

"御史大夫，你还没有教完我《尚书》和《礼记》呢。"

崔游沉吟了一会儿，念念有词起来。

日若稽古，帝尧曰放勋，钦明文思安安，允恭克让，光被四表，格于上下。克明俊德，以亲九族。九族既睦，平章百姓。百姓昭明，协和万邦。黎民于变时雍。

刘和频频点头，一会儿又摇头不解："这一篇不是已经学过了吗？《尚书》第一篇就是啊。"

崔游说："读书不能死背，要活学活用。这一点，汉王的悟性就很好，能够变通，但还得多学多记多想，懂得如何与实际生活取得联系。敬事节俭，德才兼备，忠实谦和，集思广益，明照四方，善治天下，和儿，这些要切记啊。也可回去，把这些在你父王面前多多背诵几遍。无论做什么，都得做好，做实，做的更稳妥一点。"

紧接着，崔游又背了一段《礼记》。

> 夫为人子者，三赐不及车马，故州闾乡党称其孝也，兄弟亲戚称其慈也，僚友称其弟也，执友称其仁也，交游称其信也。见父之执，不谓之进，不敢进；不谓之退，不敢退；不问，不敢对。此孝子之行也。

刘和听得越发呆了，不住地点头。刘和把刘渊送的礼物递给了崔游。礼物有两件，一个牛皮袋里装着的是沉甸甸的银两，一个则是用粗布裹得竹简版的《道德经》。刘和说这是父王送给恩师两个女儿的。崔游顿顿首，把那大袋里的银两退还给刘和，只把《道德经》收下了。

"银两退还给元海吧，或许他更需要这些。老夫要那么多银两也没啥大用，书院的弟子交的学费已经够一切开支用度了。"

说着，崔游不管刘和惘然的样子，从容地梳理了一下胡须，整理了一下长衫，腋下夹住包有竹简的袋子，头也不回地上了驴车，绝尘而去。

![狼密码]

2

晋武帝司马炎死后，晋惠帝司马衷继位。从贾后宫廷之乱引发八王之乱，千年等一回的时机就来临了。

还在洛阳的时候，刘渊常常来看望恩师崔游。早在新兴县那会儿，刘渊就跟上崔游读过经学诗书。所以，在崔游的书院里，传来阵阵读书声，让刘渊觉得恍若隔世。

崔游对世事的变化，总是表现得过于平静。每次，刘渊见了他，都是谈论一些非常久远的话题。

崔游说："神气摄心，魂魄必具。得神者昌，失神者败。梦魇缠身，思虑过多，心血亏耗。元海近来总是心神不定，没有远虑，必有近忧。"

刘渊坐在以前自己常坐的书桌前，想起同门的学弟吴铭来了。吴铭现今如何？刘渊已经好久不与他联系了。"上次听恩师说，吴铭去了江南。吴铭最近没回来吗？"

崔游从刘渊的问话里探究出别的意思来了。他的眼睛一向很准。吴铭与刘渊的生辰八字预示了不同的命运。

刘渊的八字是早年艰辛，晚年会有昌运。至于啥样的昌运，崔游则不再说了。而吴铭的八字预示着他生在北方就好了，出将入相，扬名立万；生在南方，四处颠簸，命运无常。果然，吴铭在洛阳待了没有多久，就跑回出生地江南了，也就在那一年听说他跑到更远的蛮地去了。

刘渊的苦恼也正在于此，既然"晚年会有昌运"可是怎么一点动静也没有呢？是不是恩师在逗着自己玩啊？

看看崔游那副认真的模样，好像没有一星半点的戏谑的成分在里边。刘渊让老师做出更多解释，崔游则摇着那把蒲扇，去庭院里逗正在花圃那里玩耍的两个小女儿去了。其中一个大点的，长着一张满月般的笑脸，眼睛大大的，很有神，看得刘渊都有点发慌。这个大点的女孩就是崔游的大女儿，名叫小沅。

"小沅，你妹妹叫啥啊？"

小沅依然在看着刘渊，久久不语。

"为何不说话？"

小沅说："不告诉你，你是个大坏蛋！"

崔游马上在一边说："不许这么说客人。"然后，他让小沅在里屋和母亲去要一把蒲扇来。天这么热，他把小沅拿来的蒲扇递到了刘渊手里。刘渊看看小沅，就上前摸摸她的小脸蛋，然后说："童言无忌，小孩说的话，都是反的。"

紧接着，刘渊走到院门口，从小溜子那里拿到一些小孩子喜欢玩的小木剑之类的玩具，然后亲手递到小沅手里。

"小沅，以后长大一点，叔叔教你剑术吧。现在，可以说出你妹妹的名字了吧？"

小沅看看崔游，然后机灵地点点头，说："妹妹叫小兰。"

"啊？是小兰。是小沅的名字好，还是小兰的名字好？"

小沅想了想，说："都好！"

刘渊就笑了："怎么会都好哇？"

"就是都好。"

小沅的圆脸上有一种纯真的光亮。这种光亮在成人那里根本没有。

"叔叔，你说哪一个名字好？"

刘渊说："小沅好。"

小沅听后心满意足，一跳一跳地玩去了。

崔游看着这一切，脸上显出幸福的神采。

刚刚三岁的小沅到一边与一岁多一点的妹妹小兰玩识字游戏去了。

刘渊看了感慨万千，真是书香门第之家。他认字还没有这么早。恩师教女有方啊。刘渊看到师母从房里出来，连忙起身一拜，说："师母好!"

师母给刘渊端来一壶上好的绿茶。崔游说："别这么整天发愁，啥时候都要心情平和，保持一颗常人的心态。"

"说是这么说，可是学生总是一直想着返回部落。"

崔游说："我们今天只是喝茶，谈谈别的，可以吗?"

刘渊唉声叹气，说是老师一定要帮助他，只有老师才可以给他指出一条明路来。

"何为明路，而又何为歧路，连为师也不甚了了。比如当年的吴铭就是个例子，在书院的时候满腹经纶，踌躇满志，但一迈出书院大门，连吃饭都已经成了大问题啦。唉!他在洛阳竟然好几年找不到一份事情做，只能帮着书院打打杂啥的，后来才去了江南，也不知道情况如何?"

刘渊说："这个吴铭就是抹不下脸来，他怎么在洛阳的时候不求一下我刘渊啊，好面子，万事不求人，以至于落得个在蛮地给人写状子为生的地步。"

崔游摇摇头，说："别再提了。这事，说明我这个当老师的也有责任。唉!"

而小沅在下院里玩着玩着，突然跑过来对崔游说："爹爹，妹妹尿裙子了!"

旁边的师母连忙跑过去，到下院看小女儿小兰去了。小兰尿湿裙子之后，觉得不舒服，就哇哇大哭。

师母对小沅说："你这个当姐姐的，怎么看妹妹的?"

小沅不吭一声，只是在刘渊眼前晃来晃去。

至此之后，刘渊忙着去邺城皇太弟司马颖那里，回洛阳这边很少。不过，小沅依稀还能记得刘渊来过一两次，还在她面前舞过剑。

3

入夜。洛阳城一深宅大院。寂寞的绣楼内，一扇窗户打开，能够望见夜空里的一轮新月。

刚刚十四岁的妹妹小兰与十六岁的姐姐小沅在窗户边说悄悄话呢。

"爹爹真的还要去吗？"

从离石那边回到洛阳没几天，崔游的书院也被朝廷查封了。廷尉周馥带人来查封书院，正好赶上崔游在给弟子们讲解《道德经》。周馥耐着性子听崔游讲解结束，还率先鼓鼓掌，然后才宣布了掌管东行台的仆射荀藩的查封令。

崔游很愤怒，质问："为何查封书院？"

周馥说："书院弟子不好好修学读经，竟然跑到朝廷集体请愿，实为大逆不道，意图谋反朝廷。"

"难道好好的洛阳宫殿和百姓的房屋，让那个张方将军全部烧掉吗？"

"烧不烧洛阳宫殿，那是皇上他们兄弟叔侄之间的事情，是朝廷自己内部的事务，任何外部势力不得干涉，你们一个小小的书院吃了豹子胆了，竟然蹬鼻子上脸也敢起来管这种事情？这不是谋反是什么？"

崔游其实没有参与这事，那个时候他正在离石。可是，书院弟子请愿保护洛阳宫殿和民房的事情，深受洛阳民众的欢迎。他回来之后才知道这一切。崔游为了书院的长期生存，一向远离朝政，不谈国事，只做学问。可是，他这次没有责备弟子们，甚至还觉得他们做得对，民众夸颂，增加了书院的美誉度。可是，现而今真没有想到这个执掌东行台的仆射荀藩却要借此理由来查封自己的书院。

崔游据理力争："要不是我们书院的弟子请愿，张方会收回烧掉洛阳所有宫殿和民房的命令吗？如果张方像项羽火烧阿房宫那样，那么现而今东行台去哪里办公啊？"

"你这个老糊涂，这根本不是一个问题。诸王纷争是皇室自己的事情，与你一个书院有屁的相干！来人哪！马上搜查书院各个角落，看有无书院谋反的更多证据，不信你这个老糊涂能硬过东行台的查封令！"

崔游阻挡在书院门外，大喊："你们不能查封书院！"

很多弟子站在崔游周围，也一起喊："你们不能查封书院！"

书院还是被查封了。崔游与弟子们君子动口不动手的行事方式，反抗也是手无缚鸡之力，肯定无法抵挡那些如狼似虎的挥舞棍棒的众多衙役。他们眼睁睁地望着一片狼藉的书院被践踏，最后书院大门上就挂上了东行台的大铜锁，还被贴了两条触目惊心的大封条。

崔游含泪与弟子们作别，直到很晚才唉声叹气地回到家。他自言自语地说："上次离石之行，洛阳东行台肯定不知晓。"当时，崔游偷偷出城，前往离石的时候，惠帝还未去长安，依然住在洛阳呢。

小沅只是低着头喝一碗莲子羹。她正和小兰说着话，崔游回家了。自从娘去世之后，家道就开始中落。崔游这次从离石回来，刚开始还对她们姐妹俩说，让她们好好读书，将来帮助自己办好书院呢。现而今书院被封，崔游突然苍老了很多。他萌发了全家人投奔刘渊的想法。从小在洛阳长大的小沅姐妹俩，真的要随爹爹投奔离石的那个刘渊吗？

崔游只是点头，并说刘渊幼时跟上他学过经史，什么《春秋》

《左传》《孙子兵法》之类。小沅还能记得自幼跟上爹爹在书院读《史记》《汉书》，而一旁比爹爹小不了几岁的正在门廊挥舞刀剑的刘渊还会停下来纠正她的发音。刘渊舞的剑，是他家祖传的青峰宝剑。

> 蒹葭苍苍，白露为霜。所谓伊人，在水一方。溯洄从之，道阻且长。溯游从之，宛在水中央。
>
> 蒹葭凄凄，白露未晞。所谓伊人，在水之湄。溯洄从之，道阻且跻，溯游从之，宛在水中坻。
>
> 蒹葭采采，白露未已。所谓伊人，在水之涘。溯洄从之，道阻且右。溯游从之，宛在水中沚。

小沅无心回答小兰的问话，只是呆呆地望着窗外的夜空。其实，小沅姐妹俩对刘渊从小丧母的故事早有耳闻。

听爹爹说，刘渊还是个七岁孩子的时候，就在母亲呼延氏的灵柩前嚎啕大哭。此后，刘渊从当时的新兴县到洛阳作任子，实际上是作为人质生活在皇城脚下。正因为有了这段经历，他养成了独立、刚毅的性格。

刘渊在离石建立的这个政权，在后来的历史中重重地书写了一笔。这个政权的出现，其实绝非偶然。那时的刘渊，看上去依然高大威猛、虎虎生风。

而小沅姐妹俩的一生，竟然就是因为这个赫赫有名的、叫做刘渊的匈奴男人，悲剧的序幕开始于接下来的一场生死劫难。

4

小沅姐妹俩已经在路上行走了三天三夜。记得一出洛阳，就遇到一队官兵，崔游被强行抓回去了。崔游只是回头示意让她们先走。在黄河对岸渡口等到天黑，她们也没有看到爹爹赶来。后来的一个艄公说，看到崔游的身上被官兵绑了一块足有几百斤重的大石头，活生生地沉到黄河水底里去了。小沅姐妹俩与爹爹就这样永诀了。

她们原本要过黄河去投奔对岸的舅舅，没有爹爹，贸然去逃奔刘渊肯定不妥。姐妹俩一路行走，一路打问，搭了一辆前往易水的马车。马车夫竟然是救过呼延玉的常山大叔。常山大叔早已不在司马颖身边当马夫了。自从救出呼延玉，他就离开了那里。多半时候，常山大叔就往易水贩卖皮革过活。一路上，小沅与常山大叔谈佛论道。这两个教在当时的民间社会广为流传。谈神论鬼确实是当时一种时髦的社会风气。西晋张华采集历史上的神怪志异故事，结合民间巷尾的传说，写成《博物志》。小沅记得爹爹说过，先前还流行过《拾遗记》的一本书，共有四百卷，后来晋武帝让张华删订为十卷。而这个张华，也曾是爹爹的学生。

"人生啊，真是说不好，皇太弟不也做了河间王的阶下囚啦？皇太弟也不是皇太弟了，邺城一战就损失了一万五千多人马，挟持皇帝跑回洛阳，谁知又落入河间王手里。螳螂捕蝉，黄雀在后啊。现而今，皇帝又在长安被河间王控制着，也不知道啥子情况。"常山大叔说。

常山大叔曾经从长安给崔游的书院拉送过很多竹简，所以一路上说话就毫无禁忌。

"真没有想到，你们姐妹俩是崔游老先生的女儿，也难得老先生遭此大难，你们两个女儿家还得四处逃命。唉！"

5

这天黄昏，马车到了一条不知名的大河岸边了。忽听得前方传来一阵撕心裂肺的哭喊声，还夹杂着兵士的哇哩哇啦的呵斥。杀戮之声似乎是突然间席卷而来的一股黑色的狂飙，让小沅姐妹俩一时间震怵。

"大叔，停一停，先在路边躲一躲吧。"

昏暗中，小沅看到前面岸边有很多身穿兽皮和手拿刀剑的鲜卑兵士，正在凶狠地追赶一些从邺城被掳过来的年轻女子。这些邺城女子是他们俘获过来的。这些鲜卑兵，在邺城打了胜仗之后，烧杀抢掠，把好几千女子掳走了。原来司马颖从邺城挟持惠帝逃到洛阳之后，安北将军王浚与司马颖守城的一万五千人打了起来，但邺城久攻不下。兵员不够，怎么办呢？这帮子能打仗的鲜卑兵士，正是当时驻扎在幽州的安北将军王浚临时招募来的。

这些鲜卑兵士一个个打起仗来如狼似虎，很快就攻打下了邺城。在离开邺城回易水的时候，他们抢了很多邺城女子。队伍走得很累，补给也耗用殆尽，王浚担心雇佣的这些鲜卑兵士一旦遇到战事后分心，于是随即下令清理女俘。

王浚在马上挥舞着一把雪亮的宝剑，大喊："敢有挟藏者斩！"

鲜卑兵士并不愿意放走这些美貌的女子，只好很惋惜地把她们一个个推入了河水中淹死。那个时候，常山大叔悄悄从树林里向河岸查看，发现河水边有几个赤裸着身体的美貌女子向他这边跑。结果跑了没几步，几支利箭就射中了她们不同的部位。她们一个个呻吟着倒在了地下，但大多并未死去，还在地下挣扎着。几个凶狠的兵士从后面追了上来，揪住她们的头发或者干脆拽着两条腿，一会儿工夫就一个个被扔入了滔滔奔流的河水里面了。滔滔的河水上面到处都是挣扎的年轻女子。常山大叔吓得一激灵，躲在树林里发了半天的抖。他回到马车这边对小沅姐妹俩说："淹死的女人很多，至少有好几千，作孽啊。"

小沅姐妹俩听了吓得瑟瑟发抖。而小兰年纪小，竟然低声抽泣起来。

"别哭了，那边过来一个兵士！——不好，还是一个校尉呢！"

常山大叔赶紧让小沅姐妹俩上了马车，打算向更隐秘处退去，谁知那个鲜卑校尉拿着一把大砍刀已经到了马车旁边。

小沅姐妹俩已经在马车上吓得抱成一团了。常山大叔迎上去，拦住这个长得高大凶狠的鲜卑校尉。鲜卑校尉原本是到树林里撒尿来的，看到他们之后，就站在那里不动了，就这样一声不吭地呆在原地。

小沅直起身来，刚一抬头要尖叫，竟然见那鲜卑校尉奇怪地做了一个手势。常山大叔悄悄说："他是让咱们不要出声，赶紧离开这个危险的地方。"

后来，鲜卑校尉悄悄对小沅说："我叫石槐。你们快跑吧！"一边的常山大叔也听明白了。

这个叫石槐的鲜卑校尉对他们发了善心，又挥了好几次手，让常山大叔带着她们赶紧跑，再不跑就真没命了。

鲜卑校尉的眼神里很犹豫，然后结结巴巴说："相……相信……我……我……没……杀……人……"

这一句话让她们顿时明白是怎么回事情了。这个鲜卑校尉是一个难得的好人。常山大叔上了马车，带着她们姐妹俩悄悄离开河岸，直奔西去了。

直到过了很久，那个鲜卑校尉还一直定定地站在原地，用一种怪怪的眼神目送着常山大叔和小沅姐妹俩的马车远去。

6

在河东平阳附近，小沅姐妹俩与常山大叔分手了。快到离石地界了。小沅姐妹俩从汾州府雇佣的马车上下来问路时，引起路人围观。她们的洛阳口音让当地人好奇，正好被刘渊属下的匈奴骑兵把她们当作朝廷派来的奸细而带回大营审问。当时，匈奴骑兵迷路了。有的说刘渊这些日子驻扎在离石，而有的则说赶回左国城了，还有的说是在云顶山的跑马墕一带练兵呢。小沅知道，她们一家无法在洛阳待下去的原因，是爹爹得罪了朝廷。洛阳东行台听信小人的谗言，要治罪于爹爹。爹爹之前就几度遭到朝臣的落井下石。其实，爹爹与世无争，也只是一个士大夫，曾给太子教过经史。现而今，爹爹的书院被关闭，连人也沉到黄河里去了。小沅姐妹俩几次都哭晕过去。

　　小沅在陡峭的山路间攀爬着。面对这样的山路，匈奴骑兵也只好从马背上下来，与她们一起行走着。四周都是丛生的针叶林、灌木丛。翻过沟坡，越过荆条、醋柳、胡枝子、达乌里等，她们左边是蒿草，右边是狗尾巴草、白羊草等。远处正是传说中的饮马池，池边是密密麻麻的芦苇。小沅记得洛阳城外也有池塘，也有芦苇，但洛阳的一点也不如此处的芦苇茂密。到了平缓处，匈奴兵就绑押着她们向前走。

　　小沅爹爹与刘渊是故交了。他嘴里常常说起刘渊虽属于匈奴血统，但受到汉文化的影响很深。由于，在洛阳被当做人质的刘渊聪明好学，多次受到司马昭的赞赏。刘渊成年后，外貌英武，身材高大，走起路来威风凛凛，待人接物也是既大方，又威严。和当时洛阳城里受到吹捧的那些白脸秀才王戎、嵇康不同的是，他一点也不骄矜，一点也不张扬。

　　那时的黄土高原，没有现在这么多的人家，夜深人静就是野狼出来活动的时候。那时的吕梁民歌，也许一样的圆润和婉转。从嗓门里直通通地吼喊出来，作为整个曲子的起调，就是一声：哎——

马莲开花粉咯嘟碎，人里头挑人最你对。

方格子手巾后边挣，人里头挑人最你俊。

山坡下是一汪清冽冽的小溪流。不远就是一个极为破败的黄土高原村落。村子名字叫千年村。

在今天的千年景区记载着刘渊一段可资骄傲的历史。刘渊的铁骑多次南下中原，或打劫官府的运粮队，或陷州掠县，获取官家的财物。俘获小沅姐妹俩的匈奴骑兵，辗转百里，直接把人送到了刘渊大营。

那时的小沅哭喊着，只想从刘王珲山最高处跳下去。她已经站到悬崖边上一块横空的巨石边，对妹妹小兰作别。而直到千百年之后的今天，那块横空的巨石还在。人站在上面感觉屁股阵阵发冷，发麻，用眼睛向下一扫，觉得深不可测，望不到底，而对面则是起伏的山峦。山峦被绿色的植被覆盖。远处的风景美得令人心颤。只是再美的风景也在彼岸，而如何逾越眼前的万丈深渊到达对岸的胜境，对于当时的小沅姐妹俩来说，也许比登天还难。

7

远处传来阵阵轰隆隆的雷声，随后下起了雨。那时候，雨点砸在半山腰路面上发出了噼噼啪啪的响声，而云顶山最高处则是一片晴空万里，一如风雨之外的世外桃源。说来奇怪，这里的山并不让人觉得有多高多险，但山下和山上的天气经常是冰火两重天。由于山下还是风雨的世界，而山上天高云淡，晴空万里，足以让人的心情舒畅，也见证了传说中的神奇之极。

　　刘渊送单氏和点点小公主上了马车，一直目送很远。这次她们前往左国城，与夫人呼延玉住一些日子也好。虽然，这次单氏和小公主出行有小溜子领着直属卫队护卫，但刘渊与王弥前往云顶山的方向没走多远，就又返了回来。他让王弥先一个人赶往云顶山的营地，而自己随两个贴身护卫赶上单氏和小公主乘坐的马车。马车上还坐着刘聪那多年失散的生母章氏。

　　刘渊心里总有些不大踏实，所以赶来，追随了一阵子，见并无大碍。官道两边的田地里都是一些淳朴的乡民在劳作，天高云淡，阳光明媚。

　　"小溜子，本王就先走一步了。今天云顶山营帐还要开会，有很多事情处理。"

　　"大王，你放心，保证安全护送单妃和小公主到达左国城。"

　　也就在刘渊走后没有多久，小溜子听到后面传来了激烈的马蹄声。不好，来者不善啊。他忙对马车夫说："快马加鞭，不要停。我去后面看看！"

　　护卫们一直护卫着单氏和小公主的马车而去。小溜子一边用马鞭打着马屁股，一边从身后拔出一把长刀来，一个人调转马头准备与来犯之敌决一死战。也就在他策马迎敌的工夫，冷不防一颗石子"嗖"地从官道一边飞了出来，正中战马的前蹄。战马突然受惊，加之前蹄的疼痛让它无法保持平衡，一个趔趄，差点就把小溜子摔下马来。

　　官道庄稼地里蹿出一个挥舞宝剑的大汉来，拦住了小溜子的去路。紧接着，两边一下子冒出了十多个手持砍刀的家伙。

　　小溜子弯腰把一个刚刚蹿到跟前的小喽啰给抓住了。一只手铁钳般地掐住他的脖子，另一只手亮出长刀，然后问了一句："说，什么人劫道？"

　　挥舞宝剑的大汉马上说："明人不做暗事，行走江湖的都晓得我卢志胜是也！"

小溜子把背上的黄包袱解下，给卢志胜扔了过去。"这些银两，给大侠用度吧，我还要赶路！"

卢志胜只是恶狠狠地瞪住他，骂道："这点银两就想打发我卢大侠，哄三岁小孩吧？老子要的是你们大王的左国城！"

小溜子一见卢志胜来者不善，也就乖乖下了马。他跟着卢志胜来到了官道边一片坟地那里。卢志胜在这人烟稀少的地方已经埋伏一个时辰了。

小溜子看看远处，约摸着单氏与小公主走远了。但他还是不放心，有意拖延时间。

卢志胜冷笑了两声，说："你们大王的小公主已经被我卢大侠的人擒获了。"

小溜子一听就急了，忙挥舞着长刀与卢志胜的宝剑砍杀起来。

"你们快放了单妃和小公主，不然别怪我不客气！"

"好啊，有种的，你就上吧！"

两个人已经在坟地附近打得噼噼啪啪直响。

"不放人，我一刀戳了你这个土匪！啥个狗屁卢大侠！"

卢志胜不慌不忙地与小溜子比拼着，乘他不注意，喊了一句："把小公主带到这边来！"小溜子一分心，长刀就被卢志胜一剑挑了出去。

"还不赶紧求饶，否则我卢大侠一剑捅死你！"

小溜子觉得今日已经栽在卢志胜手里了。

"捅吧，你要捅，我不会躲避的。"

卢志胜向周围的喽啰做了一个手势，好多喽啰一拥而上，把小溜子捆了一个结结实实，扔在了他的脚下。

不一会儿，小溜子就看到小公主被一个黑脸汉子抱在手里。小公主哇哩哇啦地大哭着。这是要吃奶啊。

小溜子说："那是小公主饿了，要吃奶呢！"

卢志胜命令黑脸汉子："去前面马车里把单妃喊出来奶奶孩子吧。"

黑脸汉子面有难色，在卢志胜耳边叽叽咕咕着，不知道又在说些什么。小溜子见等了半天也等不到单氏现身，觉得有些不对劲了。

卢志胜说："小公主一会儿不吃奶也饿不死，还是前往左国城吧。"然后，他让小溜子和章氏前面带路，并以小公主为诱饵，让小溜子叫开城门。

小溜子万念俱灰了。他们不能那么做。在攀爬到山腰的崎岖官道上时，章氏趁卢志胜不注意，就一头栽下了万丈悬崖，小溜子随之也纵身跳了下去。

单氏在刚才被黑脸汉子带人拦住马车的时候，为了避免受辱，竟一头撞在马车包厢里的铜把手上，一时间血流满面，当场昏迷。

黑脸汉子只好抱着这个叫点点的小公主，来到卢志胜这儿，他没有想到被绑得结结实实的小溜子跳下了悬崖。这些土匪面面相觑，只好策马赶到左国城，卢志胜手里举着襁褓里的点点小公主，在呼喊着什么。

卢志胜在向左国城里的汉王刘渊喊话，但那个时候刘渊并不在城里面，还在云顶山的大营。而左国城里的呼延玉听到这个消息，顿时惊呆了。她执意爬上城头，看到卢志胜策马奔跑，手里还举着襁褓里的点点小公主。呼延玉隐隐约约能够听到小公主的哭喊声。

呼延玉对守城的兵士说："任何人不准射箭，以免误伤小公主。"

城头上的人们只能眼睁睁地望着卢志胜那副得意忘形的模样，却是无可奈何。

"怎么会出这种事情呢？"

呼延玉无论如何不相信，多日传说的这股子土匪竟然会这么嚣张。大家尽管心急如焚，但只能严防死守，把护城河的吊板拉起来，关好城门，等待着时机。

呼延玉与宣叔祖在商议着该怎么办，都认为只能等到天黑派人偷偷出城，去云顶山禀报刘渊，尽快搬来救兵。呼延玉陡然间苍老了很多，站到城头上摇摇晃晃，无法承受这个突如其来的打击。

"全是我的错啊，我不说让单妹妹来左国城住两日的话，根本就不会出这档子事。唉，苦命的单妹妹，苦命的点点小公主，我对不起你们啊！"

第十三章　红颜为谁

1

　　站在云顶山半山腰，人就会有一种飘飘欲仙的感觉。在小云顶坞壁山寨，远远地就能望见高大的寨墙、双开的大门、宽广的演练场、议事堂、兵营等。正在秣马厉兵之际，刘渊骑马恰恰与小沅姐妹俩相遇。

　　白桦林里让人神清气爽。一棵棵白桦树都有十多丈高，树梢在云端自由自在地摇摆着，发出阵阵哗啦啦的响声。山间的小溪潺潺流动，偶尔传来一两声褐马鸡嘎嘎的叫声。强劲的林间山风吹得细皮嫩肉阵阵发疼。温柔而惆怅的洛阳歌曲《牡丹之歌》，似乎穿越时空飘荡在崎岖的山路上。

　　置身于大自然的怀抱，眼前所有的植物并不需要人来命名。在小沅姐妹俩看来，植物也是有生命感知的。这是因为所有植物都懂得爱。小沅记得娘活着的时候特别喜欢花草，甚至于常常在庭院里与兰花相对，并经常在晚间把花盆抱回家里用心呵护。娘去世后，不但兰花日渐萎靡，连那些庭院里的其他花草也低下头颅，为伊消得人憔悴。娘常说，只要给予爱，就连长刺的仙人掌都会收起自己的刺，用爱来回报。当人高兴时，植物也会摇头晃脑；当人冷得发抖时，植物的叶子也在抖动；当人在悲痛时，植物也会沮丧地垂下头，表现出一副没精打采的样子。

小沅对小兰说，她似乎能看到爹爹被官兵拖走后，背负大石头被扔入黄河的情景。小兰全身一阵发冷。爹娘现在一定是在天上相会了。

这时，刘渊正在骑马回营的半道上，突然看到一队士兵带着小沅姐妹俩向自己这边走来。走在前面穿粉衣长裙的女子正是小沅。

刘渊这些日子的心情很糟糕。单氏与点点小公主突然在前往左国城的路上被劫。结果是，单氏与小公主一直去向不明。刘渊接到禀报当夜带着大队人马赶到左国城，为时已晚。那股土匪已经带着点点小公主不知去向了。他们只找回了小溜子的尸体，还有那辆被土匪丢弃的马车。刘渊悲从中来，不由得在那个时候放声大哭。呼延玉过来劝他。呼延玉说："元海，是我对不起你。我不该让她们来左国城。"而刘渊摇摇头，说："没你的事，只是我太掉以轻心了，大意失荆州啦。"呼延玉一直陪伴了刘渊好多日。呼延玉送他离开左国城时，在城门口又对他说："元海，如果难受，就再找一个妾吧。我不会反对的。"刘渊没有吭气。他说："我还没有剿灭这股土匪呢。"他真的还有很多重要的事情要做。

2

这个时候的小沅目光散淡，眼前的刘渊，并未让她觉得惊慌失措，反倒很麻木，甚至还有些目中无人了。刘渊高高地骑在马上，午饭那会儿刚刚喝了一壶烧酒，有那么点头昏脑涨，一时间被眼前的幻境所迷惑了。云顶山上，哪来的如此不逊的绝美女子啊？

"你是谁？"

刘渊勒住了缰绳，战马停住了。他觉得有些迷惑，好像在哪里见过这位粉裙女子。从她充满泪光的眼睛里，刘渊看到了高贵的气度。刘渊心中一动，遥想到多年以前的洛阳……

"你是——"

这时，刘渊才看到女子被粗麻绳缚住的手腕，以及一圈紫红的印痕。女子一直在喃喃着一些根本无法让人听懂的话。

记忆的闸门突然间一下子打开了。

难道是上党儒生崔游的女儿？

刘渊脑子轰地一响，赶紧下了马，命人解开缚住女子的绳索，然后与小沅的目光近距离地接住了。也正在这时，小沅似乎一下子真真切切地看到了千里之外的洛阳以及在惨叫中升天的爹爹。她不由噫唏一声，当下就昏厥在刘渊的怀里，而旁边的妹妹小兰则显得不知所措。

3

千百年来，吕梁山总是以不屈的姿态缄默着，一言不发。它从昏睡的夜晚醒来，总是继续和太阳对峙着。芸芸众生的情感也一起湮没在这种巨大的缄默不言里了。无论多么神圣的工作，一旦置身于千年村，置身于周边大禹治水的骨脊山下，置身于云顶山和刘王珲山，就一下子浸染上了这种缄默的习性，从而成为山体一类的无生命体或类无生命的巨石之类了。

刘渊选择起兵的季节，也正是太阳在头顶灼热地照耀着的盛夏季节。也许，太阳神般的英雄能使脚下的土地燃烧，更使少女早熟，使得所有妙龄女子为之倾倒。太阳烤炙、烘焙着一切。在艳阳的照耀下，在花丛那醉人的香味中，在小沅那炫目粉裙的光彩里，难怪刘渊也突然感到脑子轰然一响，旋即产生了一种英雄难过美人关的眩晕感觉。

男女身体里有一种神秘的野性力量在奔腾。开花结果的欲望，是生命延续的本能，也是爱的本能。但是，刘渊并没有意识到这是怎么回事。小沅昏厥过去之后，他就感到一阵情不自禁的冲动。他刚才在营帐中热得发闷，一壶烧酒喝下肚子之后昏昏悠悠却无法入睡。刘渊在战马上听着马蹄踩在草地上的闷声，打了个盹。他做了一个梦。梦是现实的延续或者回忆，秘而不宣，但是他一下子想起了洛阳甚至早年在新兴县生活的一些事来。刘渊在梦中看到当年的儒生崔游，突然猛地想起刚才晕厥过去的粉衣女子和旁边的青衣少女正是崔游的两个女儿。崔游正是刘渊当年读书时期的先生，也是刘渊在离石建都典礼上亲自任命的御史大夫。

战马趁主人做梦的一刻，也四蹄停站，合上眼皮，打了个盹。后来，它以惊讶的目光，看着醒来的主人：面颊红润，神采飞扬。马鞭发出脆生生的响声。顺应着主人的愿望，战马驮上昏厥的女子，把她送回营帐。

这时候，一支队伍正从遥远的营地迁徙到跑马墕。除了戴着甲胄的士兵之外，妇女、儿童和老人等家眷也跟随着队伍。

队伍停下来是因为大王营帐里传来一阵异样的尖叫。年轻士兵的马蹄慢了下来。他们大概是受到了大王营帐里汉王和粉裙女子异样声音的蛊惑。

谯楼上起了更，哎嗨哎嗨吆。哎嗨哎嗨吆，谯楼上起了更。奴的哥哥娶过了新嫂嫂，咱听他们在里面说些甚，哎嗨哎嗨吆……

谯楼上打二更，哎嗨哎嗨吆。哎嗨哎嗨吆，谯楼上打二更。翻穿皮袄手拄上一根棍，来到洞房门外听里面有啥的动静，哎嗨哎嗨吆……

一个时辰以后，电闪雷鸣的营帐才沉静下来。说不上是洞房花烛夜，但也不是动物随机性的野合。历史对这件事没有做任何记载。

粉裙女子衣衫不整、头发四散，赤着脚，疯了一样向营帐外不远的饮马池跑去。一个青年士兵，飞身上马，赶到女子前边，拦住去路……

粉裙女子正是美丽绝伦的小沅。她原本不想活了，可是，年轻兵士救了她。那个年轻的兵士，其实并非是个普通的兵士，而是大名鼎鼎的上党将军石勒。

小沅就这样成为了刘渊的女人。

4

刘聪提刀径直向呼延玉房里走去。此时早有侍女来报信，呼延玉正在西屋的观音菩萨塑像前上香，并无任何反应。谁料刘聪走到西屋门口时停下了脚步，犹豫片刻后转身在外屋焦急地踱着步子。刘聪等到呼延玉走了出来，只是直愣愣地望着对方。良久，他才问那日单氏出事的经过，而呼延玉把自己在城头看到的情景告诉了他。

呼延玉说："真是造孽啊，那个卢志胜是左国城一带土匪的头领，出这种事情也是迟早的。你父王说是让你做此次的剿匪将军。"

呼延玉带刘聪来到放置章氏牌位的后院里。刘聪扑通地跪在地上，哭道："母亲，孩儿来晚了。"

呼延玉的心顿时又软了，扶他起来道："傻孩子，当娘的何尝不知你的苦楚，但章氏——不，章夫人，在我眼里她也是章夫人，为汉王生了你这样的一个儿子。若不是此次祸难，章夫人也不会死，点点小公主也不会落到了卢志胜这样的土匪手里。聪儿，你此次剿匪要考虑周全啊！"

刘聪道："到底为什么？为什么会是母亲啊？"

呼延玉抹去刘聪脸上的眼泪，说："都怪我要让单夫人来左国城住一段时间，章夫人也要来，可惜路上就出了这档子事情，都是我的错啊。现在想来，我如果早一点让出王后的位置，或许她们老早就来左国城住了。我这是造的啥孽啊！"

刘聪紧紧攥住拳头，低头不语。

刘聪现在是刚刚执掌八万军队的大将军。他带来这么多人马剿匪，也足以体现刘渊对此事的重视程度。

刘渊很震怒。

呼延玉是一直看着刘聪长大的。她知道，刘聪自幼聪慧好学，十四岁已通习经史之学，对孙吴兵法尤为精熟。又善书法、诗赋，工草隶二体，有诗百余篇，赋颂五十余篇。刘聪武艺精强，十五岁时开始学击剑、骑射，膂力过人，弯弓三百斤。义军里都称颂，刘聪文武俱佳，确是一个难得的人才。

第二天一早，刘聪率部出了左国城，在靠近西属巴附近的一座山梁上，恰恰遇到了卢志胜的人马。刘聪面露讥笑之色。

前面带路的是昨晚跑来投奔义军的一个土匪兵士。这个兵士叫杨虎生，西属巴人，有一个漂亮的老婆，儿女双全。前两日，他老婆被卢志胜给霸占了。杨虎生一怒之下，连夜投奔了左国城。

杨虎生觉得刘聪一定有把握大败卢志胜。

"刘将军，你看看卢志胜的营地就知道必胜无疑。"

"你是不是看到小公主还活着呢？"

杨虎生拍拍胸口，说："前几天我老婆还喂小公主奶呢。"

刘聪下令部属一定不要乱放箭，小心误伤小公主。刘聪站到山坡上，向对面山洼里的卢志胜营地瞭望。他先指挥队伍悄悄包围营地。

当形成包围之势的时候，刘聪升起令旗，牛角号鸣哇鸣哇吹响了。步兵排在中间，排成长方形的阵形，而骑兵分为三股，一股在步兵阵后面，两股在两边，呈雁形阵摆开，威风凛凛，气势逼人。

刘聪命令先行官臭椿上阵，左右各两位壮汉助阵，分别拉弓持刀。刘聪背上兜囊里装有好几色令旗，挥动哪一种色旗都有讲究，只见各色令旗在他手里变化着，而身旁的步兵和骑兵分别在呐喊助威。只见千万支长矛同时起落，千万副弓箭同时对准敌阵，千万匹战马同时发出啸叫。

进攻的队伍逼近了卢志胜营地的大门。刀枪逼人的寒光，让卢志胜的队伍慌作一团。这种轰轰烈烈的喧嚣，激越着复仇的火焰。

"卢志胜，把汉王的小公主交出来！"

卢志胜出现了。但让刘聪意想不到的是，卢志胜出现在进攻队伍后面的山巅上了。刚刚出生没有几个月的点点小公主在山巅上发出凄厉的哭喊声："鸣——哇！鸣……哇……鸣鸣哇哇……"

"小公主还你们可以，但有一个条件——退兵，然后让出左国城……"

刘聪咒骂了一句："做梦吧，让出左国城，除非拿你卢志胜的人头来换！"

刘聪下令攻进卢志胜的营地，并且下令："杀无赦，放火烧掉所有一切！"

对面山巅上的卢志胜绝望了。他恶狠狠地喊："好啊，你不仁，别怪我不义！那小公主的小命，可就完了……"

刘聪急忙下令队伍向对面山巅攻击。

卢志胜率领人马从山上滚下无数巨石，把刘聪的队伍撞了一个人仰马翻。

卢志胜趁着混乱带着点点小公主从山背后的一个洞口里逃脱掉了。单氏在这次行动中意外地被刘聪从山洞中解救了出来。

5

长安。箜篌声声，抑扬顿挫，高高低低，余音绕梁。在河间王司马颙的征西将军府内，惠帝倾听着妮儿给自己的弹唱。而舞娘在这种空灵悠远的弹奏里，开始了翩翩起舞。

惠帝司马衷刚刚喝了几杯酒，有些醉态地上了舞池里的莲花台上，意图与舞娘共舞。他舞得毫无章法，左摇右晃，衣衫不整。

"陛下，您醉了。"

"不……不……朕……不会醉……"

司马颙也在场，但他只和司马衷干了两杯，就换了茶水。此时此刻，他正在品茗赏茶，把玩着手里的一对夜明珠。

宫女们不断地在来宾之间穿梭着。茶水上好以后，又上来两盘新鲜的水蜜桃，被司马颙拦下了一盘。他独自吃了一个，还不过瘾，就上前到了舞池的莲花台，把一个水蜜桃亲自送到舞娘的嘴里。

一会儿工夫，舞娘被河间王司马颙抱住了。而惠帝司马衷晕头转向，一时间转错了方向，一头栽倒在莲花台下面。

"陛下！"舞娘叫了一声，弯腰去扶惠帝司马衷。

河间王司马颙说话了："今日，本王说了算，皇帝喝醉了，让他下去吧。舞娘今晚就陪本王好好玩玩，玩个痛快！哈哈哈！"

　　这个时候，司马衷摇摇晃晃地走出舞池，竟一头栽倒在放着水果的茶几上了。大家听到噼里啪啦的一阵响声，发现司马衷滚到了一个角落里了。

　　妮儿正在弹奏箜篌的手指停住了，站起来向司马衷快步赶去。

　　"站住！继续弹奏！不许扶！这个时候，谁也别给本王扫这个兴！谁扫兴，谁没好果子吃！谁扫兴，谁就是不想活了！"

　　司马衷嘴里嘟囔着一句："谁是陛下，谁是？朕……不是陛下……朕不是陛下……朕是司马衷……"

　　说着，说着，他就在那个角落里独自攀爬着，像一个蜘蛛人。司马衷一直在爬，在寻找着什么。

　　他说："朕要回洛阳……洛阳……"

　　司马衷想起了洛阳宫殿里那些顶拐拐的愉快日子。那个时候，他和舞娘、妮儿这两个嫔妃玩得多开心啊！可是，现而今，一切充满了监视和限制，一切充满了侮辱和报复。他的头脑里一直是一大片虚幻的梦境：每一个宦官都围绕着他转，每一个宫女都围绕着他跳，每一个嫔妃都围绕着他笑，而他总是傻呵呵的，一天到晚，除了玩还是玩。那些抬起膝盖就能顶拐拐的日子，那些后花园里明媚的春光，那些洛阳的每一道特色小菜，都能让他开心地回忆。

　　这时，舞娘的嘴里，又被河间王司马颙填了一瓣橘子。她突然变了舞风。舞姿和步法突然凌厉起来。她由柔情如水变成了烈火金刚。那细如竹笋的十指，戴着夜明珠，闪闪发亮，宛如流星，翻飞如火。整个身形犹如幻影，在莫测的、摇曳的灯火中，眼花缭乱。

　　司马颙看得呆了，口水都流了出来。突然，他嗷地叫了一声，向舞娘勇猛地扑上去，老熊一样的身体把她扑倒在地。

　　"别这样，大王！别这样，这么多人……"

　　"这样……就这样……最好……快来让本王，就这样……享受

……享受……"

舞娘只是挣扎着，脑袋一下子磕在了廊柱上。也就是一会儿的工夫，舞娘的脑袋磕出了血，而且血流如注……

"来人哪！快来人……"

舞娘长长的指甲，在四周挥舞着，指甲上红红的，不知道是指甲油，还是刚才流出的血。总之，舞娘一时间晕倒了，而整个身体已经不知道什么时候完全赤裸着，衣衫则丢在了一边。

惠帝司马衷则还在角落里爬来爬去，后来终于爬到了昏迷不醒的舞娘跟前。他抱着舞娘的身体，一个人呜呜哭泣。

而正在弹奏箜篌的妮儿，听到惠帝的哭声，看了一眼冷血的河间王，突然停止弹奏了。她抱住脑袋，一个人就跑。整个宫殿里，乱作一团，宫女们都跟着妮儿跑了。

河间王司马颙看到这一切，大喊："来人，快来人！"

张方全副武装地进来了，身后跟着几个手拿刀剑的武士。司马颙马上让他们把刚才跑出去的妮儿赶紧抓来。

舞娘依然在司马颙脚下躺着，人已经不行了。几个宫女上来扶她，司马颙说："别管，想躺，就让这个女人躺个够吧。本王就不信治不了她们！"

司马衷在那边哭一会儿，笑一会儿。司马颙就烦了，命令士兵把这个成事不足败事有余的皇帝给拉下去。

妮儿很快就被抓了回来。司马颙上去左右开弓地打了两个耳光，说一句："敬酒不吃吃罚酒，瞧皇上把你们姐俩惯成啥样了？你这个女人跑啊，还能跑到天上去啊，跑到天上牛郎织女相会啊？哈哈哈！"

妮儿抬起头来，说道："能否先救救舞娘姐姐？求求大王！"

"没门！"司马颙声嘶力竭地喊。说着，他上去扯开了妮儿的胸衣，又是一阵哈哈哈大笑。

妮儿冷着脸，突然扑上来，扇了司马颙好几个耳光。司马颙一时间愣在那里。过了好一阵子，他才说："好啊，你敢打本王，本王让你现在就下地狱！"

妮儿哭了。

"求饶吧，好好向本王求饶，本王可以饶你一死。"

妮儿一边擦泪，一边期期艾艾地说："死就死——死就死，谁怕啊，怎么死？"

司马颙又呆了老半天。

"真他妈的，你还真不怕死啊？还问怎么个死法？没见过杀猪，还没见过猪娃子跑哇？你们这些该死的女人！哎，对了……你刚才说的是真的吗？你可别后悔，本王不信这个世界上还真有不怕死的人！好……本王这就成全你……来人哪……把这个女人马上给本王填到院子里那口深井里去……"

十七八岁的妮儿被两个武士强行拉到河间王司马颙征西将军府内的一口废弃深井的旁边。然后，他们用粗麻绳把妮儿身体绑成了一个粽子的模样。妮儿眼泪扑簌簌地直流，眼睛死死盯住那两个武士。

其中一个细高个儿的武士叫如风，被妮儿盯得发毛了，心里一阵发慌，一阵手忙脚乱。另一个长得很粗壮的武士叫金彪，连忙说道："妮儿妹妹也别埋怨，虽然出来进去经常见，但我们也没有办法。这真的不是我们的错，我们只是执行命令的人。如果，我们放妹妹走，我们也肯定就没命了！再说了，就算我们兄弟俩舍命放妹妹跑，妹妹也跑不出去啊！府外面还有好多岗哨，好多武士呢！"

"你，你们……真能下得了手？"

"妹妹，真的对不起了。当兵吃粮，讲究的就是一个服从，服从命令就是当兵的天职……"

"难道伤天害理的狗屁命令也要服从？"

如风和金彪都低着头，不吭声了。妮儿只是看着他们，然后用复杂的眼神看了看这个世界四周的一切。

她笑了笑说："就最后看一眼。"接着，妮儿又平静地说："求求两位大哥，妹妹的眼泪已经流干了，把妹妹的眼睛能用黑布蒙上吗？"

心慌的如风给妮儿眼睛蒙黑布的时候，眼睛里湿润了，手指直打哆嗦。

"妹妹到了那边，别变成厉鬼来找我们哥俩啊，好不？我们也是没有办法，混口饭吃，我们都有妻儿老小啊……"

妮儿凄然地摇摇头。他们用黑布蒙住了她美丽的眼睛。她只说了声："谢谢。"

最后，在空气凝住的那一刻，妮儿的嘴里嘟囔着说了一句："皇上，永别了！还有……妈妈……还有弟弟……再见了……"

金彪对如风说："不如给妮儿妹妹来个痛快的。"说着，他举起了利剑。如风给拦住了："这样做不好。"

于是，如风和金彪只好把妮儿早已绑死的身体，陡然间抬了起来，高举在井口的上空。他们犹豫了好一会儿，这才咬咬牙松了手。只听咕哩咕咚一阵妮儿身体下坠的响声，然后又是井水中扑通的一声，人就沉底了。妮儿就这样被投入到黑咕隆咚的深井里面去了。

可怕的死寂。这会儿，如风和金彪的心情都很纠结，在井口埋着头站立了很久。如风看看同伴，然后再回头看看四周没啥人，就低垂着头，悄悄擦着泪，说了一句："对不起！好后悔啊！妮儿妹妹，一路走好！我……我如风……这就给自己来个……了断吧……"

这话还没说完，如风趁金彪不注意，瞬间拔刀自尽了。金彪先愣了愣，然后才疯狂地扶起如风渐渐冰凉的身体，再看着他渐渐就要闭上的眼睛，痛苦地摇了摇头。

236

"如风兄弟，你这是何苦呢？早知道现而今这个样子，还真不如把妮儿妹妹给放了。我金彪的良心让狗吃了吗？啊！哈哈！"

此时此刻，金彪的声音听起来不知道是哭还是在笑。

6

离石城。空落落的三进院里，只有玲儿在打理。刘和独自在前院书房里研读《尚书》。刘和在诵读："以仁为本，以礼为用。忠于其君，忠于其国。"他那摇头晃脑的样子，让偷偷在门缝中打量他的玲儿抿嘴笑了。小公主出事之后，离石城加强了警戒，各个城门守护的更加严格，而三进院的大门上也同样加强了警戒。而单氏受了如此惊吓，也不敢出门，整天呆在后院。

这天，刘和从书房出来，悄悄在外屋看玲儿，她背对着刘和在收拾桌上的茶具。玲儿拿着一块抹布探起身来踮着脚尖在擦拭一件华美的瓷器。她的身体在形成一种波浪式的优美曲线，头部扬起来，柔媚白皙的脖颈伸长着，而细腰如春风中的杨柳微微地颤动着，那个臀部后翘，让身姿有了一种更加立体的造型，像要化作万千雨丝飞去。这种摇曳，这种曼妙，这种魅惑，简直让刘和看呆了！

"玲儿，你看谁来啦？"

玲儿被背后的声音吓了一跳，差点把正在擦拭的瓷瓶打落在地上。

"和哥，你干吗呀？吓人一大跳。来啥人，来啥人啦？我不信！"

"玲儿，为何我说啥你都不信啊？"

"和哥老在骗我。"

"没，没骗你。咱家真的要来人啦。"

"咱家？"玲儿的脸腾地红了。"谁和你咱家，你家是你家，我家是我家。"

"玲儿，别生气，我说错了还不成吗？"

"以后别这么在我背后悄悄地吓人，好不？我可胆小……"

"有和哥在，你啥都别怕，没人敢欺负你！"

刘和拍着胸脯，洋洋得意地在外屋走来走去。"别看聪儿能打仗，他见了我，还不照样喊我哥，父王说了，我是长子……"

"和哥，我说句实话，你快别生气。我觉得聪儿比你聪明，而且率领好几万人，打了好多胜仗。"

"打胜仗怎么了？武将打下天下，文臣管理天下，各有所长。再说，我也不愿意和聪儿比试打仗。我见不得杀人！"

"和哥，快别说了，一说到杀人，我的心里就咯噔一下，害怕！"

"那就说点别的吧，玲妹！"

可是说什么呢？一时间，外屋里悄然无声了。

刘和悄悄伏到玲儿耳边说："咱家又来了新人啦。"

"谁？"玲儿瞪大了眼睛。

"前两日，石勒将军回来三进院和我说，从洛阳来了一对小姐妹，长得可漂亮啦，姐姐叫小沅，妹妹叫小兰。"

"她们来干吗啊？这事和我有啥的关系？"

"是父王的老师崔游老先生的女儿，她们投奔父王，在云顶山呢，说是今日要来离石城的三进院了。"

"看把你高兴的，莫不是要打啥的鬼主意吧？"

"天地良心，怎么会呢？"

刘和知道小沅已经成了父王的女人了。但他现在不好和玲儿说这事情。他觉得这事情一开始就很乱。他内心里把玲儿当作了自己的女人。今日，刘和谈起小沅姐妹俩，也是没话找话吧。前些日，章氏和小溜子被土匪所害，点点小公主又下落不明，让三进院里一直充满了一种压抑、悲情的气氛。今日，玲儿也是心情不大好，刘和只是要玲儿能开心一点。

"可是，我怎么能开心呢？小溜子和章氏真的是走了，永远走了，每天在这个三进院都能感觉到一种凄凉。小公主也不晓得怎么样了，但愿能够尽快找到……"

"玲妹，别想那么多，想再多也没用，还是谈谈别的事情，谈谈小沅姐妹俩吧！"

"小沅，小沅，和哥你是不是看上她们姐妹俩啦？"

刘和顿时很生气："你，你……我怎么会看上她们？我的身边有你，你现而今是我的唯一啊……"

"你就骗我吧，和哥老在骗我。和哥，你那么能读书，是不是读的都是如何骗人的书？"

"看我怎么收拾你！"

刘和绕着桌子在追玲儿，一时间外屋里充满了热烈的气氛。

7

刘曜这个小伙子，长得很英武。他的字叫永明，是刘渊的族侄。其父早亡，性格刚烈，由刘渊一手养大。据说，他幼而聪慧，有奇度。大概是刘曜八岁那年，他跟随刘渊在洛阳西郊游猎，途遇大雨。众人都在树下避雨。突然，迅雷震树，众人吓得纷纷趴在地上，唯独这个小小的刘曜，却神色自若，镇定异常。刘渊见此，叹道：吾家出了千里驹！

也就在刘和与玲儿说话的工夫，刘曜进来了。

"和哥，打搅啦！大王让我来一趟，拿他的那颗夜明珠。你晓得在哪儿放着吗？"

刘和犹豫了一下，见刘曜递来一把钥匙，就让玲儿去在后屋一个上锁的壁橱里去拿。这颗夜明珠，是刘渊送给小沅的。

这些天，刘渊在云顶山的大帐里与小沅欢度着蜜月。这些日子，也是刘渊在经历失去二子、三子，以及章氏遇险和点点小公主被劫等等打击之后，最为开心的日子。小沅的出现，让一蹶不振的刘渊重新焕发了生机，也更加雄心勃勃。他已经制定了下一步分三路东进的战略计划。刘渊那个失踪的点点小公主，一直无法找回来。所以，小沅在刘渊的怀抱里，总有些小孩子找到老爹的感觉。刘渊总是把小沅当作点点。"小沅，小沅，是你吗？我刘渊的女人。我的点点，我的亲爱的点点小公主，是你吗？"刘渊总是这么叫着她。小沅开始并不知道点点是谁，后来才知道一些情况。小沅就说："是的，是的，我就是点点，我就是你的点点。我就是。"刘渊就疯狂地抱住她。整个云顶山的大帐里充满了刘渊的呐喊。"我亲爱的点点小公主，我爱你！——小沅，我爱你！"那个时候，小沅这个小女子可是从来没有经受过如此热烈的冲击，如此癫狂的赤裸裸的拥抱，如此奋不顾身的波涛汹涌……小沅什么都忘记了，什么都不再想了，只有尽情地呻吟和呼喊……

在离石城的三进院，刘曜与刘和正在谈论《尚书》。
"听父王说，和哥这段时间在研读《尚书》，有机会给我讲解讲解。"
刘和有些踌躇满志的样子，就想和刘曜多谈谈一些《尚书》内容。

民为邦本，本固邦宁。

刘曜现而今身高有九尺三寸，垂手过膝。刘和觉得他人很谦和，有些像刘备。总之，他比聪儿好打交道。刘曜生性大将气度。他不仅文采斐然，而且雄武过人，铁厚一寸，射大洞而穿，被称为神射。

玲儿眼尖，看见院子里有一个美貌少女，随即让她进屋。

"这个姐姐是谁？"

刘曜红了脸，说是小兰，小沅的妹妹。小兰有十四岁，而玲儿也就十三岁的样子，但个头比小兰高一点。从模样上看，玲儿是离石当地的小家碧玉，而小兰则有一种洛阳京都大家闺秀的风范了。

"曜哥，三日不见，就让人刮目相看了啊！"

"玲妹，你说啥啊？父王说是让我送小兰过来，让她先在三进院住一段时间。"

接着，刘曜转身就问小兰："就住这里习惯吗？"

小兰说："我无所谓，能和姐姐住一起最好。"

其实，小兰也知道，小沅姐姐已经与刘渊住在云顶山的大帐里了。刚上山，小兰就看出刘渊是把小沅当作他的女人了，也就是姐姐得到了宠幸。如果，爹娘在天上有知，也会感到欣慰了。毕竟，在那个兵荒马乱的年代，女人寻找的不是乌托邦式的爱情，而是实实在在的依靠，这个刘渊足以成为姐姐的依靠。

"姐姐，你一上山，就贵为汉王的女人了。"

无论有无名分，在小沅被汉王宠幸之后，大家也都认可了这种全新的关系。

来离石之前，小沅送小兰上马。小兰本来不会骑马，还是刘曜手把手地教她才教会的。

"敢骑马吗？"

"这有啥不敢的？"

　　说着，小兰就要强地上了马，可没想到马的脾气很大，前蹄一下抬起，向上一蹿，就把小兰甩了下来。而刘曜眼疾手快，在半空中把她接住了。

　　"谢谢曜哥！"

　　"别这么叫。"刘曜觉得有些尴尬。

　　"就要叫——曜哥，曜哥曜哥曜哥……"

　　小兰的脸蛋是瓜子型的，不像姐姐小沅那么有福相。难怪，汉王能够第一眼就看上了小沅啊……

　　小兰就说："姐姐，我真羡慕你！"

　　"羡慕我干啥？不行咱俩换了？"

　　小兰有些难过，说："姐姐，以后就不能和你住一起了。"

　　"没关系的。小兰，我会与汉王一起去离石城里看你的。"

　　"姐姐，你要保重。"

　　刘曜与小兰一人一匹匈奴战马，一路狂奔，用不了一个时辰，就来到了离石城东关。在三进院里，小兰又认识了玲儿，觉得整天有个伴儿，比独自在这里住要好多了。

　　"曜哥，你呆一会儿再走好吗？"

　　"不行，汉王还找我有要事商量。"

　　"那你喝口水再走吧。"

　　刘曜就接过小兰递来的一碗水，咕噜咕噜就喝干了。

　　刘曜刚要离开。"曜哥！"小兰拽住了他。

　　刘曜想在这个时候抱一抱她，可是他停了手。小兰毕竟是刘渊宠幸的那个小沅的亲妹妹啊，以他刘曜的辈分和地位，现而今还不能够这么鲁莽地做。他不能！如果这么做，他刘曜与刘渊的相处就会很尴尬。甚至，刘渊有可能对他失去信任。如果那样，一切就很糟糕了。

其实，早在云顶山上，刘曜把她带出来骑马的时候，就喜欢上她了。刘曜是一个不善于表达情感的男人。尤其，一个男人面对自己一生中的第一个女人的时候，就会变得更加笨拙无比。

"曜哥，你真是个大笨猪！"

"你说啥？说我啥啊？"

"大笨猪，大笨猪！"

小兰跑出去，见刘曜正要上马，就不管不顾地一把从身后抱住了他。

"别，别，别……别这么做……别人看见……会怎么说啊……"

"我不管，我不怕，我就要这样……"

小兰松了手，然后怔怔地望着刘曜上了马，抬起头来说："曜哥，你啥时还会来？"

刘曜淡淡地笑了："这里离云顶山能有几步远啊？如果小兰遇上危险，我一会儿工夫就能赶到你身边的，你放心。"

小兰拉住刘曜战马的缰绳，说道："曜哥一言，可是驷马难追啊，你要一定来！你必须来！"

刘曜点点头，策马离去。

第十四章　四处征伐

1

这一年，刘渊的兵力并没有很大的发展。离石城周边不仅有土匪，而且又闹起了饥荒。侍中刘殷、王育，都是刘渊大帐中专门出谋划策的人。他们说，这个时候，摆脱现有困境，赢得民心，就需要开仓放粮，在离石城各个城门口设置粥棚。呼延玉早就这样给刘渊建议过，这次能够实行，也让她感到欣慰。这项工作，由行福道人负责。行福道人不仅是刘渊的御医，还是负责军中防疫、卫生等工作的得力干将。如果人手不够，还可以让呼延玉出马。她很愿意干这种事情。刘殷、王育的年龄都差不多，以往都在洛阳崔游老先生的书院读过书。他们不仅熟读经学，还精于兵法。他们认为，现而今应大举出兵，先攻下晋阳，消灭刺史刘琨，再向南占领河东；渡过黄河后，即取长安为都；再以关中之众，东进直取洛阳。

刘渊听后大喜。这些日，他与小沅呆在营帐里过着优哉游哉的幸福生活。自从小沅来到云顶山大帐，他都不怎么回离石城和左国城了。

　　小沅总是让刘渊回想起许多过往的洛阳岁月。尤其是在崔游先生家，刘渊第一次见到小沅时两个人的对话。小沅那带有洛阳京都的口音还让他想起在洛阳九曲与王弥痛饮畅谈的诸多情景。记得最难忘的是王弥与刘渊作别时的场面。素有游侠之称的王弥就要返乡了。王弥是东莱人，祖父王颀在武帝时做过汝南太守。王弥不仅很有才干，博闻强识，而且很讲义气。刘渊与王弥是一拍即合，经常聚在一起喝酒。他们最早是在崔游老先生的书院相遇的。那个时候小沅还刚刚两三岁的模样。崔游认为王弥与刘渊一样，都不是凡俗的相貌，有着虎豹一样的声音和虎豹一样的雄心，一旦天下有事，是不会甘于做一个士大夫的。是啊，惺惺相惜，豪爽之人自然喜欢结交豪爽之士。

　　也就是那次作别，仗义疏财的刘渊在九曲之滨专门为王弥饯行。苦闷压抑的刘渊悲从中来。

　　刘渊到现而今都能记得他当时以近乎嚎啕的声调说出的话。他这时又对小沅重复当年的那种愤懑之情。当时的情景历历在目，由于人生无常，分别在即，刘渊与王弥一连干了好几碗酒……

　　大帐里，刘渊与小沅喝了好几杯交杯酒之后，话就多了起来。

　　"当时，我的老乡王浑、李喜每次都要向圣上举荐我。但都有小人在谗言诋毁，真让我没想到啊，那些小人怎么会这样？我当初确实没有多少野心，只想做事，没有想当大官。那时我就想，如果不能够为朝廷效力，那以后我恐怕真要老死在洛阳了，就此永别了。唉！我也是被逼出来的啊！"

　　刘渊当时在九曲的慷慨陈词，纵酒长啸，声调洪亮，让周围的人都为之伤感流泪。而当时晋武帝的二弟、齐王司马攸骑马路过，正好听到刘渊的嚎啕。据说，司马攸为人清和平允，亲贤好施，爱读书、文采好，有很高的声誉。他统军有方，辖地太平，胡人归附。他还劝武帝务农重本，去奢即俭，是个谦和亲民的王爷。武帝对这个弟弟是既敬又惮。司马昭生前曾有过让司马攸继承皇位的想法。

"枭雄！"这是司马攸对刘渊的当场鉴定。

回洛阳后，司马攸一上朝就对武帝说："此人不除，必酿大祸！"

刘渊交友广，很快就听到了这个消息。他当时就吓呆了。

幸亏，老乡王浑拔刀相助。王浑是武帝的女婿，他拍着胸脯担保。刘渊是个厚道人，他以身家性命担保。王浑还说了一句："吾朝正怀远以德，怎能做出杀害匈奴人质的事呢？"

自从那次事件之后，司马攸也病死了，死时不到三十六岁。

刘渊就这样逃过了一劫。此时此刻，小沅听刘渊这么绘声绘色地一讲，头皮一阵发麻。她说："怎么我就没听爹说过啊？"刘渊就说："那个时候，你才有多大啊？"

2

单氏被刘聪解救出来，虽然让刘渊松了一口气，但现而今新的担忧就是她和小沅如何相处的问题。毕竟，出征是要带她们两个的，而呼延玉就待在左国城不走了。刘渊觉得对不住呼延玉，可他也管不过来了。再说，呼延玉一直烧香拜佛，早已对尘世的功名利禄看得很淡了。单氏唯一的遗憾就是点点小公主至今还是下落不明。宣叔祖还没有正式给点点起个名字，就被卢志胜那该杀的土匪掳走了。

"点点小公主，我们一定会找到你的。"单氏喃喃地自言自语。

单氏已经回到离石城的府邸。

左近遭受大旱的饥民衣衫褴褛地赶到城门附近的施粥棚里等着施舍。那个时候，太阳很大，也很毒。

　　呼延玉专门从左国城赶来负责东门外的粥棚。行福道人和她说："处于龙山附近的粮仓都打开了，义军专门派专人用战车运送，以免混抢。"

　　东门外。一大早，行福道人率领火头军头目朱耀祖等后勤人员，把城中最大的一口大锅抬了来。水烧开了，米刚下锅没一会儿，就有几个饥民把破碗伸进锅里舀。

　　"干啥啊？"朱耀祖很生气。

　　呼延玉站出来维持秩序，但还是不管用，混抢的还在混抢。

　　"生米还未煮成熟饭呢，着啥急？"

　　单氏先把玲儿派到施粥棚的东门外现场帮忙。玲儿竟然看到饥民队伍里有自己的爹娘。年老的爹娘很快被挤倒在地。玲儿急得哭了。

　　"呼延夫人，求你让我的爹娘站到前面来吧。"

　　呼延玉赶紧让朱耀祖把玲儿的爹娘扶到前面来，粥煮熟后，就给两位老人先盛了两碗。只见老人连吹带喝，稀里呼噜就喝了好几大口。

　　玲儿一直在哭。"爹，娘，怎么会这样啊？"

　　爹看了娘一眼，说："玲儿，你虽在城里住，你娘一直不让爹来找你，怕你为我们担心。家里在东川河岸的水地庄稼，在今年夏天旱死了，颗粒无收。唉！原本还有一些存粮，却都被卢志胜那帮该杀的土匪抢走了啊。早在一个月前，家里就断顿了，靠吃野菜维持到今天。"

　　玲儿很后悔。她有多半年不回家看望爹娘了。她只是觉得今年夏天热得很，也没有想到会旱成这样啊。整个夏天呆在三进院里，她也不敢出城，只听说卢志胜的土匪活动的很厉害。尤其这两日，玲儿知道刘和要随刘渊出征了。她的全部心思都放到了刘和身上了。刘和这一走，玲儿也不想在这三进院呆了。

玲儿到了刘和的书房。

"和哥，你真的要走了？"

刘和说："打下平阳之后，就来接你。"

"和哥你骗我。这次你走后，也不知道啥时候再能看到你了……"

玲儿说不下去了，一时间泣不成声。

"玲儿知道和哥要走，而且还要被册立为太子……和哥，我配不上你……可是，我心里真的舍不得你，一直在想你……爱着你……"

刘和说着一些连自己都不太相信的话，只是劝玲儿别伤心，他一定能回来的。"打下平阳，将来还要攻入洛阳。"

在离石城东门外的施粥现场，玲儿看着爹娘竟然落到如此的惨状，连忙说："对不起！"她望着从三进院书房里赶到施粥棚帮忙的刘和，心情就更为难受了。呼延玉也在一边哀叹不已。

这时，单氏也赶来了。单氏后面还有臭椿带着的骑兵侍卫队。

单氏见此情景，立即说："玲儿，把你爹娘接到三进院里住吧。"

玲儿不敢吭气，看看单氏，又看看呼延玉。

"呼延夫人能有啥意见，她也不在三进院住。听我的吧。"

玲儿爹娘就在刘和的帮扶下，上了臭椿身后的一辆马车。玲儿也就陪着爹娘回去了。

3

刘和他们走后，呼延玉对单氏说："妹妹，大难不死，必有后福。姐姐相信你一定会好起来的。过两天，元海他们要出征，你和小沅去吧。反正，我也在左国城住惯了。一定要特别注意元海的饮食起居，他爱喝酒，一喝酒就要醉。另外，他的身体也不好，有心痛病。

这个病一犯，不得了，满地打滚。行福道人有偏方。记住元海在哪里，你就跟到哪里。再一点，就是你和小沅一定要相处好，别闹矛盾，家和万事兴。他爱上小沅，也是以为你出事，怕是回不来了，心里压抑啊，苦闷哪。"

单氏点点头。她觉得每次与呼延玉谈话，都能让自己茅塞顿开。她的心里会在阴霾之中一下子变得亮堂堂。

刘渊对单氏有些不放心，就是怕她与小沅之间会有矛盾。尤其是小沅这么小，而他又如此地爱她。她让他忘乎所以，甚至忘记所有的痛苦。但在将来新立皇后的问题上，刘渊对小沅难以启齿。小沅，会怎么想这个问题？

小沅一眼看穿了刘渊的心思。小沅知道自己需要什么。她与刘渊在一起，并不图他什么。册立不册立皇后，对她来说真的无所谓。记得娘活着的时候，就对小沅说："是你的就会是你的，不是你的再怎么扑腾也没用。"而爹也认同这一点。爹留下的唯一财富就是那些书房里的藏书，而她很早就一卷一卷地研读了。

那时，小沅对刘渊说："这个新册立的皇后就让单姐姐去当吧。她吃了那么多苦，也该轮上了。将来有一天，我要找呼延玉夫人去。我真的喜欢离石那边的千年村和世外桃源的生活。"

刘渊知道上次在离石册立呼延玉做王后的时候，呼延玉就推让过，后来干脆就住在左国城的王府里深居简出的吃斋念佛了。而这次出征，他给离石和左国城都留了足够的家底和人马，以保护呼延玉夫人他们的安全，同时也是为了维护离石、左国城以及千年村地区作为义军根据地的战略地位。而这次动议册立单氏为皇后，也是刘渊在平阳一带打开局面之后的一个新举措。

刘渊在离石建都称王之后，现而今队伍又要攻打平阳了。他想正式称帝了。这是一个新的飞跃。义军上下欢欣鼓舞，决心尽早打到洛阳，平定天下。

小沅专门到了单氏住的营帐里。小沅盯住单氏，然后说："单姐姐，我相信你能行！"

"小沅，你说什么呀？"

"册立皇后的事情啊。我相信姐姐一定行。我支持你。"

单氏突然有些不好受。她说："如果呼延玉夫人在这儿就好啦。"

这时，刘渊进来了。单氏和小沅都起身下拜施礼。随后，她俩的目光都盯住了刘渊，仿佛在说："好好干吧，你的背后永远有我们的支持。"

也就在此时此刻，刘渊看看自己身边这两个能够和睦相处的小女人，突然间以往潜藏的雄心壮志一瞬间爆发了，那种平定天下的愿望也更加强烈了。

这天晚上，刘渊当即在云顶山大帐召开全体将领参与的军事会议。会议开了一夜。

会议最后决定，首先派刘聪等部南据太行，石勒等部东进冀州。

刘渊的兄弟王弥这次也被委与重任。王弥出征不久，即在中原打得有声有色，且攻入青、徐、兖、豫四州，破城杀官，甚至于让有屠伯之称的青州刺史苟晞，也焦头烂额。王弥打到洛阳城外，但久攻不下，只好放火焚烧建春门，又与追兵恶战，随后撤到了黄河北岸。刘渊的南进策略，也有一些进展，攻克了平阳郡的大部分区域。随即，他迁都蒲子（今山西隰县）。十月称帝，改元熙五年为永凤元年。次年正月，又迁都平阳，改为河瑞元年。

战场上一片寂静。就在刚才，双方兵马数万人都在混战厮杀，漫山遍野回荡着战场上白热化的拼杀声。

刘聪从马背上跳了下来。义军在打扫战场。孙武是吴国名将，《孙子兵法》则是刘聪的最爱。这本书他都随身带着，活学活用。刘渊不服老，但有时候也会自嘲："廉颇老矣。"作为赵国名将的廉颇，座驾是四驱战车，常用兵器是戈，他伐齐讨魏的打法，常常让刘渊推崇。刘聪则不以为然。

刘聪则大谈特谈古往今来的英雄。"西楚霸王项羽，他的坐骑踏雪乌骓马，兵器天龙破城戟，巨鹿之战堪称经典。还有大汉军师张良，座驾四驱战车，十面埋伏让人惊叹。韩信的坐骑五明骥，兵器鱼肠剑，暗度陈仓，体现了用兵的别具一格。"当谈到匈奴单于冒顿时，刘渊也很兴奋，站起来来回踱步。"冒顿的坐骑是大宛马，兵器圆月弯刀，白登之围值得多琢磨。"当然，刘渊也很认同这一点。

"至于蜀汉丞相诸葛亮，座驾四轮车，鹅毛羽扇，七擒孟获、六出祁山等战役，都不用赘言了。东汉丞相曹操，坐骑绝影，兵器倚天剑，官渡之战可谓成功战例。而汉寿亭侯关羽，坐骑赤兔马，兵器青龙刀，斩颜良、水淹七军，均有不凡的表现。江东大都督周瑜，坐骑汗血马，兵器干将剑，赤壁之战也是值得探究的。东汉诸侯吕布，坐骑赤兔马，兵器方天画戟，徐州争夺战中，更是独当一面。"

刘聪一提到打仗之类的话题，就会滔滔不绝，一泻千里，甚至于刘渊都听得入了神。刘渊感到吃惊，觉得这个儿子也确实有了不起的地方。他担忧的是自己将来让刘和登基之后，刘聪是不是能够听刘和的调遣。

这个时候，所有兵士都在对大将军刘聪行注目礼，但他突然觉得父王称帝是一个威胁。这也许是一个精心策划好的圈套，只是把刘聪打发到前线，然后他们安排册封太子刘和。这原来是一个做的局啊，父王硬要让他往里钻。多年的谋划，多年的拼杀，不如兄长刘和的命好。那个傻哥哥会打仗吗？大概一听到拼杀声，刘和就抱住脑袋鼠窜了。

"聪儿，快来救我！"

记得有一次，刘和向他求救。也只是在出征的没几天，遭遇一股官军，刘和远远看到官军就六神无主，连忙向一旁的刘聪喊救命。

刘聪三把两下就把那个威胁刘和的官军校尉给打倒了。

刘和在一边瑟瑟发抖。刘聪就故意把那个官军校尉捆绑住，丢到刘和的脚下。

"啊啊啊！啊啊啊！"

刘聪拿起匕首，走到跟前，对着官军校尉的胳膊使劲一划，一块肉就掉了下来，鲜血汹涌而出。

"啊啊啊啊啊啊！啊啊啊啊啊啊！"

刘和吓坏了。"聪儿你干啥？别这样暴力，好不好？"

"再割一块，你看看！"

"别割了好不？我求你！"

"再割一块，给你下酒！"

说着，刘聪又一刀，又一块肉切了下来。官军校尉的衣服都被血浸湿了。他的身子在绳索里苦苦挣扎着，哀嚎着。

"聪儿，求求你……他眼看要死了啊……"

"死就死吧，死了好，早死早转生呢。再拉来一个俘虏割给你看看如何？你的胆子需要这样天天练。光说不练，可不行。"

刘和就在那个时候没出息地哇哇哭了……

　　刘聪虽然自鸣得意，但还是架不住父王的批评。刘聪这样的累累战功，但在父王面前依然不敢造次。册立太子是依照祖宗规制，立长不立幼，谁让他刘聪年纪小啊！唉！

　　无论自己如何努力，都白扯。误过就是真的误过了。功亏一篑啊。刘聪只有仰天长叹的份了。

　　这不，刚才又打了胜仗，但刘聪高兴不起来。刘渊为了压压他的风头，总是把他派往太行山一带攻打一些小城池。刘聪和父王争执过这个问题，但父王还是把攻打洛阳的那路人马交给了王弥。

　　刘聪说："父王，把打洛阳的任务交给儿臣好不？"

　　刘渊拍拍刘聪的肩膀，说："聪儿，啃硬骨头，你还嫩一点，先让你王弥叔去吧。洛阳此战，也不一定能够打下来。"

　　"我去攻打的话，保证让父王把都城迁往洛阳。父王，儿臣要坚决攻打洛阳。"

　　"聪儿，你要听话。你王弥叔对洛阳很熟悉，也对攻城略地有更多的经验。让你去，你只会蛮干！"

　　"父王就是不信任儿臣。"

　　一边的刘和自然附和着父王。

　　"聪儿弟弟，听父王的话，毕竟洛阳是都城，真能打下来的话，那也得靠实力。"

　　"和儿哥，这里没你的事情，别乱插嘴好不？你会打仗吗？你打过仗吗？"

　　刘渊赶紧对刘聪说："聪儿，怎么说话啊？你哥还不是为了你？好啦，别再说了，你还是去太行腹地吧。就这么定了。"

　　王弥出征之后，旗开得胜，打了好几个漂亮仗。这让刘聪更加羡慕。他觉得父王不能一碗水端平。他越想越气，甚至于想起自己的生母章氏所受到的不公正待遇，当年一定是父王把她赶走的。后来，父王非要让他把单氏当作生母来对待。你说荒诞不荒诞呀？

因为，刘聪觉得与单氏没有办法相处。单氏过于年轻漂亮了，而且在生了点点小公主之后，反倒更加夺目鲜艳了。刘聪尽量避免与单氏单独相处。

那次，刘聪在西属巴山洞里救单氏，也是实在没有办法了。单氏被吓坏了。

"聪儿，你怎么来了？"

"是父王让我来救你的。"

"大王他人呢？"

单氏在山洞里住了好多天，卢志胜隔三差五来恐吓她，甚至于点点小公主是死是活，都还是一个谜。

所以，那次刘聪对单氏说："父王没来，我一个人来了。"单氏当时就哭了，并说让聪儿赶紧救小公主。可是，他们攻下山头之后，卢志胜带着点点小公主却跑了。

"点点，我的点点宝贝啊。"

单氏晕倒在山洞里了。刘聪只好把她抱了起来，一直抱出洞口，送到官道上的四轮战车上才作罢。

刘渊决定易都称帝，册立新皇后。依照夫人呼延玉的意见，他册立了单氏。可是，单氏一点也高兴不起来啊。她还在想着点点小公主。

刘聪则是一直想当太子，可是宣叔祖说立长不立幼，仅这一铁律，就把屡立战功的他阻挡在门外了。

这时，正在队伍打扫完战场的撤退之际，臭椿跑到刘聪跟前说："将军，土匪建立的碉楼怎么办？"

刘聪说："命令投石车统领摧毁它。"

不远处，义军已将一颗巨型圆石头掏空，放了很多脏兮兮的污泥和尿水，然后用盖子盖好，随即利用投石车巨型大弓的弹力，把空心大石头弹向敌军木质碉楼。一时间，巨型石头蛋子成为了一种强力的武器，木质碉楼在巨石的撞击下，"轰"的一声就散架崩塌了。

4

淅淅沥沥的雨滴飘落下来，打在惠帝司马衷的脸上，他微微感到几许凉意。眼前的官道一片污浊的泥泞。

离开长安了。在这个并非雨季的时候，下起了雨。人的心情苍凉，于是才有了这天人感应的呼应吧？

此时此刻，河间王司马颙也在这次前往京都洛阳的官道上。只是他没有那种骄横跋扈的模样了，他与惠帝一样做了东海王司马越的阶下囚。他在长安大败在司马越手里了。

雨滴渐渐密集起来，已变成了一条条的雨丝。只一会儿的工夫，司马衷的衣服和头发全都湿透了。而司马颙则更狼狈，甚至于还有几许尴尬的成分在脸上。

而不远的四轮马车上，司马越则在车篷里打量着这两个阶下囚，内心里有一种说不出的喜悦和畅快，不由得快马加鞭。

向更远处眺望，黑压压的官道上全都是司马越的队伍。骑兵、步兵随行，如奔腾的热流，绵延不绝。

到了洛阳的宫殿，雨还在一直下，但司马衷的心里不再害怕了。看到熟悉的一切，看到东行台的官员依然对他毕恭毕敬的眼神，司马衷仿佛忘记了自己阶下囚的身份。紧接着，后宫里的宫女也欢呼雀跃，围绕在司马衷的身边。

"咳咳咳！咳咳咳！"

司马越以一种胜利者的姿态进入宫殿，朝臣和宫女表面上对他不

敢造次，但内心怎么想很难说。司马越看到那些朝臣和宫女对这个阶下囚惠帝还是充满了感情的。他实在看不下去了，就一连干咳了好多次，可是一点用处也没有。谁也不敢得罪他，但却有意无意间在对他表示出一种敬而远之的态度。

司马越先来了一段独白：

"皇帝自从太熙元年继位以来，一直祸乱迭起，幸亏多年来有诸位朝臣的辅佐，才使得朝廷绝处逢生。诸王之争，可谓是一时意气用事，动摇的是朝廷的基业，乃至数十年的国本。本王此次出征长安即为了平定天下，强固国本，迎皇上复位……"

这一席话，让留守洛阳的东行台诸位朝官松了一口气。至少，司马越暂时不会做僭越的事情了。

这种平静，实际上没有维持很久。朝堂上不能明言之事，也只有暗里去做了。司马越一直在踱步，他如坐针毡。

对于河间王司马颙这个稀松软蛋，不用他吓唬，自有处置他的办法。杀他如同碾死一个臭虫而已。司马颙一旦向他交出惠帝，其利用价值就完了。他向部属下了诛杀令。你一个河间王多少年来为何与我东海王叫板做对？你司马颙这些年杀了我东海王的多少人马啊？你我虽然同为司马一家宗亲，但现而今完全是势不两立了，不是你死就是我活，老子就在今夜拿下你的狗头！

司马越为难的是如何处置惠帝。现而今，这个皇帝该何去何从啊？

司马越嘿嘿冷笑着。为啥自己只能做一个小小的东海王，而司马衷这个傻蛋就能当皇帝？从小到大，他司马越哪点不比这个傻蛋皇帝啊？可是，每次惠帝出席司马家族的家宴，没有哪个王敢与这个傻蛋皇帝平起平坐！惠帝的尊荣如此之高，让我等藩王只能众星捧月，都围绕着他，前呼后拥，而我作为东海王只能偏居于宴席上不起眼的位置，还要对这个傻蛋皇帝发出献媚的假笑。够了，这一切，都够了。

司马越拔出寒光闪闪的宝剑来，真想一下子把这个傻蛋皇帝给劈了。

那些画面在司马越的脑海里一掠而过。为何皇帝平时能在洛阳京都锦衣玉食，爱慕无数女人，在全国选美，而自己只能在每年中秋节入洛阳参加一次的家宴？老天啊，为何洛阳的繁华，天下的美女，都属于这个傻蛋惠帝？你看他那个样子，就让人感到怒不可遏。

司马越一到后宫，看上了最为出色的、一个叫如花的嫔妃。司马越就要倾国倾城的如花来陪伴，否则他睡不着觉。可是，她就是不正眼看他司马越一下，哪怕一下，都没有看啊！

"是可忍孰不可忍，老天为何如此不公？"

司马越的脸上扬起一丝不易察觉的冷笑。

"嘿嘿嘿！嘿嘿嘿！"

司马越越想越气愤，越想越难受。他当即下令诛杀司马衷。然后，他有意让那个倾国倾城的嫔妃如花，静静地看着为惠帝司马衷准备喝的毒酒……

这个时候，如花依然不正眼看司马越，而是旁若无人地盯住就要服毒的惠帝司马衷。她的泪珠在眼眶里打转，随后跪着爬到惠帝身边，夺过了毒酒。

"你这个贱人，想干啥啊？"

如花还是不看司马越，只是对着惠帝说："让如花替陛下死吧。"说着，她举起毒酒一饮而尽。

惠帝司马衷愣怔着，然后仰望着宫殿的上方发呆。如花喝完毒酒之后，没一会儿毒性发作，在地下滚来滚去，不停地号叫："疼啊……疼啊……肠子烧烂了……陛下……别喝……"

司马越还是把另一杯毒酒递到惠帝司马衷手里，狞笑着说："喝吧，喝了，皇上就可以去另一个世界与如花鹊桥相会了。"司马衷胆战心惊地接过毒酒，犹豫了一会儿，才皱眉喝了下去……

5

从起事到称帝，都好像是一场游戏一场梦。这一年，从离石聚兵，开始征伐前的誓师大会。刘聪、刘曜、石勒、王弥、符融等各首领聚齐之后，人马几近二十万了。这些人马黑压压的铺展在离石城里最大的广场上。刘渊单独乘坐一辆特制的大型战车，左右护卫就好几百人。单氏和小沅共乘一辆宽敞而又精致的马车，也一起随军出征了。

刘渊自己亲率主力，实施南进策略。这天，队伍已经打下了平阳郡的一个古城。

城墙上，士兵们把一些灯笼和火把全都扔在了脚下，上边又加了些硬柴和庄稼秆，于是火光和浓烟一瞬间冲天而起。刽子手开始在磨刀石上磨着鬼头刀，声音瘆人恐怖，令人胆寒。

年轻士兵昂着头，脸上是胜利者的豪迈之气。嚓嚓的磨刀声唤起了刽子手胸中的豪迈之气。刘渊慢慢地抬起头来，直视着城墙上燃烧的火焰和杀气腾腾的队伍。

刘渊战车后面紧随着单氏和小沅的马车。她们听到外面的激战声刚刚平息，又突然掀起一股更大的声浪。小沅揭开马车包厢的窗帘向外一望，惊呆了。

"单姐姐，汉王要杀那些俘虏！"

由于单氏被土匪抓住后解救出来没多久，仍然对这类恐怖的场面有心理阴影。她捂住眼睛，实在不敢看了。

"单姐姐，我出去看看。"

单氏感到不解。她想让小沅陪着自己，可是又不好说出来。她只能躲在马车包厢的一个角落里。

"单姐姐，不会有事的。"

小沅说着走了出去。她一看到义军在滥杀俘虏，就感到很愤怒。怎么会这样？小沅就这样睁大眼睛，与站到不远处的刘渊对视着。她站在一边，任灰烬飘落在长发上，如雕像般凝固住了。

刘渊对着小沅挥手，让她赶紧上车吧，看杀人，会做噩梦。

小沅就不走，偏要看看怎么回事。

那时，失败者的辱骂激怒了胜利者。开始有人将蘸水的麻绳一下一下往俘虏的身上抽打。抽打俘虏的都是能征善战的好身手。绳子梢一下一下紧贴在人肉上，乃至皮肉上破开了一道道血痕。一些无辜的百姓在城墙上挥舞火把和灯笼来吓唬攻城的刘渊队伍，此时也被作为敌人一起陪斩。

随后，刽子手挺立起来，只见手起刀落，一颗人头滚落在刘渊的脚下……

突然，人群中让开了一条缝。刘渊那胜利者的笑容就突然冰冻住了。

大家看清身姿快捷，一脸沉稳的粉裙女子，正是大王的女人小沅。只见她分开人群，走到刘渊面前，扑通就跪下来。

"陛下，求您，求求您陛下，放过这些还是孩子的俘虏吧，也放过城里所有的无辜百姓！陛下，求求您，积德行善……"

小沅申诉了好多条不要杀死俘虏的理由，让队伍震惊。四周来不及跑掉的百姓也相继跪下了。

刘渊很尴尬，先是不耐烦地向她挥挥手。但小沅不屈不挠地坚持自己的意见，刘渊后来也沉重地低下了头，随即发布了放弃屠杀俘虏的命令。他还采取了小沅的建议，以后攻城略地之后决不能再滥杀无辜了。

6

后来没有多久，刘渊称帝了，正式册立单氏为皇后。

回望往昔，刘渊大约是在咸熙元年作为任子去洛阳的。一开始，他深得当时主政者司马昭的礼遇。太康十年刘渊担任北部都尉，被称作明刑法，禁奸邪，轻财好施，推诚接物之人。史书上称："五部俊杰无不投之。幽冀名儒，后门秀士，不远千里，亦皆游焉。"直到今日，从离石、左国城开始征伐，刘渊终于打开了一片天地。

刘渊的金殿的规模，在《尧都胜迹》里有过记载。

外郭内城，宫殿林立，城池完固。外称大城，内套小城。刘渊时建北宫、南宫。北宫为皇宫，皇宫三门，南为云龙门，西为西阳门，东为建春门。宫内光极殿又分前殿、后殿，建筑宏伟，设置华丽。宫后为建光殿、徽光殿、温明殿、昭德殿，再后为六宫妃嫔的住所。还有太庙、社稷台、武库等场所。城外还有游乐的平水宫、校猎的上林苑、观光的上秋阁，另有匈奴祭祀的大单于台。周围北至涧河，南至坛地，东至汾河，西至苏村，共万余亩土地都在古城之列，可谓气宇不凡，华盖巍然。

刘渊在册立太子的问题上，有过犹豫。祖宗的规矩就是立长不立幼，遂册立刘和为太子。这个时候，刘聪在外征战。册立刘和为太子的消息，让刘聪心里很不平衡。他待下属本来就很苛暴，这一下打起仗来更是滥杀无辜。

　　刘渊任刘景做灭晋大将军、大都督。刘景是一个比刘聪还要二杆子的愣头青，打起仗来，总是"一锅烩"。刘景领命后，一举攻克黎阳，又占领了黄河的重要渡口延津。刘景也不知道怎么想，竟然把三万多男女百姓赶到黄河里淹死了。

　　当时，小沅依然随着队伍在奔走，她在马车上看到了一幕恐怖的画面。眼前一大群老百姓，被刘景的队伍往黄河里赶。那些在黄河的浪涛里漂浮着千千万万颗如同西瓜般的脑袋，以及惊天动地的哭喊声，一时间盖过了黄河特有的轰鸣声。

　　小沅下了车，当时单氏已经随了刘渊坐镇平阳的朝堂。而小沅与妹妹小兰一起前往左国城。她们要去看望呼延玉夫人。

　　小沅无法眼睁睁地看着这么多无辜的人被活活淹死。她下车请求刘景大将军，愿意和百姓一起赴死。小沅的请求没有得到刘景的同意。

　　小兰也下跪请求，但依然未能阻止这场大劫难。

　　小兰一直无望地爱着刘曜，也不知道等到何年何月，才能有一个圆满的结果。她活得太累了。小兰心想：如果曜哥在这里的话就好了，就可以避免如此悲惨的事情发生了。

　　小兰在那一刻向小沅哭喊着作别：

　　"姐——，我去天上与咱爹咱娘相会去了！姐——，来世再见！"

　　说完，人就一头栽入了黄河。小沅还没有反应过来，就看到妹妹小兰与无数哭喊的百姓一起湮没在无情的、浑浊的浪涛之中了……

　　刘景后来见到刘渊，就把这一情况告知了他。刘景原本是要请功的，但没有想到刘渊很生气。刘渊拍案而起，骂道："我刘渊要铲除的是司马氏一家子，与这些可怜的百姓有啥相干啊？你如此对待老百姓，是要遭天谴的。以后再发生类似的事情，格杀勿论！"

　　刘渊立即下令降了刘景的职。

第十五章　情归千年

1

　　刘渊居住平阳的那些日子，是他人生的巅峰。

　　自此，他这个靠打打杀杀起家的铠甲武士就从狂野的马背上跳了下来，斯斯文文地做起了皇帝。他的乌龙驹也已经老得不成样子了。这让他真的体会到一种岁月不饶人的伤感。刘渊常常在皇家马厩里去看望自己骑了十多年的乌龙驹。摸摸它的头，刘渊在与它说着话。乌龙驹没有了年轻时的脾性，更没有了当年冲杀战场时的威猛。乌龙驹浑浊的双眼里有几许泪光在闪着，好久不见主人的面，它有点激动。刘渊与它一起回忆往昔的那些温馨岁月。记得有一次，乌龙驹把受伤的主人硬是从战场上背了回来，翻过好几座山，还穿过汛期的东川河，一直把他送到千年村云顶山的营帐。

　　刘渊在平阳特别喜欢微服出行，就近去一些为朝廷磨面、养蚕、采桑和织丝绸的地方看看，他能够感觉到一种祥和温暖的生活气息。用过晚膳之后，刘渊多半会让小沅陪着去皇宫后面的御花园走走，散

262

散心。都城热闹的地方，他一般不太想去。有时顶多去城坡、末街等处，随意地溜上一圈，心情会变得快乐起来。人一接近花甲之年，反倒更像个小孩子了。一提到小孩子，就会想起他那失踪至今依然未能找到的点点小公主。刘渊当初只见过这个可爱的小女儿不多的几次，一想起这件事情，他的眼泪就要流下来了。

脱下铠甲的刘渊仿佛换了一个人。这不仅仅是因为他让人们称自己为皇帝，更多的是他的执政方式开始了新的转变。虽然，铠甲脱掉了，但马背上打天下的脾性还一直没改。刘渊还是保持着率真的性情。刘渊不管上朝不上朝，都是一身布衣，坐的龙椅也是单层坐垫。刘渊有时习惯性地叫一声小溜子，叫过以后就会顿然想起小溜子早已不在人世了。刘渊还让人在他龙椅宝座的垫子里塞上麦秸。他觉得闻着麦香，这样就很舒服了。如果，前线传来打了胜仗的好消息，刘渊就会把那件自己穿了好多年的特制铠甲穿在身上过过打仗的瘾。

小沅出落得越来越漂亮了。宫里所有人都说，小沅长得很有福相，给陛下带来了很多好运。刘渊相信这一点。笙箫齐奏，欢歌声声。小沅的眼神极其柔媚，仿佛能够勾人心魄。她凸凹有致的身体如春风拂动的玉兰花，娇嫩欲滴。尤其，她的声音脆生生的，那么魅惑，那么清澈。红唇微张，吐气如兰，娇态可掬。

刘渊拥有小沅之后，才完成了由称王到称帝的艰难过程。小沅善解人意，脾性比当年的呼延玉还好。她总是和刘渊一样穿布衣。这一点，皇后单氏都做不到。小沅这样一带头，后宫的嫔妃也不敢再穿绫罗绸缎了。刘渊真的连宫里拉车的马匹都舍不得给喂粟谷。刘渊说："朕刚刚建国，朝廷禁绝奢侈之风，一切从简。"

众多的嫔妃和宫女们一下子拜倒在刘渊脚下。一切从简，但每个嫔妃和宫女又都害怕从简到自己的头上。如果，她们现在丢了宫里的这个饭碗，那真的被打发回老家去的话，多数人就有可能会饿死。在那个战乱的年代，她们生活在皇宫里，虽然不很自由，也有伴君如伴虎之感，但总还有起码的生存保障，无论外面如何闹饥荒，都不会饿到皇宫里面来。她们大多数是穷苦百姓出身，所以对刘渊的感恩戴德确实发自肺腑。这个时候，平阳后宫虽然没有三千佳丽七十二嫔妃，但现有的这几百个嫔妃、宫女，都还是个个出众，百里挑一。

"臣妾等拜见吾皇陛下，吾皇陛下万岁万岁万万岁！"

刘渊这一生，分为童年、青年、壮年和老年四个阶段。在开始的两个阶段里，尽可能低调、隐忍，从新兴县到洛阳，一直做任子，他的心里愤愤不平。他有时候会把这种怒气发泄出来，但他一直在等待人生的机会。随后，离石建都，然后攻打平阳，直到今日真正坐在了平阳的龙庭上，那种感觉说不上兴奋，只是如梦如幻，也许这一切只是个过程而已。

2

这些年来，刘渊身边的几个女人相处的都还不错。这一点，让他感到欣慰。听到四子刘聪正在攻打洛阳的消息，刘渊就突然想到了其生母章氏。章氏这个女人行事方式像个男人，大大咧咧。章氏当年生下刘聪之后，试图控制刘渊身边的其他女人。章氏甚至还与刘渊大吵一架。

"元海，我别无他意，别无所求，只希望咱们有了聪儿之后，你我共度一生。我要的是咱俩白头到老，相濡以沫，结伴而行，善始善终，可是你能做到这一点吗？我无法容忍你和别的女人发生那种关系，我以前还能忍受，但自从生下了聪儿，我就觉得你是我的唯一。我受不了这个刺激，受不了，就是受不了！"

章氏企图通过聪儿来把一切控制在自己的手心里，但她适得其反。章氏一直就有一种不安全感。没有聪儿时，她心神不定；有了聪儿，反倒让她更为惊慌失措，甚至有些草木皆兵了。她做不到像呼延玉那样明知不可为而为之地去爱刘渊，并且眼睁睁地看着他一步步走上辉煌的帝王之路。这便是当初的呼延玉全部的人生意义了。可是，她章氏真的做不到啊！呼延玉一个人呆在左国城里烧香拜佛。章氏后来也理解了呼延玉的苦楚。章氏离家出走后，也曾反思过，后悔过，埋怨自己没脑子，没心机，愚不可及，不自量力，最终导致竹篮打水一场空。

终于有一次，章氏忍无可忍了。她骂刘渊是个混球，这话让一向大度稳健的刘渊勃然大怒。

"滚，你给老子赶快滚，立马从老子眼前消失！"

就是那次，章氏故意丢下刚刚几个月大的聪儿，离家出走了。一晃十多年了。直到上次，章氏突然出现在离石城的三进院，刘渊则还是有意躲着，不想见她。没法见，很尴尬的，不如不见吧。现而今，刘渊想来，当初也怨自己心气太盛。换了今日，他顶多付之一笑。她想闹就让她闹吧，不信她一个女人还能翻了个天？也就在点点小公主失踪的那次，刘渊听说了章氏也在同行的马车上遇难的消息，心里也一直不安，甚至很难过。

前线的快报，说是刘聪与王弥的队伍已经汇合，攻打洛阳的战役即将打响。刘聪从平阳西南黄河对岸出发，一路挺进，很快推进到宜阳。谁知遭遇官军偷袭，刘聪被迫后撤。一打洛阳失败。随即，刘聪又发动第二次进攻洛阳的战役。这时，王弥、刘曜、刘景等部也都一起上阵。先锋部队已经兵临城下，但因道路狭厌，又遭官军阻击，陕县后方的粮车无法前进，部将呼延翼、呼延颢、呼延朗等人相继战死。

刘渊听此消息，心情激动，连忙让侍从备车。四轮马车疾驰在皇家狩猎的上林苑里面。刘渊身穿久违的铠甲，在凯歌声里，手中挥舞着画戟如风呼啸。他一个人体会着万马奔腾的激越气势。身边的侍从们一律恭迎在两边。他们在为皇帝的武功喝彩。

他们叫喊："呜哇——呜哇——"

刘渊示意他们别再叫喊。他听到这些呜哇的叫喊，觉得有些不祥，如同乌鸦们的警告。

当晚，刘渊卸下铠甲，吩咐宫女准备洗澡水。小沅叫他先用晚膳，而他要和她一起去洗鸳鸯浴。前线传来攻打洛阳的消息，小沅没有表现出格外的惊喜。她看上去有些疲倦，漫不经心的样子。而皇后单氏也不在，估计在御花园放鸽子还没有回来呢。

刘渊坐到小沅面前，说："攻下洛阳，是指日可待的事情了。"

小沅说："是啊，陛下今日累吗？"

刘渊兴致很高，说："人生就是需要这样一搏，活得会很充实，谈何累啊？"

小沅说："我懂陛下的心思，男人不像我们女人，男人总是喜欢拼杀，喜欢主宰所有人的命运，可是人生苦短，谁也不知道未来会发生什么事情。"

刘渊说："是啊，虽然一切皆有定数，但也别那么悲观。这不，现而今的一切还不都在朕的掌控之中吗？"

小沅说："掌控——所有的掌控都是暂时的，即使攻打下洛阳，又能如何？即使谁做皇帝都一样……"

小沅的童言无忌，对于刘渊来说也就是听来一笑而已，不必当真的。小沅呢？她觉得自己把想说的话，还是在这个时候留有了余地。

小沅记得当年爹在洛阳书院喝醉的时候，一个人自言自语地骂道："老百姓就是刀俎上的肉，谁坐龙庭都一个样，贪腐我们能容忍，挥霍民脂民膏，玩女人，我们也能容忍，只是玩权力游戏别玩出人命来，别为了一统天下滥杀无辜！可是，这可能吗？独裁，皇权，这一切永远也无法改变。因为，他们杀人……从来……也不需要什么理由！"

刘渊也只能是刘渊，他在那个冷兵器时代，只能成为这样一个打打杀杀的铠甲皇帝。男人一旦拥有皇帝的权力，就会变得不可理喻。其实，女人也一样，为了追求权力，为了得到很多的利益，杀来杀去，杀人还有个够吗？权力的底线是不杀人，可是，谁又能做到啊？人类从来也没有被文明所驯化。

此时此刻，小沅觉得呼延玉当初的选择最为明智了。小沅记得以往自己根本不理解呼延玉为何去左国城吃斋念佛，现而今，她一下子理解了。

刘渊洗完澡，又与自己的女人用完晚膳。他还是兴奋不已，又令侍卫搬来一坛子酒，放入殿外御驾马车的包厢内。然后，他又披挂上阵了。一身铠甲的皇帝，与小沅挥挥手，说是要一个人坐着马车出去狂奔一趟。他要庆贺庆贺。

小沅说："陛下，你太率性了，像个小孩子，还是我陪你去兜风吧。"

刘渊说："免了吧，朕喜欢这种一个人独来独往的自由。"

刘渊一个箭步跃上马车，然后拉好包厢的布幔，先开始吹箫，后来就抱着整坛子酒起劲地喝了起来。马夫还未来得及上车，刘渊就亲自驾车飞奔了起来。那四面八方的喊杀声，仿佛就在布幔的外面。而他正在指挥着千军万马，向着洛阳方向冲锋。刘渊闭上眼睛仿佛听到了马车外面如起潮般的浪涛冲击暗礁的巨响，然后举起酒坛子咕噜咕噜地喝了个够。

战鼓雷鸣，旗幡飘飘，战马奔腾，刀枪拼杀，十面埋伏。刘渊的脑袋已经昏昏沉沉，眼睛里出现了更多的队伍在奋勇向前：洛阳城墙烽烟四起，云梯架起，敢死队已经杀向城头，一片片拼杀声，响遏行云，震撼人心。

这是一个没有月亮和星星的晚上，只见刘渊的御驾马车又出现在上秋阁官道上。前呼后拥的侍卫，先还整齐有序，按部就班，后来就如同炸了营一般，在追赶着这辆疯狂的御驾马车。

刘渊在狂奔的御驾马车的包厢里喝光了一坛子酒，不停地呕吐着。后来，在剧烈的颠簸中，他的心痛病突然又犯了，一大口血吐了出来。紧接着，他的脸色突然变得黑紫，眼睛迷离，头一歪，人就栽倒在后头的坐位上。他起先还不停地挣扎着，扑腾着，嘴里嘟囔着，但手舞足蹈了一阵之后，人就一动不动了。

刘渊就这样死了。

3

刘渊死后，太子刘和继位。当时，正在攻打洛阳的刘聪，听到这个消息，如同泄气的皮球，一蹶不振。攻打洛阳随即失败了。

刘聪好多天都很郁闷。他在前线辛辛苦苦地拼杀着，难道是为他刘和登基做嫁衣？这些日子，刘渊一直在平阳坐镇指挥。刘聪总觉得凭借自己的实力，能够攻打下洛阳并得到父皇的充分肯定。他甚至觉得父皇有几次暗示过废立太子的事情，并且有意让他指挥十万大军。

结集在洛阳城下的刘聪，曾受到刘渊的褒奖，并让他统领所有攻城队伍。石勒、王弥等部对刘聪的指挥是认可的。可惜，也就在最为关键的时刻，刘渊突然驾崩了。这个消息让前线将士一下子失去了主心骨。刘聪心底里顿时感到一种绝望。多路义军大面积地撤退，然后是接连好多天的大雨。运送粮草的车马困在几百里以外的陕县。刘聪一直待在营帐之中，心如死灰一般。他在一张攻城的图纸上翻来覆去地看，很少说话。刘聪一直以为父皇会把皇位让给自己的，可到头来还是让刘和继位了。他突然一脚踢倒旁边的桌案，然后三把两下地把攻城图纸撕了一个粉碎。

"给我传令——"

臭椿快步走进了营帐。

"队伍继续后撤，回平阳！"

整个队伍里传来一片疯狂的叫喊声。大部分兵士均属于离石、平阳那边的人，一听说向老家方向挺进，自然都是积极响应。

> 三军踊跃，将士熊黑。征云并杀气相浮，剑戟共旗幡耀
> 日。人雄如猛虎，马骤似飞龙。弓弯银汉月，箭穿虎狼牙。
> 袍铠鲜明如绣簇，喊声大振若山崩。鞭梢施号令，浑如开放
> 三月桃花；马摆闪銮玲，恍似摇绽九秋金菊。

雨天并非打仗的日子，更何况连日攻城伤亡甚重。唯有向平阳方向后撤时，队伍才有了几许生气。刘渊不仅仅是刘聪的父皇，而且还是一位一马当先的开国皇帝。现而今，刘渊的驾崩，让刘聪心底里突然间空落落的，只觉得日夜兼程必须把十万大军撤回平阳。

王弥、石勒等部则游移不定，依然在洛阳周边徘徊不前，等待攻城的时机。刘聪发现父皇这一驾崩之后，让王弥、石勒等部将都有了某种芥蒂。他们对刘聪一下子都警觉起来了。

"刘聪回平阳奔丧，这是你们刘家的私事，与我们外姓人何干？"

刘聪一下子从他们眼里读出了这样的一句话。刘渊一死，导致各路义军队伍分崩离析。没人真心愿意听刘聪的调遣了。

刘和登基，下旨召回刘聪，让他交出兵权。这道诏书到了刘聪手

中，就让他心寒。刘聪觉得刘和没什么了不起，他也能当了这个皇帝，而且比父皇还要当得更好。大雨滂沱，道路泥泞。行进的兵士们也已经有些疲惫了。而此时此刻的平阳，想必刘和已经坐在龙椅上发号施令了。父皇留下的后宫嫔妃和宫女，肯定这会儿都交接在刘和的手里了。还有那些见风使舵的朝臣……一想到这些，就让他恶心。远方的平阳上空，已经聚集着乌黑的阴云，电闪雷鸣间，一场风暴就要到来了。

一乘快马驰到刘聪的大帐外面，说是宣叔祖让他暂缓回平阳。刘和的话可以当耳边风，但宣叔祖的话他不敢不听。

宣叔祖曾经教过刘聪兵法，而且宣叔祖能够影响父皇的决策。在册立刘和为太子的这件事情上，宣叔祖的意见一直很明确，那就是立长不立幼。

"啥狗屁立长不立幼，我……我……要让这个新立的狗屁皇帝死无葬身之地……"

这句话，让刘聪身边的部属都听得惊骇。

4

六宫嫔妃所在，新立皇帝刘和正在拱桥边的花丛深处与几个宫女嬉戏玩耍。

刘和说："先皇说过刚刚建国一切从简，但朕以为不是所有事情都得照搬祖制。比如，对后宫选妃的祖令限制可以灵活掌握，宜近期选三百名十三岁至十六岁的民间淑女进宫。"

后宫嫔妃以及宫女即刻拜倒在地。

"吾皇万岁万岁万万岁！"

刘和率领着几百名粉黛过了几座曲桥，花木鸟语，步步皆景，处处如画。芙蓉宫内，香木为梁栋，金碧辉煌间，云裳缭绕，香风阵阵，娇喘吁吁，歌舞升平。

也就在这时，风尘仆仆的刘聪杀进宫来。有宦官来报，说是前面皇宫已经杀了一大片。刘和吓得瑟瑟发抖，就近钻到一个叫艳儿的嫔妃身底下那宽大的袍裙里了。

刘聪挥舞着父皇传给他的那把滴血的青峰宝剑，杀进后宫来了。

"刘和呢？"

宫内所有的粉黛一时间都吓傻了。紧靠后边角落的艳儿吓得嘴唇直哆嗦。刘聪看到她的袍裙下面有一团湿漉漉的尿水流了出来。他马上过去拽她，只见袍裙下露出了极其狼狈的刘和。

"聪儿弟弟，别……别……杀……人……"

刘聪已经杀红了眼，还没等刘和继续求饶，就一剑结果了他的性命。鲜血和尿水汇合到一处，染红了艳儿的袍裙。刘聪看看她，然后又是一剑，把她也捅死了。

整个后宫的嫔妃和宫女顿时哭声一片，都跪地求饶。

"没你们的事，你们该干吗还干吗吧。"

刘聪说完之后，就迈步跨出殿门，突然迎面碰到了单氏。单氏不明就里，连连问："聪儿，你这是在做啥？聪儿，劈里啪啦的，刚才在做啥？"

刘聪一看到单氏，刚刚压下去的愤怒就又一次爆发了。父皇总是不信任他，都是因为这个女人害的。要不是那次从卢志胜那里救她，也不会有那事。单氏当时在黑咕隆咚的山洞里一下子就扑到刘聪的怀里。在山洞里，他也不知道哪根筋搭错了，突然间就把单氏按倒在地上。刘聪情不自禁地与单氏有了那事。刘聪自此之后，不断地做噩梦。梦中总是看到单氏幽怨的眼神和父皇那冷冷的背影。刘聪后来就觉得每次见父皇都有些不太对劲。刘聪自此有了浓重的心里阴影。父皇似乎早已看穿了他的心事。难怪，父皇总是不放心，总是让他离后宫远点。父皇虽然是一个很大度、很宽厚的人，但也无法容忍别人动他的女人，尤其还是他自己亲生儿子干下的肮脏事情，这让他做父皇的情何以堪？自从与单氏有了那事之后，刘聪日夜感到的是一种追悔莫及。他恨自己，更恨勾引自己的单氏。如果不是她，父皇说不定最信任的人就会是他刘聪了……

想到这里，刘聪怒火万丈，竟然挥剑向单氏刺去……

在血雨腥风的喊杀声中，刘聪登上了皇位。刘聪还在后宫做了一个前无古人后无来者的创举，也许是美女如云，让刚夺得皇位的刘聪一时间看花了眼，于是一下子册立了上皇后、左皇后、右皇后——一共三个皇后。刘聪后宫以太保刘殷的两个女儿、四个孙女最为得宠。刘聪死后，刘粲继位，靳准图谋篡位。靳准把刘室的男男女女不分老幼全部诛杀在东市。后来，刘曜登基，与石勒一起发兵，讨伐靳准。靳准被属下左、右车骑将军所杀。

紧接着，石勒攻进平阳城，竟然一把火烧毁了所有的宫殿。石勒仰天哈哈哈笑了几声，然后大声喊："让你们他妈的抢，让你们他妈的杀，让你们他妈的称王称霸，老子一把火全给你们他妈的烧掉！"

据说，这把大火烧了三天三夜，火焰蔓延到了上百里以外的地方。至此，刘渊修建的金銮宝殿在大火里呻吟了好多天之后，无可奈何地化为了一片灰烬，最后就这样烟消云散了。

四处征伐的刘渊的侄子刘曜称帝，改国号为赵，史称前赵；石勒随后俘杀了刘曜，又建立了后赵。

5

临水县太守李信诚是一个言必信行必果的英武汉子。当卢志胜带着一帮土匪攻打临水城的时候，全城百姓惊慌失措，街市上也乱哄哄的，一片狼藉。作为太守的李信诚表现得很沉稳，先率领部属走家串户安抚百姓，表明县衙有能力保证大家安居乐业。然后，李信诚一个人把城门打开，声言马上与卢志胜进行谈判。李信诚从小就练就一身武功，他的猴拳功夫了得，拳脚舞得眼花缭乱，旁边的人根本看不清楚他那变幻莫测的身形。如果真有十几个土匪一起冲上来，定会被他打得满地找牙的。李信诚从来不想动武。李信诚总是说："单靠拳头解决不了任何问题。"据说，谈判进行了一天一夜，一向桀骜不驯的卢志胜被李信诚的言行所折服了。

卢志胜原本要把刘渊那几个月大的点点小公主来做谈判的筹码。他后来一想，这事与临水县太守李信诚一点关系也没有。李信诚与刘渊虽然属于同门师兄弟，但在洛阳读书的时候，他比刘渊要晚好多年。两人实际上没有见过几次面。卢志胜的谋士认为李信诚与刘渊既然是同门，把刘渊的小公主带上，或许能增加谈判的筹码。卢志胜早就听说过，李信诚是临水县方圆几百里口碑极好的穷太守，不仅仅体恤穷苦百姓，而且很喜欢读书人。临水县衙门里招了好几个青年，都是正经的读书人。

在这谈判的一天一夜里，卢志胜听到李信诚很多体恤穷人的感人故事。临水县一个卖烧饼的猴孩，十二三岁，是个孤儿。一次，卢志胜的属下在城门外抢了猴孩刚出炉的一大担子烧饼。烧饼早在汉代班超时，就从西域传到临水，成为吕梁的一种特色食品。猴孩当时只是临水县一家辅兴坊的烧饼铺雇用的小伙计。烧饼担子被抢，猴孩不敢回烧饼铺，只好在城门洞子口那儿哭。正好太守李信诚路过看到，就走过去向猴孩问个究竟。猴孩说烧饼担子被土匪抢了，饭碗砸了，他没法活了，一会儿跳西门外的水井寻死去。李信诚说："孩子，别这样，这个世上，除了死法，都是活法。烧饼担子值多少银两，我都赔给你。"猴孩听了，有点难以置信。当猴孩从李信诚手里得到足够的银两时，连忙跪在地下致谢。李信诚扶他起来。猴孩这才眉开眼笑地回去了。这样的事情，在四乡八里传得还有很多。人们都说，临水县的李信诚太守是个真正的好官。

卢志胜眼里，李信诚确实是一个真诚淳厚而又乐善好施的人。这个土匪完全被他的人格魅力所感化了。而李信诚也力劝他别再干这种伤天害理的事情了。李信诚还当场说，刘渊的这个点点小公主就由他来收养吧。也正是那次，临水县不仅化解了一场攻城危机，而且还让一位土匪放弃了打劫，最终干起了木匠的老本行。本钱还是李信诚太守给他和乡绅临时转借的。

靳准在平阳杀了刘渊的族亲，而小沅趁混乱之机，逃了出来，一路跑到了临水县。而当时的李信诚已经在这兵荒马乱中辞官回家了。他住在临水县西门外的一处单门独院里。说来也巧，小沅走累了，正好在李信诚家院门口的一面坡上，有气无力地喊着："婶子，大娘，行行好，给碗水喝吧。"李信诚一只手抱着已经三四岁的小点点，一只手给小沅端来一碗水。

6

千年村外，四野茫茫，穹宇苍苍，唯有一座观音庙显得极为显眼。那时，一个面容端庄，身穿素装的中年女子走过草滩，迈入这座观音庙内。

观音庙，又名观音堂、白衣庵。始建年代不详。庙坐西北朝东南，两进院落，以照壁相隔，两侧随墙开门，由山门

入内为前院，建钟鼓楼及僧舍三间。后院建正殿，南北两侧
建偏殿，中建韦陀楼。正殿为观音殿，面阔三间，单檐硬山
顶，前檐插廊。南北偏殿分别为老君殿和三光殿，面阔各三
间，前廊为单檐硬山屋顶的砖券窑洞。后院三座殿前廊均为
木质结构。庙院龙口吐水，古柏参天。正殿门的两边有一副
对联：芙蓉花面春风暖，杨柳枝头甘露香。门楣上是四个
字：普度众生。

　　走进观音庙的中年女子正是隐居多年的刘渊夫人呼延玉。呼延玉
在正殿观音塑像前，凝神不动。随后，她下拜，磕头，上香。香烟缭
绕之间，让她感觉到一种青草的芳香，游丝般钻入鼻尖，具有一种销
魂的魅力。咫尺之间，又或如隔世。

　　呼延玉自从听到刘渊在平阳驾崩的消息，就很快搬离左国城，来
到了千年村的这座观音庙里居住了。呼延玉一个人住在后院的一间根
本引不起来人注意的耳房里。无论外面的世界如何纷纭复杂，如何打
打杀杀，都与她无关了。有些人，有些事，注定是要擦肩而过的，也
注定是要被遗忘的。生老病死，福兮祸之所伏，皆是无常。刘渊整个
一大家子热热闹闹，但说没就全没了。这就是命。

　　那年，靳准从平阳派人来杀刘渊的族亲，玲儿也受到牵连，只好
投奔到呼延玉这里。很少有人知道呼延玉的下落。玲儿还是偶然间听
爹娘说在东关碰上行福道人才知道呼延玉的去处的。玲儿从行福道人
嘴里听说了平阳发生的那些血淋淋的事情，吓得不敢一个人睡觉了。
她一闭上眼，就能看到满头是血的刘和哭着对她说："玲妹，好疼
啊，当皇帝好惨，好累。"而梦里的时候，玲儿仍旧生刘和的气，只
是看到刘和这样，也就不吭一声了。"和哥，你不是要接我来吗？你
为何出尔反尔？"刘和求她说："我也是没办法，刚当上皇帝，聪儿

就要杀我，我就跑，可是又没有地方躲。"玲儿见状，也在梦里哭了，陪着他哭。"和哥，那你跑吧，快跑吧。"刘和说："想跑，可我就是跑不动，迈不开步子。"他张口说话，但说不出来，眼睁睁地看着刘聪向他杀了过来。玲儿哭醒过来时，只记得刘和的话刚说了一半，半边脑袋就没了。玲儿吓得直哆嗦。

大千世界，机缘巧合，因果呼应，生生死死，四季轮回，一切皆是天意。不属于你的，擦肩而过了，不留遗憾；属于你的，无论远隔千山万水，终究能够相遇。这是因为彼此内心的呼应，强烈的真爱，才有了这样一种横跨时空的精神超越。

春暖花开。这天，一大早，观音庙里来了一大一小两个客人。其实，大客人的年纪很轻，十八九岁的模样，是个秀气的小女子。她是小沅。而小客人刚刚四五岁，活蹦乱跳，就是刘渊那个丢失的点点小公主了。

玲儿一眼认出了小沅，然后拉住她的手，领到呼延玉跟前。

"夫人，这就是小沅。"

小沅扑到呼延玉的怀里时，几年前经历过的杀戮场面再次闪现在脑海里，禁不住一阵难过，就哭了。

"小沅，别哭！"

小沅把那个小客人介绍给呼延玉："她就是点点小公主。"呼延玉就把点点搂在怀里。

点点说："我不是点点小公主啊，我不是。我不叫刘点点……"

"那你是谁呀？"

"我是……我早就叫……李冰冰……我爹是李信诚……"

"你爹……叫……刘渊……"

点点反驳旁边玲儿的话，一直坚持认为她叫冰冰。

"我叫冰冰，是李冰冰！"

好长一段时间，点点不说话。后来，她突然问呼延玉，谁是她妈妈啊？

"阿姨，谁是……我的……妈妈？你是……你是……我的妈妈吗？……"

呼延玉看着点点那纯净的眼神，禁不住热泪盈眶。她想起了那场发生在平阳皇宫灭刘渊族亲的杀戮，竟然哽咽起来。

"真的吗？你真的是我妈妈吗？阿姨，你为何哭啊？你不是！就不是！你根本就不是我的妈妈！就不是！你不是！"

这几年，点点小公主一直由李信诚抚养长大。那次，小沅在李信诚家院门口要水喝，李信诚给她喝了水，又拿来烧饼吃。看她无处可去，他就收留了她，让她平时就带着点点。点点就把小沅当妈妈了。

点点坚持说，她爹就是李信诚，她的名字叫李冰冰。她说她还有一个可爱的小弟弟，名字叫李精斌。他们天天在临水县西门外的池塘边儿玩耍呢。

呼延玉与玲儿跪拜在地。小沅和点点也一起向观音跪拜着。

这时，高大健壮的李信诚走进了观音庙。李信诚的目光慈善，充满泪花。这时，点点，不——是冰冰，一下子跑了过去，扑到李信诚的怀里。

"爹——你不会是不要我了吧？是不是要把我送给这儿的阿姨啊？爹——你……别……抛弃我啊……"

"孩子，别哭！"

"爹爹，我会很乖的，很听话的，永远做您的乖女儿的……"

观音庙正殿里的观音坐在莲花座上打量着芸芸众生。这个时候，莲花座的观音塑像的眼睛里竟然流出一滴眼泪来了。

这真的是罕见的神迹。

7

时间已经进入 21 世纪。

北京。早春。

回望千年景区的山山水水，在刘渊当年屯兵的营地徘徊。一望无际的西华镇草滩，开阔豁亮的四十里跑马墕，幽深静谧的白桦林，清澈见底的小溪水，以及一路行走的所有风景，都能让我感受到一种异样的情调。

这是年仅十二岁的 90 后校园小诗人李沅哲写在《观世音》里的诗句：

你，脚登一朵彩莲

消失在远方的天际化作一滴晶露

你，播撒爱的使者

向有生命存在的地方传播

你那划破天际遁我而去的声音在大地与苍穹之间

连接了我和天之间的距离

纤指惊弹一块飞石

击落了苍穹间一轮烈日

让

雄鸡版图上手摇蒲扇的老人、摸象盲人和卖花姑娘

以及，波罗的海岸边卖火柴的小女孩

去迎视着你那慈和安谧的目光

凭吊位于今天方山县南村的左国城遗址，当年南匈奴皋狼县城的风采早已不在了。满目一片荒滩野岭，当地村民种植的玉米和土豆刚冒出地缝。东南夯土墙隐约可见当年的雄姿，而西北处则似有一些残墙断壁。

在这个星球上，千百年来人类为争夺资源自相残杀，最终导致玉石俱焚的命运。现代人类也经历了两次世界大战，累计付出数以千万计的生命。今人有了这样的前车之鉴，一定会更加热爱生命，也更加热爱这来之不易的和平。生命价值高于一切的理念，正是基于人类发展的终极目标。上苍总是以一种神秘之力一直在庇护着所有的生命和我们赖以生存的地球。更重要的是，还有一种人间大爱，也在一直维系着尘世的所有一切，也由此永续着人类绵延不绝的根脉和香火。

2010 年 9 月准备
2012 年 8 月定稿

后　记

　　历史究竟是怎样的？作为今人，只好钻到故纸堆里自以为是地去伪存真。即便这样，其实获得的内容也很有限。只能去猜度。小说就是一种猜度。毕竟，那段过往的历史相对于具体的个人生命来说，可以说非常久远了。比如，刘渊这个真实的历史人物出生的时间，依然在典籍中找不到确切记载，所以作为后人的我们只能大概推算他活了多少年。西晋永兴元年，刘渊在离石、左国城一带起兵，这就有可能展现离石、左国城当时的面貌。

　　动笔写长篇小说《狼密码》，开始只有避重就轻，是为了更好地发挥想象力。如何对刘渊这个历史人物进行艺术化的解读？首先需要了解，需要在资料中甄别。这种解读是偏离真实的历史，完全依赖小说的想象，还是在"正说"和"戏说"中把握一个平衡点？实际上，也只能是在掌握现有资料的基础上写我眼中的那个刘渊了。有人说，所有历史，都是当代史。大概就是有意无意地在文字中展现了抒写者自己的价值观，以及在接近或者偏离真实时所体现出的某种局限性的摇摆不定。

后 记

　　动笔的那几天，我和几位前辈讨论过那段历史如何抒写的问题。在这部小说里，涉及到千年村云顶山屯兵、离石及左国城建都以及刘渊与身边几个女人的故事。呼延玉、单氏和章氏，或多或少有一点真实历史的影子，但随后的小沅姐妹俩，就是虚构的人物了。我一个人沉浸在虚构的小沅姐妹俩的命运里难以自拔。那个时代由于战乱，老百姓流离失所，平均寿命不到三十岁。所以，小沅姐妹俩的命运也只是当时历史的一个缩影而已。

　　这部小说能够得以创作完成，首先得益于山西省吕梁市离石区委、区政府以及离石文联给我提供了一个宽松自由的创作环境。这一切，首先感谢值得尊敬的王彤宇、薄宇新等离石的各位领导。书中的主人公刘渊是属于离石人文历史中颇有传奇色彩的风云人物。他不仅仅在当年屯兵于现如今的千年景区，而且在一千七百多年前的离石建过都。可以说，刘渊是景区甚至离石乃至吕梁的一张人文历史的名片。我在查阅资料的过程中，走访了刘渊曾经生活和建都的地方，力求还原两晋南北朝那个年代的宫廷倾轧、战争对垒以及世俗市景等。这确实具有无法想象的难度。在近一年的外出采访和搜集资料的过程中，困难重重。

　　本书出版在即，感谢多年生活、学习和工作过的，给予我诸多人文营养的鲁迅文学院。

　　本书第二稿，再次多方征求意见。查阅资料实际上持续了整个写作的过程，由于个别出处没有及时记录在案，所以无法对所有参考书目一一列出。据史书记载：离石，战国为赵之离石邑。秦属太原郡。西汉置离石县，属西河郡。东汉永和五年西河郡治迁此，灵帝末郡县俱废。三国魏黄初二年复置县。晋属西河国，永兴元年匈奴左部帅刘渊起兵反晋，建立汉政权，置都于离石。当时左国城在离石的以北方向（今天左国城已经不复存在），有的历史资料可能把这两个不同的地名混淆在一起了。我在《狼密码》里力求还原离石和左国城这两个不同的古城。

《晋书》记载：晋初胡人塞外内附有三十万人，入塞匈奴有数十万人，羯族和其他进入中原大地的胡人有一百多万。当时胡人总数约四百万，其中属于西晋管辖的雍州、并州、冀州的胡人就有约二十五万。

胡人入居关中及泾、渭二水流域，或散居于晋都洛阳的北部大片地区。在中原的局部地域，比如新兴，比如离石一带，匈奴人已超过了当地的汉族居民。所以，像刘渊这样的匈奴人都有汉姓汉名，属于匈奴贵族中有见识和有威望者，但他们社会地位却很卑微。

匈奴虽然对晋朝称臣，但他们传统五部政治体系依然存在。比如当时的离石就是匈奴的王庭所在。

当时的西晋军制，沿袭汉魏而略有变化。西晋分封宗室亲王或异姓大族都督居州镇要地，以图巩固中央集权统治。大司马、大将军、太尉为高级武官。其中，加"都督中外诸军事"之衔者，为指挥全国军队的最高长官，代表皇帝掌握最高军权。下设中军将军总统宿卫，左右卫将军统领宫殿禁军，领军、护军（初称中领军、中护军）等分领宫门及京师城内禁军，四护军统领城外诸军。晋武帝嫡亲与同姓诸王出任重要州镇都督，掌握一方军政大权；置四镇（即镇东、镇西、镇南、镇北）、四征、四平、四安等将军，以统辖分置于各地的外军。沿边屯军将领，称校尉，如乌桓校尉、西戎校尉、南蛮校尉等。这些背景性的资料查阅了很多，但在写作中不一定都能用上。

在《狼密码》即将出版上市之际，对山西人民出版社的社长李广洁、总编辑姚军、责任编辑李鑫在此一并予以感谢。